豫北警事

重案刑警十六年追凶纪实

夏慧 著

金城出版社 GOLD WALL PRESS
西苑出版社 XIYUAN PUBLISHING HOUSE
中国·北京

图书在版编目（CIP）数据

豫北警事 ： 重案刑警十六年追凶纪实 / 夏慧著.
北京 ： 西苑出版社有限公司, 2025. 8. -- ISBN 978-7
-5151-0963-3

Ⅰ. I247.5

中国国家版本馆CIP数据核字第2025LF2390号

豫北警事：重案刑警十六年追凶纪实

作　　者	夏　慧
责任编辑	王博涵
责任校对	高　虹
责任印制	李仕杰
开　　本	880毫米×1230毫米　1/32
印　　张	11
字　　数	237千字
版　　次	2025年8月第1版
印　　次	2025年8月第1次印刷
印　　刷	鑫艺佳利（天津）印刷有限公司
书　　号	ISBN 978-7-5151-0963-3
定　　价	56.00元

出版发行	金城出版社有限公司　西苑出版社有限公司
	北京市朝阳区利泽东二路3号　邮编：100102
发 行 部	（010）84254364
编 辑 部	（010）84250838
总 编 室	（010）88636419
电子邮箱	xiyuanpub@163.com
法律顾问	北京同清律师事务所　13001187977

目录

前言

（1975 ~ 1994 年）

1975 年 8 月，我出生在豫北滑城五星村。

当时，我的父母都是滑城电厂的工人。那个年代的电厂声名显赫，每年能为城市贡献一半的 GDP（国民生产总值），成为无数人向往的工作单位，但要想进去当工人，托关系送礼也未必能成。1975 年，我的出生让夏氏家族又添一丁，父亲认定自家子嗣兴旺，会和电厂一样越来越辉煌。

在起名字上，初中未毕业的父亲已经穷尽了自己所有的文化。他叫夏山林，困囿于一片山头，注定在电厂一平方千米的方寸之地朝乾夕惕、操劳一生。我哥叫夏振中，取振兴中华之意。豪情万丈的父亲给我起名叫夏振乾，野心很大，已经到了天地乾坤的范畴，但他的大多数不识字的工友叫不完整，只能退一步称呼我为“二小子”。

作为家里最小的孩子，我自幼饱受宠爱。吃烧鸡时，烧鸡腿必然归我；吃饺子时，我会吃一碗占一碗，尽管时常吃不完。那碗剩到最后皮肉分离的饺子，成为哥哥姐姐们控诉我强横霸道的证据。但我依旧恃宠而骄。滑城的大小饭馆都回荡过我的饱嗝声，就这，父亲看着我瘦弱的身板，还会发愁地说："还得想办法给二小子补身体。"我的任性和乖张，在父母眼里是有大本事的征兆。

有一句滑城俗语说得好："人怪有底，马怪有膘。"父亲不怕我不乖，怕我没本事。就算哪天父亲实在被我胡乱找事逼急了，脸憋得通红，吼我，也舍不得动手。在这个时候，夏振中都会跳出来。他小时候因为淘气没少挨打，常怂恿父亲该出手时就出手。但父亲总会笑着止息怒火。这让夏振中非常不忿，但又无可奈何。

我顽固地和父母睡在一张大床上，一直睡到初中毕业。高中没法这样睡了，需要住校。因为成绩优异，我被保送到滑城最好的高中。当年大姐和夏振中可是拿出了悬梁刺股的苦学精神才考上的。父亲喜笑颜开，认为我这个老夏家最聪明的孩子一定会走出滑城，直奔北京。他到处显摆，说他的二小子前途不可限量。

在父亲的家庭构想里，自幼聪慧的大姐不用操心，只要不出国，她愿意飞到哪儿都行；学习成绩不太好的二姐，以后可以接退休母亲的班，拿远高于滑城普通公务人员的工资，在排成长队的相亲男子中挑拣结婚对象。谁知道二姐初三时突然打通了任督二脉，一举考上了本地最高学府——滑城师范。当时的滑城师范毕业包分配。尽管教师的工资没有父亲这般国企职工高，但二姐喜欢这个职业，靠自己的本事稳稳地端上了"铁饭碗"。

哥哥夏振中高考落了榜。18岁的他踌躇满志，自认为高考必定夺魁，谁料折戟沉沙。一向骄傲的他蔫了一个暑假，做出了不再复读的决定，进了电厂当工人，直属领导正是父亲。父亲时任燃料科科长，夏振中的任务是到 40 千米外的鹤壁采购煤炭。电厂有自己的拉煤车，是一辆解放牌卡车。哥哥和父亲老搭档曹卫国的儿子曹铁一起开启了人生的新征程。

曹卫国是时任电厂厂长刘红军的内弟，身高 1.8 米，体重 100 公斤，面黑如炭，声如洪钟，站立似一尊铁塔。他最喜欢父亲，认为父亲办事有脑子，遇事不怵头，甚至敢拼命。身高 1.65 米的父亲除了肤色和曹卫国一样，瘦小的身躯站在这个搭档面前像个小孩。但曹卫国说，整个电厂除了他姐夫，他最佩服夏山林。两人在 1958 年电厂建立时一起进厂，从没买卡车时便一起开着拖拉机拉煤。后来厂红火起来，和煤场熟悉的他们在拉煤的同时偷偷卖煤，开辟了一道“财路”。这道财路现在到了夏振中和曹铁手上。

曹铁比夏振中大一岁，体形高大壮硕，让人感叹曹卫国基因的优秀。他自小就喜欢和夏振中玩，只是学习成绩不好，早早地进了电厂。夏振中一进电厂，他俩不仅上班在一起，下班也在一起，我家的门槛都快被曹铁的那双大脚踏平了。夏振中甚至庆幸自己没有考上大学：大学毕业未必能挣这么多钱，也未必能交到这个好朋友。

被高考痛殴的夏振中在成为工人后，腰包鼓了起来，再次支棱起来。他还是那个骄傲的夏振中，给我买东西从不看价格，别人想了三个月不舍得买的皮夹克，他眼睛不眨一下就买了。我穿上满村地嘚瑟。三婶还说："二小子，你个活猴又在这气人哩。"其他村民脸上的嫉妒汇聚成电厂烟囱里的白烟，让我有种飘飘然的感觉。母亲心疼地数落夏振中后，他干脆又买了一件，吓得母亲不敢再说话了。

时代风云变幻，1982年到1992年的十年间，原先效益闻名豫北的东西纸厂、钢厂、柴油机厂、化工厂先后停产，大批产业工人下岗。失去了赖以生存的根本后，工人们求财无路，甚至连一日三餐都无法保障，只能铤而走险。那段时间，偷窃、抢劫案件频发，公安局和县武装部加紧了巡逻。父母不让我天黑还在外面疯跑了。

那些工作还没有着落的下岗工人都很羡慕电厂，说无论什么时候都得用电，都得取暖。有熟人一边说酸溜溜的恭维话，一边拿礼物恳请父亲跟厂里领导开个口，安排个工作啥的，但父亲真的无能为力。电厂已经养了很多关系户，职位极度饱和，整个厂子的工作氛围都变得懒散起来。父亲担心电厂有一天也会被拖垮。

少不更事的我不理解父亲的忧虑，认为我家的日子会永远这么富裕，下岗者的生活也没那么不堪。直到高一那年的暑假，我和父母在街上散步，当时已是晚上9点，夏夜的风不仅送来了垃圾站的臭味，还带来了粗暴的争吵声。我们驻足凑热闹，两个拾荒者在烂泥般的垃圾站里争抢一根铁丝。两人拿着刨垃圾的短柄钉耙互相威吓，宣告着自己在这一片的拾荒主权。

我紧盯着锋利的钉耙，生怕它们会用它代替语言行使愤

怒 —— 那落到头上或身上可是三个血窟窿。父亲和另外一个身强体壮的路人赶紧上前，拉开了那两个可怜又凶狠的人。随后他们骂咧咧地各自离开，并放出狠话，再见到彼此，就有好看。那场面滑稽又恐怖。父亲认得他们，都是半老不小的下岗工人。回家这一路，父亲长长地叹了一口气，就不再说话了；爱发表评论的母亲也出奇地沉默。我半宿未睡，眼前总浮现那褴褛的身影和那凶残、不顾一切的表情。

1994 年，考大学的我决心未来要当警察。那身绿制服何其威风，穿上它再开辆警车，老百姓的注目礼灼热得能把人点燃。行使着除暴安良、维护公平正义的职责，我认为这样的追求才是人生的真正目标。不过，我必须离开滑城，这个小地方不足以施展我的才能，我把目标定在郑州或北京。

夏振中对我的构想大加赞赏，他也制订了自己的“五年计划”，打算在滑城开一家最奢华的娱乐城，能唱歌、跳舞、看电影、打麻将、洗澡 …… 里面的女员工个顶个漂亮。他还计划把娱乐版图扩大，开到我工作的城市。夏氏兄弟那时野心勃勃，认定一切唾手可得。

然而，对于我的梦想，父亲兜头泼了一盆凉水。他认为警察是个危险职业，不让我报考警校，还说这么好的成绩不从政实在可惜。父亲认为当官才能光耀门楣、施展抱负。父亲的强硬态度让我们发生了激烈的争执，这场互相说服的争论从晚饭开始持续到夜里 10 点，连邻居都过来劝解，但父亲和我都不肯让步。直到和曹铁喝过酒回家的夏振中指着父亲强硬地说了一句：“你强势了一辈子，二小子想干啥能不能让他说了算！”父亲看着天天琢磨挣钱的夏振中，无奈地点了点头。

那时刻，我们都觉得自己会有光明的未来。

电厂连环失踪案

（1994 ~ 1998 年）

【1】

1994 年腊月二十，22 岁的夏振中在他新盖的院子里结婚了。

20 世纪八九十年代，五星村执行的分宅基地的政策是：有一个儿子的家庭在现有住宅的基础上不另外划拨宅基地，有两个儿子的家庭划拨一块，有三个儿子的家庭划拨两块，根据儿子的数量照此增加。宅基地面积一样，都是四分地[1]。

夏振中的新院子离我家的老院子有一定的距离，在五星村的最北边。这块宅基地是他专门找电厂保卫科的老黑换来的。因为位置偏僻，老黑得知后极其不满，找兼任村主任的刘红军理论。经村委会同意后，又给他加了两分地以示补偿。但他依旧不满意，天天叫屈。曹铁本就烦他，一拳下去让他闭了嘴。武力虽不

1　四分地就是一亩的$\frac{4}{10}$，大约 267 平方米。

是解决问题的最好方式，却是最快的方式。

夏振中找到老黑，愿意和他换，还自愿给5000块钱作为补偿。老黑喜出望外，握着夏振中的手说："还是夏山林的儿子有水平。"夏振中分到的宅基地在村子中间，是老黑向往的位置。此事经村委会同意后，我们两家很快办理了相关手续。

这件事的后续影响是老黑逢人便夸夏振中，言外之意不言自明，贬低曹卫国父子。老黑自进电厂就和曹卫国不对付，自觉不是对手，又做不到忍气吞声。平静一段时日就出来蹦跶几下，被曹卫国父子收拾一顿，消停了，如此反复，成了电厂人枯燥工作中的消遣。

父亲认为夏振中有眼光，住在村边清静，别看现在那里还没有像样的路，将来肯定会修。看问题得有前瞻性。后来，作为五星村的村界，县里在1996年率先在那里修了路。

父亲以最快的速度为夏振中盖好了两层小楼，用了不少积蓄。房子盖好后，父亲瘦了一圈。盖房的工匠活好，用的檩条、水泥又实在，房子看着美观又牢实，一耸立就收获了无数的夸赞甚至嫉妒。那是父亲一生中最得意的时候。他夏山林不尿，他的大儿子也是个能人，一出手就显示出高出电厂大多数人的水平。

夏振中娶的是二姐的同事。为此他拒绝了厂里发电科许科长家的闺女，她也是电厂职工。很多人说夏振中傻，放着高工资的不寻，非找一个穷教师。夏振中理直气壮地回应："哥有钱，想娶谁娶谁，谁漂亮娶谁。哥就愿意养着女人……"父亲喝住飞扬跋扈的夏振中："这些话可别传到许科长耳朵里，再生了事端。”但对夏振中的选择，父亲是支持的。虽然父亲认定电厂可以红火到天荒地老，但全国各地的下岗潮还是让他不安。教师不会下岗，万一有意外，家里还能有一个人撑着。

那一年过了农历春节，吃了元宵节的汤圆后，滑城迎来正月二十七到二十九的古会。这个起源于宋末元初，有着 700 多年历史的盛会，热闹得可以让全县所有行业按下暂停键，除了一刻不停的电厂。就在那一年古会，却闹出一起谋杀案。

1995 年正月二十八，晚饭后，喝得醉醺醺的电厂书记缑福平在自家门口送客时，被事先躲在胡同里的人用长刀砍死了。他的儿子上前阻止，胡乱挥舞的左手抓破了凶手的脸，自己的手掌也被砍了一刀。凶手砍完人后，坐上一辆呼啸而来的摩托车扬长而去。

警察来的时候，我和夏振中就在围观的人群里。那是我第一次面对这么惨烈的死亡，心跳得厉害，害怕地握着夏振中的手。夏振中嘲笑我这个警校的学生，我也觉得丢脸，但无法控制身体的生理反应。

案发后，电厂的职工大部分都被叫出去问话。但厂里并没有脸被抓伤的职工。那件案子因为缑福平的身份备受县里重视，但是警察侦查了很久也没有结果。

缑福平之死引发的传言甚嚣尘上，尤其是每一个人都知道他与刘红军不和。厂长刘红军强势霸道，书记缑福平也不是善茬。在厂里的重要岗位上，两人都安排了自己的亲戚，争得最激烈的当数会计的职位：刘红军安排的是自己的妻妹，缑福平安排的是自己的亲妹妹。两个妹妹天天唇枪舌剑，使性子、耍绊子，弄得整个会计室乌烟瘴气。传言中，刘厂长让曹铁找了两个杀手 —— 曹铁在社会上认识一些“厉害人物”。这个传闻曹铁也听说了，他并不辩解，这个态度让大家更坚定了自己的猜测。

一波未平，一波又起。

1995 年 8 月 17 日，到了晚饭时间，夏振中还没有回家。这很反常，一般夏振中不回家都会提前告诉我嫂子徐敏，或者给家里打电话 —— 电话刚时兴那会儿家里就安了一部。怀孕的徐敏即将临盆，吃过晚饭后就坐卧不安，母亲还笑她：“一个大男人能丢了不成。”晚上八点多，等不及的徐敏给夏振中打传呼，等了半小时夏振中没有回电话，又打了两遍依旧如此。夏振中的传呼机一般挂在腰带上，不可能听不到。

徐敏拿出通信录给曹铁打 —— 曹铁有让哥哥羡慕的“砖头”手机。夏振中已准备好钱，待徐敏生了孩子就买，这一万多块的家伙，是对自己当爹的最好庆祝。

曹铁说今天跟夏振中约好去鹤壁拉煤，他临时有事去不了，夏振中就一个人去了。慌了神的我们分头寻找，母亲安排肚大如箩的徐敏在家，万一夏振中回来了家里也有人，其实她是担心徐敏动了胎气。

我骑着车寻了一圈，能找的地方都找了，仍没有踪迹。失望至极的我实在想不到可以寻找的地方，心想夏振中或许已经回家了，走到胡同口正好遇见匆匆赶来的曹铁。

“找着你哥了吗？”他粗声大气地问我。

我摇着头。

“能上哪儿？三江那儿找了没有？”

“去过了。”

三江是本村人，在电厂厂长办公室写材料，是夏振中喜欢的文化人。

“那咱继续去找吧。回家干啥？”曹铁着急地说。

“回家看看，说不定我哥回家了。”我头也不回地往家骑。

曹铁跟在后面小跑起来。

【2】

一进家门，我就看到徐敏趴在地上，头上还流着血！我一只腿跪在地上，喊着嫂子，她没有回应。随后进门的曹铁一个跨步冲进来，跪在地上小心地把徐敏翻过来，摸了摸鼻息对我说：“晕倒了，你先看着，我回家开车送她去医院。”说完跑了出去。

我打了报警电话。母亲也赶了回来，她见状吓得哭了起来：“这是哪个天杀的干的？”

环顾客厅，所有的抽屉都被翻得乱七八糟。母亲慌忙跑到睡觉的东屋，拉长了哭声说：“我给你嫂子准备的生孩子的 1000 块钱被偷走了。”

我厉声对母亲说：“别哭了，你在家等着，哪儿也别去。一会儿警察来了，丢了什么你都说，有事我会跟你打电话。”

听到门口汽车的声音，我知道是曹铁来了。我把徐敏抱起来，祈祷她和她肚子里的孩子不要有事。上车后，曹铁把那辆面包车开得像发疯的公牛。我们都怕没法跟夏振中交代。

把徐敏送到医院后，母亲也赶了过来，她已经跟警察做完了笔录。母亲跟二姐在医院照顾徐敏，曹铁父子和我们父子顺着夏振中平时拉煤的路线继续寻找。

终于，我们在卫河路尽头的土路上看见了那辆拉煤的卡车！

我们欣喜若狂地赶过去，车上却空无一人。夏振中随身携带的包也不见了。我们分开寻找，路两边是比人还高的玉米地，什么都没有。

曹铁回忆说，他当时有急事去不了，夏振中也不准备去了，可后来夏振中又打电话说他要去。曹铁当时很忙，没有细问就挂了电话。

推算一下，夏振中出发的时间应该是上午 9 点多，走到这里最多用 15 分钟。父亲用手电仔细检查了卡车的内部和周围，想看看有没有血迹。确定没有后，他长长地出了一口气。

天快亮时，我们一直找到了卫河，瘫坐在桥上。父亲那双失去光泽的眼睛望着西纸厂关停之后清澈起来的河水。

“你不去拉煤，到底是有什么急事？”卫国叔粗暴地质问曹铁。

“我……三妮找我。”曹铁回答。

“怎么，没见过女人？”卫国叔嘲讽。

曹铁去年刚离第二次婚，他 14 岁就不上学了，18 岁结婚，娶了两个媳妇都没能生下孩子。他的第一任前妻再嫁到豆腐军庄已经生了两个儿子，电厂里的人背地里都说别看曹铁长得虎实威武，结果是个中看不中用的花架子，嘲笑风光的曹卫国不过是个绝户。在滑城，绝户是骂人最狠的话。

父亲收起了眺望卫河的目光，也望着曹铁，他的眼神似乎在说，他也不相信曹铁是为了找三妮不去拉煤。

“我真的去找三妮了。”曹铁跺着脚说，“不信你们可以去问她。”他用一只手扇着自己的脸说：“我也后悔，我要是跟振中一起去，怎么会出这样的事情？”

“好了，孩子。”父亲缓缓说，“别怪自己了，你把卡车开回去，我们到医院去看看。”

“不能！”我阻止说，“咱得先报警，让警察来勘查现场。我现在后悔刚才上车找东西破坏了现场。”寻人心切的我，把上警察学院一年来学的东西忘得干干净净。

曹铁打了报警电话。疲惫至极的我们在卫河桥头吃了早餐，又回到了离卡车不远的地方。

警察很快赶到，这是我第一次见到段法医和高老师。他们仔细勘查了卡车的里里外外，并向我们详细询问了有关信息。父亲不放心，留下了我家的固定电话、厂里燃料科的电话和曹铁的手机号。

回答警察询问的过程，对我和父亲来说又是一场心灵的煎熬，谁能想到有一天自己会成为失踪者家属。

夏振中失踪的那一晚，徐敏生下了一个男孩。命运真是捉弄人，我们家得到了一个，也失去了一个。

曹卫国开车和我们一起来到医院，父亲看着这个因早产而如同一只鞋子般大小的男婴，老泪纵横。母亲哆哆嗦嗦地抱起婴儿，像是抱着整个家的希望。她念叨着："振中，你有儿子了，快回家吧。"

那一天，出院回家的浩荡队伍走到家门口，都希望能看到那个熟悉的身影 —— 夏振中。然而，每一个人都失望了。

【3】

那个暑假，我没有等到夏振中回家，也没有等到袭击徐敏并且偷钱的人落网。

白天父亲去上班，我想出去找夏振中，但已经成了惊弓之鸟的父亲不让我外出。等父亲下班后，他让母亲把堂屋和院子的门都锁上，并且叮嘱，除了我俩谁来都不许开门，然后和我一起出门寻找。

我们先是顺着卫河找起。以夏振中的水性，哪怕落到河里也能游出来。可万一他腿抽筋了呢？万一被水草缠住了呢？其实从夏振中失踪的时间推算，他要是真落水了，也没有生还的可能了。然后我们顺着夏振中平时到鹤壁拉煤的路找。有一天晚上，我们一口气走到了鹤壁，再回家时，我已经累得躺在床上不能动弹。父亲心疼地落泪，他的二小子从来没受过这种罪。他说不找了，你哥如果活着就回来了，没有回来，说不定已经死了。

等所有的惊慌和焦虑褪去，我开始仔细梳理夏振中失踪的前前后后。

父母一生活动的场所除了五星村就是电厂，夏振中除了上班就是和曹铁、三江吃饭喝酒。他喝酒很少喝醉，很少晚回家。父亲和夏振中尽管性格刚烈，但为人厚道，厂里的派系之争，他们从不站队，说不到一起的人也都敬而远之。因为个人矛盾杀人，我觉得不至于，除非是劫财——谁都知道去拉煤肯定得带现金。

那一天知道夏振中去拉煤的，除了曹铁，电厂里肯定还有他人知情。会不会有人对夏振中动了歪心思？

我跟父亲说了我的想法，让他带着我去找三妮。到了城关三妮家，父亲在外面蹲着抽烟，那一明一灭的烟头下是张苍老而绝望的脸。

三妮对我说："那天，曹铁确实来找我了。"

"什么时间来的？"我追问。

"什么时间？这个我可记不清了。"

"你想想。"我恳求她。

"你不会怀疑是曹铁杀了你哥吧？"三妮笑道，"曹铁对你哥那可是义薄云天。"

"那他是什么时候走的？"

"曹铁吃过晚饭就走了。"她想也没想说道。

我看着三妮，心里有了数，告了别就转身走了。

"怎么样？"父亲站起来，满怀期望地看着我。

"她说曹铁那天吃过晚饭走了，但是三江哥告诉我，那晚 7 点他出来给孩子买灌汤包，看见曹铁和一个男的在道康路上吃烧灌肠。”

听我这么一说，父亲明显惊慌起来。

“曹铁那天肯定没有找三妮，他是和三妮串通好了。他说谎是在掩饰什么呢？”我对父亲说道。

“你怀疑曹铁杀了你哥？”父亲惊讶地问，“不可能，绝对不可能，就凭我们家和他们家这两辈人的交情。”

“我不是怀疑，我只是疑惑，曹铁哥说谎到底是为了什么。”

自从夏振中失踪，曹铁一家为我们家做了很多。下班后，卫国叔、曹铁哥陪着我们父子找人；秀娥婶在我家里陪我母亲和徐敏说话，成筐的土鸡蛋往家里搬，拒绝都拒绝不了。曹铁哥明显地消瘦和自责，那绝对不是演戏能演出来的。

可是这样的帮衬也引来了一些流言蜚语。大家说八成就是曹铁杀了夏振中，他不仅落个媳妇，还落个儿子，又落一套院子，一举三得。

义愤填膺的周大娘把这些闲话带给了母亲和秀娥婶，说是厂里的歪脖传的。曹铁狠狠地打了歪脖一顿，把他原先往左歪的脖子捋到了右边。歪脖惨叫着躺在地上求饶，说他是听那个爱碎嘴的百叶说的。曹铁直接在中午电厂下班人最多的时候，扇了百叶两巴掌，说再敢胡说八道就让她以后都说不了话，并且恶狠狠地指着她的男人刘二虎说，再连这种惹事的婆娘都管不了，就把他像阉牲口一样阉了。

流言在强硬的拳头面前暂时停止了，但我知道，只要夏振中不回家，那些幸灾乐祸的人就会一直制造新的流言。

三妮似乎跟曹铁说了我们去找她的事，曹铁连着几天没有来我家。卫国叔和秀娥婶依然每天来我们家一趟，陪着强颜欢笑、郁郁寡欢的父母拉闲话。每次我在学校打电话回家，听到他们在，心里就踏实了不少。

一年过去了，夏振中没有回家，父亲跑到公安局去问，还是没有丝毫进展。两年过去了，夏振中依然没有回家。在父母的心里，他们也猜测夏振中已经不在人世了，但依然抱着一丝期望。还好，夏振中的儿子越长越大，有了越来越多的情感表达，成了这两个失去爱子的老人的慰藉。

孩子取名夏平安，还是我父亲取的。他希望夏振中平平安安的。

【4】

父亲已经跟徐敏聊过了，让她改嫁。徐敏不愿意，说她还要等。

谁都看得出来，曹铁喜欢徐敏。夏振中失踪不久后，他就和三妮这个棉纺厂改制被分流回家的寡妇断了联系，不断往我家送东西，给夏平安买东西，出手阔绰。眼看到手的饭票丢了，三妮摸到我家，反水说夏振中失踪那天曹铁根本没和她在一起，是第二天专门上她家让她这么说的。她嘲讽地看着我们说，说不定曹铁身上有命案。

耿直的父亲找到曹卫国挑明了三妮的话，曹卫国说：“这种硌硬人的女人，她的话怎么能信？”曹卫国把曹铁叫了回来，看着两个老人威严的脸，曹铁嗫嚅地说：“其实那天是他二姑曹九香有事找他，但具体什么事他不能说。”

父亲给我转述了曹铁的话。母亲、徐敏、夏平安都已沉睡，我和父亲坐在院子里陷入思考。

“难道当年真是曹铁和曹九香合谋杀了缑福平？”我看向父亲。

“不稀奇。以当年的矛盾程度，有可能。”父亲说道，“说到曹九香，我又想到一件事：今年 11 月，有一天晚上天刚擦黑，有两个人摸到了曹九香的家里，蒙着脸举着刀让曹九香拿钱。曹九香说“这就回卧室里拿”，然后从卧室里拿出了一把几十厘米的长砍刀。她爱人也拿了根钢管从屋里出来。两个歹徒有一个跑了，另一个没跑掉，被抓住了。这两人是电厂南边钢厂的下岗职工，没事就在咱这一片瞎转悠，逮着机会就进家抢钱、偷钱。他们也招了，上一次打伤你嫂子抢走 1000 块钱的就是他们干的。”

“他们怎么不找个正经活儿干？”我问父亲。

“在国企干久了，依赖习惯了，也没有其他技术，能找到的活儿就是摆摊、开店、开出租，甚至扫大街。有些人当过国企工人就自觉高人一等，拉不开脸。前几年效益好的时候，多少人羡慕国企职工。现在落地的凤凰不如鸡，人得学会适应，走到哪儿说哪儿。”

“我哥会不会被这些人盯上了？”我问。

“这两个人被抓住之后，我就往这方面想了。谁不知道，这些年我们爷俩倒腾煤也挣了一些钱。这两年我也认真想了你哥的性格，他要是像你这样，性格随你妈，有些软弱，说不定也能活命。他太似我了，性格刚强，宁折不弯。别人要是控制住他，跟他要钱，他就是死，估计也不会低头。

“钱算什么，钱能抵我儿的命吗？如果现在有人跟我打电话要钱，或者跑到咱家里要钱，只要你哥能回来，砸锅卖铁我都愿意干。我让你妈在家里尽量不出门，等电话等的也是这些人的电话，可是等了两年，没有等到。”父亲眼里的泪花闪烁。

“可以让曹铁哥打听打听。”

“打听过了，曹铁问了跟他玩的社会上的人，有一个外号叫麻子的人，人家说没接过这单生意。曹铁也让这个叫麻子的人打听了，麻子认识的人没有碰过你哥。”

“我问了我们老师，他说这个案子已经这么久了，不好破，可能几年甚至更久以后会有结果，也可能永远没有结果。”

“二小子，你哥当年支持你考警校，也许是冥冥之中知道自己有这个劫数。”

“我一定会找到我哥。”我坚定地说。似乎是对天上的星星，也似乎是对父亲，更是对我自己说。

“唉！”父亲长长地叹息，“也不知道我能不能活到那一天。”

【5】

徐敏决定要嫁给曹铁了。

父亲说，徐敏嫁给谁他都没有意见，但是曹铁不行，他可能和缑福平的死有关系。徐敏说她问过曹铁，他保证手里没有命案。

“保证？”父亲嘲讽地说，“保证有用吗？这么多厂子，当年哪一个不是红红火火的，风头在豫北都是响当当的，不是说倒就倒了，谁能保证？”

“就是因为任何人都没法保证，我才要嫁给曹铁。他必须帮我找到振中，要不是因为他，振中好端端地会不见吗？况且他不会生育，他会对平安好的。我嫁给谁，谁能像他对平安这么好？找到振中，养大儿子，这就是我活着的全部意义了。”徐敏的眼泪流了下来。

除了一家人的哭声，什么也听不到。小平安一会儿走到他慈爱的奶奶跟前替她擦泪，一会儿走到夏山林跟前替他抹泪，最后扑到徐敏怀里，哭着说：“你们不要再哭了。”

1997 年 7 月，我从中国刑事警察学院毕业，因为成绩优秀被推荐到郑州公安局，我的同学大多也去了一线城市和省会城市。梦想照进现实的我，激动难耐。我想留在郑州，又想继续寻找夏振中。那几天，我思来想去，无法抉择。

直到一天下午，三叔来陪父亲下棋，被喊回家吃饭。三婶非让父亲同去，说晚上加了一些菜，是她儿子网的白条，用鸡蛋面糊裹了再油炸，香酥可口。父亲露出了艳羡的表情，却拒绝了。三叔立刻回家端了一盘送过来，父亲一边独酌，一边咀嚼。夏振中在家的时候，他哪里会缺这一口美味。我望着神情悲怆的父亲，心酸不已。以前电厂工人夏振中是日渐年迈父母的依靠，也是我游走四方的底气。现在只剩我自己。

望着夏振中失踪后如同风中摇摆的老树的两个老人，我决心回滑城，担负起为人子的责任，也担负起寻找夏振中的家族使命。那一夜我泪流不止，心有不甘，却也认定回来是正确的选择。

也在那一年，电厂厂长刘红军主动退休，据说是李县长找他谈了话。他在厂长的位置上时间太长，把一个好端端的国企变成了刘家的企业，民众很不满意。一起退休的还有他的妻妹曹九香、妻弟曹卫国和弟弟刘红兵。在电厂职工的眼里，这标志着刘氏统治时代的结束。

在对下一任领导的期盼中，原电厂发电科科长许尽然成为电厂的厂长。传言原本轮不到他，刘红军和亲属退休的条件是缑福平的弟弟，也就是副厂长缑瑞平，不能成为电厂的一把手。许尽然上任不久，曹铁主动辞了职。

1940 年出生，户籍年龄比实际年龄小两岁的父亲也在那一年退休了。父亲退休时想跟许厂长说让亲戚接班，还没等张嘴，厂办公室就发出了通知：以后电厂招人都是面向社会招聘，接班制度取消。

时代，真的变了。

刘红军退休后，刘氏家族保持着前所未有的低调，几乎不出门。有一天，喝醉了酒的老歪和老黑到刘红军家门口骂骂咧咧。谁都知道老歪和老黑是缑瑞平的亲信。当年缑福平之死如一根刺横在缑家人心口，他们在县长那儿哭诉，到公安局举报他们认为是幕后主谋的刘红军，但围绕刘氏家族的调查一直没有结果。

老歪和老黑的骂声越来越大，但刘红军家大门紧闭，没有一个人出来。这要是搁平时，住在刘红军家后面的曹卫国能出来把他俩打得连亲娘都认不出，但那天曹卫国没有出来，住在刘红军家前面的曹九香也没有动静。无人应声的沉默局面助长了老歪和老黑的嚣张气焰，他们像两只活猴一样表演着仗势欺人的现世场面。

曹铁和刘红兵当时不在家。辞职后，他们在电厂西面的河西村租了一个仓库，专门到新疆倒腾棉花赚差价。曹铁和徐敏结婚的时候，徐敏约法四章：不许和那些社会人再来往，不许出去打架，不许夜不归宿，不许勾搭其他女人。长相像黑社会的曹铁很听徐敏的话。

我无暇顾及这些热闹，满脑子想的都是夏振中。那个随他一起消失的传呼机，是我寻找他的唯一希望。如果是劫财，嫌疑人肯定不会放过这个价值好几百块的玩意儿。可是一番寻找，人没音信，传呼机也淹没在时光里。

尽管我上班时间不长，但公安局里的每一个人都知道我在找我哥。哪儿有失踪的人或者挖出的白骨，我都会去看看，但每一次都是失望而归。

1997 年秋天，我听三叔到我家串门说，老黑喝醉了酒，说夏振中拉煤那天有人看到段化淳跟着他出去了，怀疑夏振中是被段化淳弄死的。

对于这个传闻，父亲嗤之以鼻：段化淳是曹卫国的女婿，文弱书生一般，说话娘里娘气，和老婆曹娜打架都打不过，怎么制服夏振中？老黑散布这种消息纯粹是挑拨离间，看着我当警察了，借我的手收拾他们已退休的对手曹卫国。

尽管父亲不信，我还是觉得问一下老黑比较妥当，真假自己分辨。还没等我去，曹铁就已经找上了老黑。老黑自扇耳光在电厂大院里骂："哪个王八蛋把别人酒后说的胡话四处乱说的？"

不放过一丝和夏振中有关信息的我找到老黑。他说："二小子，发酒疯犯法吗？那你把我铐走吧。"

待我准备找段化淳的时候，却在医院里见到了他。他头上抹着定型摩丝，白胖的脸上架着一副金边眼镜，白衬衣扎进黑西裤里，腰间醒目的腰带扣彰显着不菲的价格，派头比厂长还足。这个"刘氏集团"的成员此时是电厂供暖科副科长，他的特长是能说会道，尤其是能说到领导们心里去。许尽然需要这样的人物来对外社交。夏振中以前爱在家里嘲讽他，说他这是"不近视却装文化人戴眼镜，看起来是匹马，一张嘴原来是头驴"。

段化淳客气地跟我打招呼。

原来，父亲和朋友在饭店喝醉了酒，逞能地骑车回家，一头栽到地上，磕破了脸，摔伤了腿。路过的段化淳把他送到医院。我感激地握着他的手，段化淳说："山林叔和我亲叔有啥区别，送医院、交住院费这不都是应该的吗？”我赶忙从包里掏钱。他推让了一下，说着“振乾，这么客气干啥”，却把钱装进了兜里。

待他走远，我喊住他，追上去，鼓起勇气问他老黑说的那些话是不是真的。

段化淳坦然地笑着说：“还不是眼红咱是许厂长跟前的红人？振乾，可不能上当啊。”说完，他拍了拍我的肩膀走了。

【6】

1998年2月22日，滑城又发生了一桩失踪案。失踪者竟然是电厂风头无双的人物许尽然。

据他妻子宋小霞报案时所述，许尽然已经失踪了三天。成为厂长夫人后，电厂女工宋小霞在家吃起了空饷，享受着女人们艳羡的生活。刚开始她以为厂长丈夫只是外出考察了，后来县里通知这个电厂的人大代表到县政府开会，找不到人的她才慌了神。

这一找才发现电厂会计许其然也不见了，会计的妻子同样以为自己的丈夫跟着厂长哥哥出门了。

一下子失踪了两个人！时任刑警队大队长的王杰非常重视，安排高国才（我从警的老师，我称呼他为高老师）、我、张峰、谢自顺组成专案小组彻查这个案件。

我感觉似乎就要找到夏振中了。

高老师猜测许尽然哥俩在一起，找到领头的哥哥就能找着弟弟，让我们把有限的资源用在许尽然身上，但许尽然的手机始终处于关机状态。

厂长夫人宋小霞说："说不定找那个烂货去了，死在床上了。"她说的烂货，我知道是电厂后勤职工刘彩虹，两人相好是电厂公开的秘密。

宋小霞多年前带着娘家人找上门的时候，并没有占到便宜。刘彩虹的丈夫杨西东拿刀把守着门口。刘彩虹不仅不承认和许尽然偷情，还把上门者骂了一顿，并找到时任厂长刘红军讨公道。那件事的结果是许尽然把宋小霞打了一顿，连邻居都听到了惨叫声。

宋小霞咬牙切齿地说："他俩相好了十多年，那个傻种不知道在刘彩虹这个贱货身上卖了多少力气。现在儿子都娶媳妇了，还去找她。"

我们来到刘彩虹家。三十五六岁的刘彩虹风韵犹存，白白的脸，丰满的身材，自带一股女性的迷人气息。

"人家现在是厂长了，哪有工夫搭理我这半老徐娘，早就不来找我了。"刘彩虹拉长了声音说。

我们用怀疑的目光看着她。她一跺脚说："有什么可说瞎话的，三个月没来了。"

"你男人呢？"高老师问。

"他爹这两天又病了，回浚县老家伺候爹去了。"

五星村往北 4 千米是一条直路，过了就到了浚县杨堤村，刘彩虹男人杨西东的村子。看我们进门，杨西东的手都不知道往哪儿放，快40岁的人木讷得像小孩一样站在一边，还是他爹说赶快给两个警官倒水喝。

杨西东慌忙倒水，水洒到了桌上，他又慌乱地拿那条脏得已经看不出颜色的毛巾擦拭。

“别麻烦了。”高老师笑着说，“你也坐，我们就问几个问题。”

杨西东是在许尽然失踪后的第二天请假回来的。他等一会儿要回去上班，这个电厂的锅炉工今天晚上值夜班。

杨西东的父亲有严重的气管炎，现在天依旧寒冷，他咳嗽得喘不过气来。杨西东涨红了脸说：“我的家庭条件你们也看到了，我父亲是个药罐子，要不是娶了彩虹，我进不了电厂，估计这辈子也找不到媳妇。我知道彩虹和许厂长的事，只要彩虹还和我过，他们爱怎么样就怎么样吧。”

我们没有问到更多的信息，失望地走在回滑城的路上。现实让杨西东这个高大英俊的男人，从一开始就选择了忍耐和顺从。

许尽然自从当了厂长，没少得罪人，从这方面排查工作量很大。但是我不怕，我始终认为这起案件和夏振中的失踪有关系。

从浚县回来顺路到电厂走访，我们没有得到有效的信息。电厂的工人们好像约定好了一样，口径一致得出奇：谁当厂长都一样，都是把自己人提拔到油水大、工作轻巧的岗位，其他人老实干活就行了。许氏兄弟那么厉害，谁敢招惹？

高老师对电厂工人这种抱着膀子看笑话的姿态，唯有苦笑。无论什么时候，对权势人物的不幸遭遇，大多数人都是这种态度。但是得不到信息，破案之路寸步难行。

回到局里。张峰说他刚接到一个匿名电话。电话那头的人声称许氏兄弟是被电厂已退休厂长刘红军杀害的。对方说完这些便匆匆挂断，根本没有给他问话的机会。通过追查，我们发现这通电话是从道城路上一家烟酒店打出的。店主说打电话者是一个40多岁的男人，戴着帽子，没看清长相。

高老师端着搪瓷缸子吹着烫嘴的开水，若有所思地笑着，停了一会儿说："就知道会有这么一出。"

"你觉得是有人指使他打这个电话？"我问。

"你觉得呢？"高老师反问我。

"我认为刘红军不会杀人。"被高老师和张峰盯着，我咽了一口唾沫说，"我父亲在电厂干了一辈子，他了解刘红军。他说过刘红军资产雄厚，已经安稳退休，刘家能有今天离不开他的韬光养晦，他不会因为小猫小狗的挑衅自乱阵脚。"

"那是谁指使打的电话？"高老师又问我。

我摇摇头："我说不好。"

"会不会是缑瑞平？"一直没有说话的谢自顺突然提出。

"有可能。杀兄之仇，夺权之恨。"高老师皱着眉头分析。见张峰不解，他解释说："还记得刘红军退休时提的条件吗？缑瑞平不能当电厂的一把手。老谢，你带着张峰见一下刘红军，了解一下情况。我和振乾去找缑瑞平谈谈。"

高老师夹着包准备出发，我急忙把笔记本装进挎包里跟上。

刚出门没走多远，高老师就指挥开车的张峰把面包车停在广场街路口。看这架势，今天的午餐是扁粉菜。

扁粉菜是豫北特有的早午餐，猪骨和鸡骨熬制的白色高汤里，放上红薯淀粉制成的扁粉条、切成薄片的豆腐和鸡血、烫好的青菜，一起炖煮，出锅时浇上蒜汁和油泼辣椒，配上刚出锅的焦香酥脆的油饼，堪称人间美味。

食至半碗时，我们四人的额头都冒出了细小的汗珠。高老师深深地吸了一口气，显然是在享受美食带来的满足，这不仅填饱了肚子，也抚慰了疲惫的心灵。我感觉轻松了许多。

【7】

缑瑞平已经50多岁，头发几乎全白，他肤色白皙，身材板正而瘦削，给人一种仙风道骨的感觉。

高老师走上前与他握手，半开玩笑地说：“你这是生产和修行两不误啊。”

“家族遗传，夏警官应该知道的。”缑瑞平回应说。

我笑了笑。

我们坐在一进门西侧靠墙的会客沙发上，缑瑞平坐在南边的位置。十多平方米的办公室，最里边放了一张酒红色的办公桌和一把看起来很舒适的黑色真皮椅子，背后墙上挂着本地书法家闫向忠的墨宝“天道酬勤”。缑瑞平现在是电厂的书记，电厂的领导者一贯是厂长独揽大权，书记委曲求全。

寒暄过后，缑瑞平端着茶碗走到我们面前，笑着说：“我知道你们是为许尽然而来。”

高老师看向他。

“谁都知道，我和许厂长合不来，认为他德不配位。我们在电厂的管理上争执不断，甚至在厂里的党组会议上吵过架。我妹妹被他弟弟许其然挤兑得没法正常上班。但这都是工作上的事，我这个年纪，在厂里也没啥熬头了，不至于学刘红军那样去杀人。”

“刘红军到底有没有杀害缑福平书记，我们还在调查。你放心，我们不会放过任何线索。”高老师保证道。

缑瑞平点点头，满意地说：“我妻子一个月前查出了乳腺癌，我妹妹陪她在郑州治疗。我们哪有精力筹谋别的。”

我的确听父亲说过此事，他也是听曹卫国说的。当然，曹卫国在讲这件事时，表情中带有一丝幸灾乐祸。

高老师问了匿名电话的事，缑瑞平淡淡地回应：“刘厂长在位时行事雷厉风行，有时候称得上狠辣孤绝，得罪一些人也在所难免。”

在电厂和五星村的走访结果表明，缑瑞平并没有什么疑点。电厂风评：他为人谦和，不摆架子，关心职工，比许氏兄弟强多了。

走访完，我和高老师回到面包车上，过了一会儿，张峰二人也回来了。

关上车门。张峰说：“刘红军上午在家侍弄花草，中午吃过饭，要么找退休的李院长下棋，要么去双流河钓鱼。晚饭后，他会和曹卫国一起遛藏獒，一来一回一个多小时，然后回家锁门休息。他的孩子们也都跳出了电厂的圈子，各自忙活生意。”

张峰又说：“曹卫国的社交圈子也很窄，没事就找振乾的父亲说话喝酒。刘红军的弟弟刘红兵、妻妹曹九香现在都在做服装生意，收入比在电厂时高多了，都发了。五星村人眼红得不得了。刘红兵、曹九香我们都走访过了，两人都说，从电厂出来了，就不再掺和里面的事。刘红军也叮嘱他们，要往前看，不要再提过去的恩怨。”

“刘红军是个有魄力的人，不会因为陈年旧怨而冒险。”谢自顺说，“虽然他儿子刘利和到电厂找过许尽然，那也是警告他别派虾兵蟹将来丢人现眼，有本事就自己出来，两家真刀真枪地干。”

刘红军和许尽然的矛盾，源于刘红军还在厂长职位上时，提拔了自己的亲戚，把许尽然压在科长位置上很多年。这次许尽然能捡漏当上厂长，实属侥幸。刘红军退休前，许尽然一直表现得很大度，但刘红军一退休，许尽然就不再掩饰了，开始指使手下人瞎找事，比如往刘红军家院子里扔垃圾和粪便，半夜敲门等。刘利和警告许尽然后，他就消停了。毕竟当了厂长，再这么下作，叫人笑话。

关于匿名电话，刘红军表示很正常。他提到上次住院，出院回家的第二天，他妻子出门买菜时看到家门口有人半夜烧纸之后留下的灰和没有燃尽的纸钱。这些都是烧给死人的东西，意思再明显不过了。他说缑瑞平兄妹干不出这事，这种行为更像是小人坯子干的。这种人见不得别人好，又是墙头草，谁得势当谁的马前卒，跟此等鼠辈一般见识是很丢人的。眼红他们的人太多，巴不得他们忍耐不住进入是非圈。他已经退出电厂的名利圈，只求多活几年。

“和咱的感觉一致。”高老师叹着气说。

“你这是高兴还是不高兴？”张峰问高老师。

“高兴，又不高兴。再和当年缑福平的案子一样，成了悬案，咱们就真成吃素的了。”

回到公安局，我正整理一天的走访信息时，高老师让我陪他出去。我们走到滑城大弦戏院门口，他让我在面包车上待着，自己两手插进皮夹克的兜里，夹着脖子走进了那个圆形的门。

十几分钟后，高老师出来了。他问我和曹铁熟不熟，我说我们两家有两辈人的交情了。他说，那就好。我开车时想，高老师教徒弟还留了一手，他这是有“情报员”啊。

【8】

我和高老师来到了曹铁的仓库。

“你们这个面包车该淘汰了，离老远我就听见机器声，比拖拉机还响。”曹铁迎了出来，递给高老师一支烟。高老师摆摆手。

“没有你这大商人资本雄厚。”高老师开玩笑说，“要不赞助我们一辆吧？”

“没问题呀，振乾跟我说过很多次，说你对他特别关照。”

“哪有什么关照？振乾踏实能干，碰见案件肯动脑子，是个人才。”

“谢谢夸奖。”曹铁满脸堆笑，“你这么夸我兄弟，比夸我自己还高兴。”

“我们这次来，你也听说了，许尽然兄弟俩失踪了。你在村里熟，在厂子里熟，社会面也广，请你帮个忙。”

曹铁挠了挠头说：“早就不关注这些了，但是你俩来了，我总得尽点力。要说可疑，我觉得租刘彩虹家房子的那姓牛的爷俩有问题。”

“他们租刘彩虹家房子也有好多年了。那爷俩，父亲老牛 60 岁出头，儿子牛民喜 40 岁，原先是西纸厂的工人，下岗之后没回老家，卖猪杂为生。每天下午 4 点多钟在卫河路邮局旁出摊。我听别人说过，他们是原西纸厂毛厂长的亲戚，老家在离这 30 千米外的牛寨乡，又听说他们在双流河东的胡庄买了一套院子。”

对于这种挣辛苦钱的小商贩，自己有院子还花钱租房子，本身就很可疑。从曹铁的仓库出来后，我和高老师把车停在卫河路邮局不远处，坐在面包车里观察牛民喜。正好有个人到摊前买猪头肉，只见他一边熟练地拆猪头，一边和来人闲聊，看起来就是一个普通的小贩。

观察了一会儿，我们来到五星村。刘彩虹老院子所在的胡同口，已退休的电厂职工刘文堂正在和老牛下象棋。刘文堂只有刘彩虹一个孩子。刘文堂的两套院子，有一套是他哥的，他哥当年死在战场了。

高老师示意我先不要靠近。我们远远地观察。胡同西边是这一片居民开辟的菜地，这个季节只有几棵塑料布下的瘦弱白菜。菜地对面是西纸厂，我俩走到了西纸厂门口，以前热气腾腾的工厂如今只剩沉默不语的烟囱，青藤缠绕的厂房，残缺的围墙和满地胡乱扔的生活垃圾。它像一只怪兽，也像一个年老的弃妇，委屈地注视着这一切。

“一个工业废墟！”我叹道。

“也是一个时代的结束。”高老师说，“你有没有注意到老牛，他应该没有他表现得那么虚弱。”

我蓦然反应过来，自己只顾感伤当年热闹非凡的工厂，忘记了此行的真正目的。从我站着的位置看，西纸厂门口的矮墙可以提供很好的掩护。

“他坐着轮椅，但长时间坐轮椅的人不是这个样子。”高老师说。

观察了一会儿，我也觉得蹊跷。老牛和他的儿子都是那种精瘦的身材，刚才看他儿子卖肉，手起刀落干脆利索，两条胳膊好像有使不完的劲。此刻，下完棋的老牛用胳膊转着轮椅回家，按理说，长时间坐轮椅的人胳膊应该更有劲儿，而腿会退化得没有力量，但我注意到，当老牛转过身背对着我们时，他的腿似乎也在用力。

【9】

我们来到刘彩虹家。刘彩虹嚷嚷：“你们怎么又来了？都说了，都给你们说明白了。”

“你家的平房有地下室吗？”我问她。

“有啊，你们家没有吗？”刘彩虹反问我。

我摇了摇头。

“我家的地下室和别家不一样。主屋西边卧室床底下有一个一人宽的入口，从那里下去就到地下室了，有楼梯，可以原路出来，也可以从西边的配房床底下出来。平时这两个口都用水泥板盖着，很隐蔽。我父亲这样设计是怕万一哪天有坏人进屋了，我们可以藏身。”她回答，“你们问这干啥？你们是不是觉得许尽然藏在那里？怎么可能？老牛头和他儿子老实着呢。”

“别问这么多，我们只是正常办案，例行询问。”高老师严肃地交代，“今天问你的不要跟任何人说，尤其是牛氏父子。”

“他们家就爷俩，没有女人吗？”我问。

“有啊。牛民喜说卖杂什挣不了几个钱，女人们都回乡下种地去了。”

从刘彩虹家出来，我们决定来个突然袭击，直捣黄龙。

我和高老师敲开老牛家的大门，转着轮椅开门的老牛疑惑地看着我俩。

“买整套杂什能便宜点吗？”高老师坦然地看着老牛，“我想跟你订一套，明天来取。”

趁着高老师和老牛在院子里说话，我直接走进了配房。

“哎！”老牛喊我，“你这个人干啥？”

我把那张铁丝床拉开，果然露出了一个正方形的水泥盖。正准备掀开盖子时，老牛突然从轮椅上站起来，快速向我冲来。高老师迅速上前把他死死摁在地上，老牛挣扎着。

我掀开水泥盖，一股霉臭味和血腥味扑面而来。

“有情况！”我冲高老师喊着，眼看被摁在地上的老牛要翻转起来，我快步过去，从包里掏出了手铐，把他铐住了。

“快！你去给局里打电话，让段法医他们过来。”

我一溜小跑，在附近找到一家有电话的住户，跟局里打了电话，同时呼叫了张峰他们两个。

【10】

在地下室里，我们发现了四具尸体：西纸厂厂长毛国强、许氏兄弟以及滑城第五建筑公司的经理。夏振中不在其中，不知这对他是不幸还是幸运。我长长地出了一口气。

审讯室里，牛民喜交代了。原来一切都是为了钱。西纸厂倒闭后，失去了铁饭碗的他们决定靠绑架有钱人赚些快钱。

他们一直在暗中跟踪许尽然，但是没有找到合适的下手机会。直到 1998 年 2 月 19 日晚上，牛民喜看到许尽然醉醺醺地去找刘彩虹，还没等许尽然敲门，尾随而至的爷俩就把他打晕带回了家。许尽然醒来后，吓得告诉牛民喜他的办公室保险柜里有

1万块钱，牛民喜便大摇大摆地过去拿了。嫌钱少的父子俩逼着许尽然拿出更多钱。许尽然想起自己那当会计的弟弟许其然刚从银行取了20万块钱，准备给工人发奖金。于是接到许尽然电话的许其然带着钱刚出家门，就被牛氏父子打晕并杀死，最后被扔到地下室。

至于建筑公司的经理，他是三年前被劫的，当时正是年底，他取款准备给工人发工资，不料发生了意外。

已经白骨化的西纸厂原厂长毛国强是最早的受害者。毛国强是对牛民喜的母亲喊表姑的。当年牛氏父子能进西纸厂全靠毛国强安排。

牛民喜说，西纸厂倒了之后，他曾找过毛国强，希望能通过他的关系进入电厂。可是毛国强一直推三阻四，似乎还想让他们送礼。牛民喜手头确实没钱，老家刚翻盖了房子，还背负了一笔不小的债务。

牛民喜的母亲拿出不舍得吃的芝麻，榨成香油，提了十斤给毛国强，老牛还特意买了两瓶伏牛酒和一条散花烟。等了两个月，毛国强还是让再等等，推说电厂人员饱和，现在不好进人。

他们又等了一段时间。临近春节，债主上门催债。牛民喜好言劝走债主并承诺了还款时间。春节过后，再次找到毛国强时，他又说让他们过完年再说。

那天，牛民喜父子手足无措地站在毛国强家的大客厅里。外面寒风刺骨，毛国强家的暖气片却散发着温暖的气流。里三层外三层地套着衣服的牛民喜，即使在自己家里也得这样穿，可现在，他感觉到汗水顺着后背流淌。他看着毛国强家客厅里的彩电，焕然一新的家具，和堆在地上的年货，想到自己家连过年的肉都要赊账，心中不由涌起一阵怒火。

出了毛国强家门，和牛民喜一起来的老牛恨恨地说："这个赖孙，还想扎圈[1]，看我不让他把钱全吐出来。"

牛民喜知道，父亲的愤怒不仅仅是因为今天，还有当年为了进西纸厂送的礼。

既然动了心思，牛氏父子便着手准备。他们在那年春节后不久租下了刘彩虹家的院子，这里隐蔽且方便。当初看房时，刘彩虹的父亲吹嘘，他当年英明，建造了个隐蔽的地下室。牛氏父子看过后，觉得地理位置极佳，便一口气租了十年，并更换了所有的锁具。后来他们又续租了十年。

搬到五星村的老牛装作腿脚不灵便的样子生活。他认为身体的缺陷是完美的假象，也是他们犯罪的最好遮掩。

1984 年 3 月 25 日，已经跟踪毛国强多日的牛氏父子终于逮到机会：醉醺醺的毛国强从烧鸡酒楼出来，一个人在黑黢黢的巷子里走着。那时的胡同里没有一丝灯光，只有牛氏父子心中熊熊燃烧的罪恶之火。他们扑上去用绳子把毛国强绑住，往他嘴里塞了条毛巾，放到架子车上，上面盖了一床被子。当看到有人远远走来时，老牛就躺到车上装作生病的样子，就这样将毛国强拉到了他们租住的地方。

1　本地话，设套敲钱。

那次作案牛氏父子从毛国强包里搜出了300块钱，又打电话勒索，收到毛国强妻子送来的3万元后，本想再索要更多，但老牛担心毛国强家人报警，害怕钱还没花就被抓，那就太亏了。他们本想把毛国强放走，但又担心他能通过声音认出他们，于是把他活活勒死，扔进了地下室。

之后牛氏父子以卖杂什为掩护继续作案，并悄悄买了辆面包车。牛民喜对外称买车是为了往返于县城和牛寨乡之间，开黑车拉人挣钱。

“你们用来劫持受害者的车在哪儿？”高老师问。

“平时都停在西纸厂的生产车间里。”牛民喜回答。

我们在西纸厂两层楼高的车间里找到了那辆破旧的面包车。这个曾经充满活力的工厂现在成了掩盖罪行的地方，曾经在这里辛勤劳作的工人成了手上沾满鲜血的罪犯。

老牛还交代了1995年杀害缑福平的事。

老牛在五星村住的时间长了，和邻居刘文堂成了棋友。1994年腊月的一天，刘文堂一边下棋，一边唉声叹气地说他从曹九香那里借了3万块钱，一直还不上。前几天曹九香找到他，说都是一个厂的同事，知道他身体不好，如果不是刘厂长照顾，他哪能拿着全额工资在家里歇这么多年。现在缑福平攀上了李县长，要把刘厂长赶走，刘厂长一走，缑福平也容不下他们，曹九香自己也做不了会计了，他就得还钱。但刘文堂叹气，他现在哪有钱还啊？

看着刘文堂愁眉苦脸的样子，老牛心生一计，他说：“这还不简单。缑福平死了，你不就不用还钱了，甚至曹九香还可能倒给你钱呢。”

老牛话音刚落，刘文堂眼中顿时闪过一丝光芒，他说：“我怎么没想到这层呢？”然后他又发愁找不到教训缑福平的人。

老牛出了个主意：“这街上多的是想赚快钱的下岗工人，有的连下顿饭都成问题，给他们几百块钱，他们什么都敢做。”

听老牛这么一说，刘文堂眼睛里彻底冒出光来，他说：“老哥，我把钱给你，你帮我找人办这件事吧。”老牛起初假装推辞，过了几天，在刘文堂的催促下，老牛告诉他 1000 块钱人家嫌少，至少得 5000 块。过了两天，刘文堂给了老牛 5000 块钱，老牛父子就趁着古会[1]把事办了。

“还有呢？”我逼问着。

看我疯狂的样子，老牛有些害怕：“没有了。我都交代了。”

“你们害的人，有没有一个叫夏振中的？”

他认真想了想：“没有，就这些，我全都交代了。”

牛民喜的审讯结果和老牛的一样。高老师拍了拍我的肩膀，让我别灰心，没有消息就是好消息。他又说：“但是你那个朋友曹铁，我总感觉他早就知道这件事情。”

1　道口古会是河南安阳市滑县古老的传统民俗活动，时间是每年的农历正月二十七至正月二十九。

【11】

我下班后直接去了曹铁家。小平安跟着徐敏去了姥姥家。曹铁切了一盘牛肉，又端出来一盘花生米。

“两个菜，咱哥俩喝两杯。”

一杯酒下肚，喝不了白酒的我只感觉肚子里像燃烧一般，呛得直咳嗽。

“你呀，比你哥差远了。”曹铁给自己倒满酒。

“曹铁哥，你是不是知道牛氏父子和许尽然的事？”

他摇头，吱溜了一口酒：“这事我真不知道。现在也不瞒你了，上一次我没和你哥去拉煤，是我九香姑找我。你们不是想知道什么事吗？”

“牛氏父子的事吧？”

“对。”

“九香姑虽然没读多少书，但眼力很好。那天牛氏父子刺过缑福平逃跑的时候，她一眼就认出了戴着帽子和口罩的爷俩。后来他们总是在九香姑家门口转悠，有时候还跟踪我姑父。九香姑打电话和我商量这事，让我找人给牛氏父子透透话。那天我去办这件事了，结果就……唉！”

曹铁叹了一口气，把杯中酒一饮而尽。

我借着酒劲问了一个我早就想知道的问题：“那天和我哥去拉煤的人是不是段化淳？”

“他那么懒的人会去吗？他去干啥？明知道你哥不待见他。”

曹铁的回答让我无言以对。

“电厂里的争斗你也看到了，很多人干活的本事没有，泼脏水的本事一流。刘厂长那么强势的人也只能忍气吞声。振乾，你最好不要裹进来。”曹铁恳切地看着我。

曹铁说的是实情。

“这些年，我把电厂里里外外的人都过了一遍。要是振中真出事了，也不是厂里的人下的手，最多是通个风。”末了，他定定地看着我，“振乾，你也不容易，别活得那么苦。你只管好好上班，振中我来找。”

我感激地看着他，随后在夜色中回了家。

举刀的同年

（1999 ~ 2005 年）

【1】

连夜的梦魇像胶水一样黏在脑海中，昏昏沉沉一夜，刺耳的电话铃声把我惊醒：紧挨县城的城关镇发生了一起命案，死者是西关三街家乐超市的老板 —— 李家乐。我起床时，瞄了一眼日历 ——1999 年 12 月 14 日。

高老师带着我和张峰一行三人出发赶赴现场侦查。昨天夜里的一场大雪，让路面变得湿滑难行。等我们赶到现场已经是上午 8 点，一下车，冷风吹来，裹着警用大衩的我缩着脖子。

“振乾，冬天能看到你的脖子不容易。”张峰跟我开玩笑。

“我爸说我像个老鳖，一冷就把脖子缩回了壳里。”

家乐超市在三街南边，临着胡同。城关派出所的民警高飞和一个妇女站在超市门口。看见我们走过来，高飞说道：“高队来了，这案子就稳了。”

“我还啥都不知道呢，你这马屁就拍上了，我这压力很大啊。”高老师回答。

“这位是死者李家乐的妻子，三妮。”高飞介绍道。

三妮一副惊魂未定的模样，眼睛红肿着。她也认出了我。当年她和曹铁正相好，因为夏振中失踪我找过她。她和曹铁分手后经人介绍嫁给了李家乐。两人都死了配偶，都带着孩子。组合在一起倒也过了几年幸福的日子。

“你跟高队说一下情况吧。”

三妮哽咽着说：“昨天晚上 6 点多吃过饭，我收拾完厨房就到四街的娘家去了，就在西边。”三妮指了指，“我娘脑子糊涂了，需要人照顾。我们姐妹轮流伺候，晚上得住那儿，不然她连床都下不了。早晨起来我让娘解了手，问她饿不饿，她说不饿。我想干脆回家做饭，吃过饭再去，顺便端过去一些，这样做一回饭就行了。

“我从娘家出来走到超市门口，平时这个时候家乐都起来开门了。我掀开棉门帘，看门关着，准备叫门。一推，门竟然开了。进去一看，家乐躺在地上，浑身是血，四处溅的也都是血。老天爷，我们家怎么会摊上这种事啊！”三妮实在忍不住，哭了起来。

“你几点到的超市？”

“我想不起来了。”

“你几点打电话报的警？”

三妮掏出兜里一个破旧的手机，看了一下满是裂纹的屏幕说：“6 点 29 分。”

“超市里丢什么东西了吗？”

“床头前的桌子抽屉都被拉开翻动了，里面搁的是零钱，一块、五毛、一毛的……大多是硬币，总共十几块钱，没少。货架上的一袋小面包、两瓶健力宝，都被吃喝了。你进去就能看到地上扔的包装。都怪我，翻盖院子开超市是我的主意，我只是想挣个零花钱，毕竟家乐瘫了，我们还要供两个孩子上学啊！”

三妮的声音充满了悲痛和无奈，让我心里也不由得一阵酸楚。

【2】

李家乐曾是钢厂的合同工。当时滑城每个厂子都是这样，正式工人喝酒、打牌甚至在外面开展第二职业，拿着正式工一半工资的合同工却干着最繁重的活。尽管如此，成为合同工对许多人来说仍是遥不可及的梦想，毕竟当时工人社会地位比农民高，还有说不定哪一天会转正的大饼在头上高高悬挂。

久而久之，如日中天的钢厂成了海龟，被寄生在身上数量惊人的藤壶压垮。1983 年钢厂倒闭后，李家乐回家种那几亩[1]薄田。1986 年他和几个工友外出务工，成为新中国第一批农民工。不幸的是，两年前他在施工时从高高的脚手架上摔了下来，下身瘫痪，只能坐在轮椅上。

1　一亩大约 666.667 平方米。

聊到这个不幸，高飞补充说："这事是两年前的吧？"

三妮点了点头。

我心里更添酸楚。

我和张峰同时走到超市门口，掀开棉门帘，是两扇刷了红漆的木门。

"既然开了超市，怎么不装成铁门？"等三妮平静下来，我问。

"这两扇门是翻盖老房子时拆下来的，不舍得扔，自己刷了一遍油漆，想省个钱呗。"她的眼泪又流了出来。

"别哭了，我进去看看。"

我戴上手套和脚套。段法医一般不允许人随意进现场，怕一不注意破坏了证据。我据理力争——亲眼到现场看和看拍回来的照片是两回事。几次勘查下来，段法医见我格外小心，也就放心了。

门里边的锁没有被破坏的痕迹。是李家乐自己开的门，还是他忘记锁门了？正当我疑惑的时候，正忙着查勘现场的段法医抬头打招呼："振乾来了。"

"段法医，怎么回事？"

"你看都被砍成什么样了。"

地上那具血肉模糊的尸体，不知道被砍了多少刀。地面上、床腿上、拖鞋上，包括床上都有喷溅的血迹。受害者李家乐头朝东趴在离床有一步远的地上，拖鞋一只压在一条腿下，另一只被踢到了床底下，轮椅在他的南边，上面全都是血。

“这么长的刀，刀刃有 30 厘米。”段法医指了指物证袋里的刀。

“这刀是凶手留下的吗？”

“不是，三妮说是她家的。”

“超市放这么长的刀干啥？”

“夏天切西瓜用的，一直在超市放着。”

我看了一下，这间门朝西的屋子有近 40 平方米，北边和东边挨着墙放了一圈货架，上面拥挤地摆着油盐酱醋等调料，还有瓜子、辣条等零食，以及袜子、干活用的棉线手套等生活用品…… 挨着货架的地上放着一袋标着 50 斤的散装白糖，一箱梨和苹果，一筐橘子，都是应季的水果。门口南边挨着西墙放着一张桌子，上面有一个黑皮笔记本、两支圆珠笔和几颗没嗑完的瓜子。桌子南边的床上，肮脏的被子胡乱掀在靠墙的那一边。

李家乐虽然腿瘫痪了，但胳膊有劲儿，隔着衣服也能看出来很壮硕。他睡的这张床比正常床的高度稍低，我想象着他用胳膊撑着床慢慢转动身体，然后坐到床上，再脱衣服睡觉的画面。

目前看来，李家乐是被砍多刀之后，失血过多导致休克死亡。具体的细节还得回去做进一步检验和分析，在完成现场生物信息的提取后，段法医带着刑事技术人员离开了。

【3】

在勘查现场后，我们封锁了超市并跟随三妮回到她家中，就在超市后面。

“是谁杀了我可怜的孩子，你们一定得主持公道啊！”李家乐的母亲跪在我们面前号啕大哭。看到儿子惨烈死状的她，刚从昏迷中醒来。

“一定的！”高老师上前扶她。

“别哭了，妈。人家警察得办案呢。”三妮轻声劝解。

“好，我不哭了。”她用粗糙的大手抹了抹眼泪。

“你爱人平时都睡在店里吗？”高老师问三妮。

“不是，他住在家里。昨天晚上我不在家，家乐嫌来回麻烦，就决定在店里过夜，反正也是一个人。两个孩子和我妈在村子中间另一处宅院住。”

“这个季节，超市一般几点关门？”我问三妮。

“我在家的时候是 8 点。昨天晚上临走前我把门关上，让他从里面锁上，早点睡。”

“几点离开的？”

“快 7 点了。”

“你爱人忘记过锁门吗？”

“没有。家乐心很细，而且天天就这么点事，都是他在这儿守着。他把店看得很重，身体这样，他觉得对不起孩子！”

“呜呜……”李家乐的母亲抑制不住悲伤，又开始放声大哭。

“他有防范意识，”三妮补充道，“他把那把刀放在床里边的铺盖底下，就是为了防贼。”

“旁边的邻居呢？家里有人吗？”

“没有，他们在安州做生意，一年到头回不了几次家。”

“你们家和谁结过怨？”

“没有！绝对没有。”三妮肯定地说，“我们这样子能和谁结怨？别人说话硬就忍了，村里很多人家看我们都觉着可怜。”

“好，先到这儿吧。”我说。

“警察同志……”李家乐的母亲眼泪汪汪地看着我们。

高老师说：“你放心，一定给你们一个公道。”

从李家乐家出来，我们继续在村里周围走访，了解情况。

【4】

家乐超市往北离西关热闹的主路有 600 米，往南走 300 米是城关镇卫生院。昨天下雪能有多少人出来活动？我们决定依次寻访。

村民李建国说，他昨天晚上 9 点多从四街表哥家喝酒回来，准确时间记不清了，老远看到家乐超市亮着灯。他有点醉了，脑袋蒙蒙的，眼皮子打架，没有多想就回家睡觉了。

李建国和李家乐住一条胡同，是胡同里的第三家。

我问他夜里有没有听到什么声音。他妻子抱着手在一旁插话，身体晃动，表情略显不悦：“他一喝酒，那呼噜响得像打雷，隔着三五里都能听到，别的声音他哪里听得到？”

李建国挠着头，一副什么都不记得的模样。

“领导。”李建国的妻子看着我说，“要我看，杀了人可跑的地方多了去了。你看，从麦地走，从村里的胡同走，熟悉这儿的人，到处都能跑。”李建国妻子的嗓门和她的个子一样高，一听就是个泼辣爽快的人。

“别瞎说！”李建国呵斥她。

她却不以为然：“看把你吓得，人家警察英明着呢。”

我继续追问：“李建国到家具体是什么时间？”

“我都睡熟了。天冷，搂着孩子7点就躺下了，还是他打呼噜把我吵醒的。这个二百五[1]，让他喝完酒睡别屋他就是不听。我醒了就再也睡不着了，看外面白茫茫一片，一想二楼露台还晒着棉鞋，就披上棉袄上去收，刚好看见两个人从胡同口走过来。当时没多想，回屋躺在床上还是睡不着，想起来其中一个长得特别像以前那个拦车要钱的王瘸子。”

“胡说！王瘸子死了好几年了，他们一家都搬走了。”李建国着急地跺着脚，然后抱歉地对我们说，“王瘸子有小儿麻痹症，走起路来腿一边高一边低，拄着拐。他下岗后在西关集市上拦车要钱。不过那都是好几年前的事了。”

高老师示意李建国接着说。

“我的肉摊在镇上十字街东边。十字街两头都是卖东西的，人多，从那里经过的车开得慢。王瘸子都是往正开着的车前一站，把车拦停下来。他母亲走到驾驶室旁要钱，5块钱、10块

1 俗语，傻瓜的意思。

钱的，不给王瘸子就躺在车前头。司机没办法，看他们娘俩一老一残，穿得破破烂烂的，就给了。有不给的，他娘就哭，说儿子的腿是在这条路上被碾断的，黑心司机跑了。后来涨了，至少10 块钱，不给到这个数目就躺在地上不起来。”

“没人报警吗？”我问。

站在一旁的高飞说自己就出过一次警。那还是个夏天，太阳毒得很，有个司机看不惯这种无赖行径，打了报警电话。接到电话 5 分钟后他们就到现场了，当时王瘸子娘俩都在地上躺着，一边喊着司机撞人了，一边往人家车底下滚。那么热的天，柏油路都要晒化了，娘俩满头满身都是汗。

高飞叫王瘸子母子起来，说不起来就抓他们回局里，但他们还是胡闹。没办法。他和搭档一人一个地把王瘸子母子拖到路边。从那之后，这娘俩就到派出所，甚至到镇政府告高飞，说高飞打他们了。

高飞无奈地叹息：“出了一次警，惹了一身麻烦。”

我继续追问王瘸子和他母亲之后的情况。李建国解释道，王瘸子和他娘照样拦车要钱，不过不是天天去了，是干一天歇一天，人家给多少是多少，反正是无本生意。4 年前他拦车的时候，司机没刹住，把他撞死了。

他继续描述：“自那以后，王瘸子的娘吓了个半死，不敢再拦车，回家种地去了。不过，她没事就喜欢到集上转悠，顺手占个小便宜。小贩们一看王瘸子的娘来了，都是打起十二分精神盯着摊位。”李建国补充说，“一年后，王瘸子的姐姐从安州回来，将她的母亲和王瘸子儿子接走了，从此他们就没再回过村。”

村民们说，王瘸子的儿子现在也就 20 岁出头。

【5】

从李建国家出来，我们继续走访了王瘸子家。

他家低矮的房屋中最东头那一间已然坍塌。邻居说他们从去安州后就没回来过。王瘸子的儿子叫王子龙，20 多岁了，在家门口的职专[1]没上到毕业就不上了。那会儿也都是独来独往，没见他跟谁在一起玩过。

王瘸子以前在棉纺厂食堂做饭，他母亲在食堂打杂。这都是他在安州的姐姐找人安排的，甚至他那个媳妇也是姐姐花钱帮他娶回家的。

据说王瘸子的姐姐在安州开烧鸡店。但她男人厉害，邻居们说她丈夫是个局长。以前他们回来时总是摆出很大的阵仗。后来王子龙的母亲上吊死了，女婿嫌丢人，再没来过。只有王瘸子的姐姐一个人回娘家，不过一年也就回来一两次。

邻居还提到了王瘸子已故的媳妇。娘家在离城关镇 3 千米的枣村。她父亲早死，母亲把他们兄妹拉扯长大。家里穷，她哥又一只胳膊残疾，一直没寻到媳妇。枣村有个女的嫁到城关镇五街，给两家说起了媒。王瘸子看人家模样周正，给的彩礼高。那

1　职业中等专业学校的简称，后文简称“职专”。

个可怜的女人再不愿意，也耐不住她娘逼迫，况且有了高彩礼，说不定能给她的残疾哥娶新妇。

王子龙出生半年后，他娘实在忍受不了王瘸子母子，尤其是王瘸子的母亲，嘴毒，说话难听，就跑了。王瘸子找了一个月，在浚县的一个饭店找到了。王瘸子非说自个媳妇有相好，跑到人家娘家闹事。闹完事回家又用皮带抽她，抽得满身血痕。王瘸子的娘还在旁边怂恿："打！使劲打，打到她再也不敢乱跑。"半夜，他媳妇爬起来，上吊了。

尽管时隔多年，提起这段往事，邻居们仍忍不住泪水，喃喃说道："死了也是白死。"

胡同里另一个围上来的老人说："一窝老鼠不嫌骚。王子龙奶奶那性子，他爹不是人，他自己也不是个好玩意儿。"

"大爷，再说说。"高老师笑着搭话。

"为啥非得跑到安州去？他在家待不下去了。那么小的年纪，竟敢做出强奸的事。"

"就你多嘴！"他的老伴试图阻止。

"你别管，有啥不敢说的！"老人冲老伴嚷嚷。

"怕对人家姑娘不好。"老伴走近，赔着笑脸说。

"又没强奸成。再说也没耽误人家找婆家。"

受害者是五街李泉栋的女儿，她在县城卖衣服，上下班都要从主街过。姑娘长得水灵，人见人夸。王子龙那小子起了坏心思。一天，他趁姑娘下班回来得晚，把她拖到胡同里准备强奸。得亏育才初中的王老师经过，听到呼救，才没出事。但王子龙肯定是蓄谋已久。

城关镇上这几条街住的人不是姓李就是姓王，李泉栋家弟兄多，当晚就到王瘸子家把他娘打了一顿，把他家里的东西全部砸了。王子龙溜得快，躲了起来。李泉栋的家人和亲戚到处找，放出话来，说要宰了王子龙。王瘸子的姐姐回来托人说和，赔了一大笔钱才了结。

“听人说是5000块钱。”老人的妻子补充，并流露出羡慕的表情。

王瘸子的姐姐怕王子龙再惹祸，就把他接到安州，正好在烧鸡店里干活。

烧鸡是滑城的传统美食，制作工艺讲究，散养活鸡经几十道工序，配以家传秘方，加陈年老汤精心炮制而成，成品形似元宝，入口酥香软烂。这道美食始于顺治年间，距今已有300多年的历史，如今倒是与案件扯上关系了。

走访结束，高老师安排高飞封锁现场。我们回县城汇总信息。

【6】

回程的车走到滑城第一高级中学门口，路上停靠的车辆明显比平日多，还有卖烤面筋、烤红薯、煎饼馃子的小贩推着车在学校门口等待。

“这是要放假了。”张峰说，“小贩的消息怪灵通的啊。”

“那是，不搞情报的小贩不是合格的小贩。”

“挺像咱办案子的，没有信息寸步难行。”

回到局里，刑事科学技术研究所的检验结果已经出来：现场只有李家乐一个人的血迹。刀把上、面包包装袋上和健力宝瓶上均发现了相同的指纹，也就是说只有一个嫌疑人。

王局长走进来询问情况。

高老师汇报：“超市锁具没有被破坏的痕迹，说明是李家乐自己开的门，可能是熟人叫门。其他的还得进一步侦查。”

王局长提出疑问：“会不会超市还没有关门嫌犯就进来了？”

家乐超市冬天一般晚上 8 点关门。三妮提到，她在快 7 点的时候离开超市，并嘱咐李家乐早点关门休息。三妮走后，村民李四吃过饭到超市里和李家乐闲聊，大概十几分钟后孩子喊他，他就回家了，李四回到家的时间是晚上 7 点 20 分。另一个村民在昨天晚上在看完《焦点访谈》节目后出来买烟，老远看见超市没亮灯，就转身回家了。

李家乐自从两年前在工地上出了事，就整天待在村里。他的生活圈子只有家人、亲戚和村民。这个人敲门，而他能艰难地起来，再一点一点从床上挪到轮椅上，转着轮椅开门，说明是非常熟识的人。他家的亲戚我们也询问了，没有可疑的人。目前的线索指向王子龙与其同伴。

王局长下达指令：从明天开始，设立临时办案点，主要任务是找出王子龙和他的同伙。

“这都三天了，走访了这么多人，几个村子都问遍了，昨没人知道他在哪儿？”张峰把打印出来的王子龙的画像摔在桌子上。

我和高老师昨天到安州找王瘸子的姐姐了。她告诉我们王子龙说自己想回家看看，给父母烧烧纸。她也觉得这几年孩子在烧鸡店干活，不怕杀鸡和煺毛的脏和累，成熟了很多。她给了王子龙 400 块钱，王子龙临走时说想多待几天。现在已经是第五天了。

王子龙家里并没有居住的痕迹。王瘸子的姐姐解释说，家里这么久没人住，肯定是住不了人的，她叮嘱过王子龙让他住宾馆，钱花完了就回安州。

她问我们王子龙到底出了什么事，我把情况给她说了一下。

她摇着头说：“不可能，我们家里没人认识李家乐。”

我们走后，王瘸子的姐姐也回到了滑城，她担心自己那唯一的侄子。

城关镇的宾馆都走遍了，没有发现王子龙和同伴的身影。

王瘸子的姐姐后来又想起她母亲跟她说过，王子龙在第三职业中等专业学校[1]上学的时候，有时会住到他认识的一个老头家里。她联系安州的母亲，但母亲表示王子龙说过那老头是个好人，其他的没跟她提过。

正当我们一筹莫展时，大队干部张强领着李建国走进来。

“高队，这是李建国，外号李一刀。”

1 后文简称“三职高”。

“你好！”高老师起身上前和他握手，“前几天见过，没想到你身怀绝技。”

“我年轻的时候杀猪，现在卖肉，落了这么一个外号。”

“请坐。慢慢说。”

李建国坐下。张峰给他倒了杯水，他客气地摆手说：“我不渴。”

李建国今天在集上卖肉，快收摊的时候看见两个人，当时他只看到背影，都很瘦，穿着黑色棉袄。

年前这一段是猪肉生意正好的时候，李建国一般到下午 4 点才收摊。收完摊，他走到三职高门口的火烧店买火烧夹豆腐串，他孙女爱吃。等的时候，他看见两个人从南边走过来，这不是刚才那两个人吗？其中一个他看着面熟，他们拐进三职高北边的胡同里了。

李建国恍然，那张脸很像王瘸子，活脱脱一个模子刻出来的，连眼睛斜着往上瞧的样子都一样。他老婆没说瞎话。李建国边说边尴尬地挠着头。

李建国走后，高老师带着我们去了三职高。

在路上，高飞说，过完年 9 月，三职高就合并到林场南边新建的职专了 —— 生源不好，县里进行了资源整合。

【7】

三职高北墙外胡同也就三米多宽，有五户人家，除了胡同最里面那家是新建的两层楼房，其他几家的房子都有年头了。尤其是一进胡同第二家，大门都成了朽木的颜色，这个早该被换掉却还屹立着的木门就像一个老人，风烛残年了还坚守在工作岗位上。我们没有贸然叫门，而是回到停在三职高门口的车里，从车内观察胡同的动静。

一个头发花白的老人骑着三轮车从我们车旁经过，走到胡同口往里拐。还未完全拐进胡同，老人便又骑了出来。见状，高老师准备下车，但见老人已经过来，便重新坐回车内。老人走到北边的火烧店，高老师下车也走到火烧店。

“要两个火烧。”高老师响亮的声音传来。

“老人家，牙口怪好，能咬动火烧。”高老师跟老人搭讪。

“牙不行了。”老人拿着火烧准备走。

“那还买这么多？”

“给孩子们捎的。”老人回过头回答。

“你买四个，家里有四个孩子？”高老师接过店家递来的火烧一边吃一边跟了上来。

老人停了下来：“哪有，一个也够头疼了，就两个孩子。”他说的时候语音强调“孩”。

“你的孙子？”

“不是。”

“老人家，我也是找我孩子的，他在这个学校上学。”高老师用手指了指旁边的三职高，尽量让自己的声音听起来焦急且关切，“前两天老师说他半夜翻墙出去了，我到处找都没找到，看里边有一个网吧，就在门口转了转，但没有开门。”

“你也知道这里面有个网吧？”老人有些惊讶。

“听别人说的。”

高飞说过胡同底的那幢二层小楼看起来是普通住宅，其实是一个家庭网吧，虽然只有三台电脑，上网价格又贵，但因为网络刚在县城兴起，非常吸引好奇心强的学生。

“它这个点不开门，到夜里才营业 —— 怕被人举报。”

“那我跟你回家看看吧，问问那两个孩子，万一他们认识呢。”高老师语气近乎哀求。

高老师中等个头，身材瘦削，皮肤白皙。焦急的语气加上文质彬彬的外形，一看就值得信赖。老人点了点头。

“我跟我兄弟说一声。”

他们一起走向胡同，张峰下车跟了上去。我也悄悄下车跟上，高飞留在车上。他们拐进了胡同第二家的院子，我留在大门外，偷偷探头往院里看，只看到雪地里醒目的脚印。正看着，突然听见里面有动静，我冲进去，张峰已经把两个年轻人摁在地上。

“为什么跑？”张峰厉声问。

“咋回事？”吓蒙的老人此刻反应过来，问我们。

“老人家，我们只是询问情况。”高老师说。

“你叫什么？”我问其中一个人。

“王子龙。”他回答的声音有些低沉。

“你呢？”我转向旁边的另一个年轻人。

“贾山。”他的声音带着一丝颤抖。

“13 日晚上干什么去了？”

“我……”王子龙迟疑了一下，似乎在思考是否该说实话，而贾山则不自觉地开始发抖。

“才两天就记不清了，年轻人记性这么差。”

“我们出去上网了。”王子龙回答说，声音里带着一丝挑衅，“上网犯法吗？”

“是吗？”我问贾山。他不敢说话。

张峰从床上拿来两人没来得及穿的棉袄，给他们披上。

老人用哀愁又无奈的目光看着我们。他脸上的皱纹纵横交错，写满了生活的苦楚，黑色的棉袄和棉裤泛着亮光，一看就穿了很久。

张峰和高飞决定先带王子龙和贾山回局里。

在走向院门的时候，老人把火烧递给张峰：“他们睡了一天，没吃饭，一会儿让他们吃了吧。”

张峰郑重地点着头。

【8】

“坐吧。”高老师示意老人坐下。老人擦了擦眼角的泪水。屋内一时沉默，只有头顶的灯泡泛着暗淡的光。

“他们怎么住在你这儿？”我打破了沉默。

从老人口中我们得知，王子龙以前是职高的学生。那时老人在职高打扫厕所，收拾垃圾。王子龙看他可怜，会把收拾的废纸、塑料瓶，攒在一起给他。为了表示感谢，老人给王子龙买了一包瓜子。其他学生一边嗑着瓜子一边嘲笑王子龙，说老人是他亲爷爷。王子龙和笑话他的人打了一架，班主任让他回家反思两天，他就不上学了。老人心里难过，劝他。王子龙说反正也学不会，待在学校也是受罪。从那之后，他除了回家，都住在老人这里。对老人而言，有人陪着说话，心里也挺开心的。

王子龙跟老人说自己没见过妈妈的样子，爸爸被车撞死了，他和奶奶一起生活，家里有几亩地。老人劝他学个手艺，但他懒得学，反正奶奶手里有爸爸车祸的赔偿款，花完了再想办法。

王子龙曾将贾山带到老人家中，说是初中同学，在县城的理发店学理发。贾山又瘦又小，看起来很老实。

后来他们没有再来，直到最近几天才又出现。老人问他们这些年去哪儿了。王子龙说他在安州，贾山说他还在县城理发。

“你一个人生活吗？”

“我有个儿子，好多年没见过了。”老人叹息着。

在老人沉重的目光里，我们起身告辞。

一进办公室，张峰便告诉我们，王子龙两人就着水狼吞虎咽地吃完了火烧，看样子饿得不轻，吃完就全交代了。

王子龙从安州回来后觉得无聊，又不想立刻回去，就去找贾山玩，贾山向他抱怨钱不够花。12 月 13 日晚上，他们决定去范记烩火烧店行窃。王子龙放风，贾山依仗身材瘦小的优势，从不常锁的地下室入口爬进饭店里，偷走一百多块现金和几瓶白酒。

得手后，他们回到城关，想看看城关镇医院有没有下手的机会。但天突然下起了雪，两人感觉冷，便打消了继续作案的念头，顺路从李家乐家所在的胡同里走过。

张峰刚才已跟道康派出所联系，范记烩火烧店的店主已经报警了。派出所正在为破案发愁呢。

盗窃案破了，我们的命案却没了线索。

【9】

高飞把李家乐的母亲带到公安局，说她有情况反映。

李家乐母亲拿出一个存折，我看了一下，里面总共有 1100 块钱。

“其中有 300 块钱是李家乐给我的，让我替他存着。”她语气里带着犹豫。李家乐不敢让三妮知道，这是他摔伤后一个女人来看他的时候给的。

我问女人的名字。

李家乐母亲说李家乐没提，只说是曾经的同事。李家乐被害之后，她想起来这件事。按现在的人情往来，看同事 50 块钱就很讲究了，何况是 300 块钱。

我问她女人来看李家乐的时候，她见到人了吗？

她说没有。她只听三妮说李家乐的那个女同事长得漂亮，个子又高，提了满满一篮子鸡蛋，还有一条猪肉，得有五六斤重。

李家乐的母亲走后，我们来到新华二路的薛庄，这是曾经的钢厂工人之村。钢厂已经倒闭16年，小区门口依然保留着“工业学大庆”的铁牌。村口一群老头围坐着下象棋。

高老师凑上前看了一会儿。有围观者看他长相斯文，搭起了话。高老师说话随和幽默，很快引起了笑声。

“我想给兄弟找个媳妇，都说薛庄的姑娘漂亮。”高老师的话，让老人们哄然大笑。

“这话不假。”一个老头说道。

“不过要说漂亮，我见过最美的是秦手艺的老婆。”

随即有人唱起了豫剧《夸美人》：“一头青丝如墨染，这两道蛾眉弯又弯，上宽底窄瓜子面，面赛桃花颜色鲜。忽灵灵一对杏子眼……”

秦手艺？我想起来了，是去年夏天出的那个现场。高老师不动声色地问：“是以前钢厂的保卫科长，那个长得高大威武的秦手艺？”

“看来，老秦声名在外啊。”一个老人讽刺地说。

“不是死了吗？”高老师明知故问。

“因酒而生，为酒而死，死得其所。”唱戏的老人说。

坐在北边的下棋者看向唱戏老人：“别在这胡咧咧了。”

下午5点，棋局散了。

高老师喊住北边的下棋老人问：“大爷，我是公安局的，能不能问你点事？”

老人看了看证件，说自己姓绳，以前是钢厂工人。

“能不能讲讲秦手艺的爱人高俊霞？”

绳大爷狐疑地看着我们，随后说：“走，咱到北边一边走一边说。”

绳大爷口中的高俊霞人如其名，身高1.75米，身量细挑，面容娟秀，美得让人移不开眼睛。去年我们见到的高俊霞，却只在眉眼中依稀可见两分姿容。

高俊霞的娘家在离县城最远的三店乡。那个地方和另外三个市搭界，属于三不管地区，穷。绳大爷也说不清是谁介绍的，总之她和秦手艺成了夫妻。

秦手艺的父亲以前是钢厂的保卫科科长，老头退休了，换秦手艺来当。秦手艺爱喝酒，喝完酒就打高俊霞。还说如果不是嫁给他，高俊霞说不定还在穷窝里下蛋呢，哪能在钢厂上班。高俊霞也不敢反抗。

那时的钢厂如日中天，钢材供不应求，想买钢材你得托关系送礼才能轮上。秦手艺胆大能干，在中间没少落钱。你不找他，连拉钢材的车都进不了厂。高俊霞舍不得这个蜜窝。

他们结婚多年，高俊霞还没有怀孕。秦手艺就说，母猪还会生崽儿，再不怀孕就离婚。一年后高俊霞生了一个男孩，叫秦战胜。

后来钢厂倒了，秦手艺拉不开脸去找活儿，整天酗酒。可一家人总得生活。高俊霞有个亲戚在国有理发店，她投奔了亲戚。后来县城里的理发店越开越多，她离开生意寡淡的国有理发店，自己单干。大家都说她是挂羊头卖狗肉，做的是皮肉生意。

我们询问秦战胜的情况，绳大爷称不知情。

【10】

高老师非要在双流河桥头喝糊涂，这也是大多数豫北百姓早晚餐的心头好。糊涂是用玉米糁熬制的汤，熬到火候的糊涂，色泽金黄，散发着玉米的香甜，再配上个白馒头，一碟小菜，让当神仙都不换。

吃完饭，高老师让李攀、张峰到粮贸巷打听秦战胜的消息，而我则和他去解放路北段高俊霞的理发店。店名直接就叫“俊霞理发店”。

隔着理发店灯光下的玻璃门，我看到身形肥胖的高俊霞在和一个谢顶的男人说笑。不知道说了什么，她突然大笑起来。

我想起 1998 年 8 月 2 日，她平静地坐在我们面前，诉说过去。

下岗后，秦手艺逼她出去挣钱，自己每天买醉。没钱了找她要，喝醉了就打她，把家里能卖的东西都卖了。高俊霞不愿意回家，宁愿住在店里。她说过去这一个月秦手艺没来找她，她只觉得清静，也没有多想。

1998 年 8 月 2 日，粮贸巷的居民因连日来难以忍受的臭味——像是死老鼠那样的恶臭——报了警。

接到报案后，我们来到秦手艺家。他脸朝下倒在客厅里，尸体已经高度腐烂，拉到解剖中心用水管冲了两小时，才把附着在尸体上的蛆冲掉，能够着手尸检。最后结合现场勘查情况，判定秦手艺是酒精中毒导致的死亡。

高老师咳嗽了一下，把我的思绪拉回。我们推门进去。看见我们，高俊霞一愣，随后笑着说：“两位警官来理发啊？”

高老师大咧咧坐在转椅上说：“有点事问你。”

高俊霞说：“马上好了。”

屋里没有人说话。男人临走时趴在高俊霞耳边低语，她扭了一下宽大的臀部算是回应。

高老师开门见山：“你认识李家乐吗？”

“有什么事吗？”她反问。

我们没有回答，只是看着她。

“认识，当过同事。”

“普通同事吗？”我追问。

“是。”

“那他摔残之后，你去看他提的礼物、给的钱，可不像普通同事吧？”

面对追问，高俊霞盯着我们说：“那个人死了，我也不怕了。李家乐才是我儿子的父亲。”

“我一直没怀孕，秦手艺要离婚。我能怎么办？一个女人落个不能生育的名声，还能再找什么样的人家？我去医院检查，医生说我一切正常，可能是我爱人的问题。我让秦手艺去检查，换来了一顿毒打。他骂我‘拉不出屎嫌茅坑硬’。”

“我找到李家乐，求他帮忙。他最初不愿意，看我实在可怜，就答应了。”

“为什么是李家乐？他比你小得多。”

“因为他和我都是大眼睛、双眼皮，嘴唇偏薄。即使孩子生下来似他，我也不怕。我很快就怀孕了。在厂里遇见家乐，他总是笑眯眯地看着我，我知道他为我高兴。”

“他太可怜了。哎！”高俊霞叹息。

我们看着眼前这个同样可怜的女人。

“粮贸巷的房子是我公公怕秦手艺卖了换酒钱，在去世之前过户给我儿子的。我熬得值了。秦手艺死了，我的好日子来了。”高俊霞提高了音量，掩饰不住的兴奋。

“你儿子呢？”高老师问。

“我快两年没见他了。”说完，这个刚才还快乐的女人放声大哭。

“秦战胜知道李家乐是他的父亲吗？”

高俊霞摇摇头。

【11】

回到公安局。李攀和张峰带回来了走访的信息：秦战胜初中毕业后到深圳，跟着开公司的二叔秦新艺做生意。秦新艺多次回滑城招人，并且承诺的薪水很高，据说是销售床垫的工作。

我们苦笑，秦新艺的公司应该是搞传销的，以暴利为诱饵，拉新人进局。这几年已有不少人报案：他们家人或亲戚被传销组织控制，打电话让拿钱赎人，或是自己被骗得倾家荡产。

1990 年，当时出现的“传销”进入中国市场。仅仅三年，许多城市都兴起了传销活动，但很多传销组织偏离了轨道，从商品共享转变为赤裸裸的金钱骗局。参与者通过发展下线或销售产品来获取报酬，这种模式充满了煽动性和欺骗性。

1995 年正是传销在内地野蛮生长的时间，受到无数做着发财梦的民众的疯狂追捧。甚至在农村，只要是有墙的地方，都刷着某口服液的宣传广告。它影响了很多人，也改变了很多人的人生。

1999 年 12 月的雨雪特别多。那天早上我去上班，下起了雨夹雪，寒风刺骨，似乎要把寒气渗透到人的骨髓里。

我走到公安局门口，看到了高俊霞。她不知道在那站了多久，全身已经湿透，头发打成绺，满脸雨水 —— 走近我才看到还有泪水。

“谁杀了李家乐？”她悲痛地问我。

我摇摇头，说：“我们也在找凶手。”

她说昨晚我们走后，当年告诉她李家乐摔残的钢厂工友来找她，告诉她李家乐死了。她一宿没睡。

我问高俊霞，那个工友是干什么的？

面对我的警觉，她回答说是一个得了癌症没钱医治，过一天少一天的人，人生的乐趣只剩下找人说闲话了。

高俊霞说完踉跄着走进了寒冷迷蒙的雾中。她的声音充满悲伤，我感觉自己应该为这些命运被时代洪流裹挟的无助者撑起一把伞。

高俊霞对李家乐的真情流露，让李家乐母亲提供的线索失去了查下去的意义。

1999 年 12 月 23 日，新的案件发生了。城关镇四街的李素芬死了。段法医解剖后认定是重金属中毒。我们询问其女儿得知，70 岁的李素芬身体尚可，饮食正常，偶有头晕乏力，胃反酸、胃灼热症状。她的儿子王文超上次回家招工，给她带回了自己销售的“中华神酒”。叮嘱她每天早晚各喝一次，一次一瓶盖，不能间断，六瓶喝完，保证药到病除，益寿延年。不料，只是脑供血不足、肠胃功能紊乱的李素芬，竟然送了命。

王文超原先在城关街里摆摊卖水果，每天起早贪黑，为微薄的利润劳碌奔波。他渴盼一夜暴富，只是苦于找不到门路。后来，见狗子这种孬人都发财了，他也决心要抓住传销的“机遇”。

狗子，本名李沟。父母早亡，大姐把他拉扯长大，身高不到 1.5 米，面黑貌丑，家境贫寒，一直找不到对象。已出嫁的大姐花钱在柴油机厂给他找了个合同工职位，希望能让他借着工人的身份找个媳妇，谁知干了不到一年，柴油机厂倒闭了。

无奈之下，李沟和发小李家乐一起外出打工。由于身高和力气的劣势，他拿的工资只够维持温饱。后来，他听说秦新艺的公司招人，干的又不是体力活，就兴冲冲地跟着去了。

【12】

1994 年春节，李沟返乡过年，穿得很洋气。他不厌其烦地跟村民炫耀自己的品牌行头，见天手里拿着一盒烟，见了男人就发，给女人的是印着英文的进口糖果，还给三街的小孩一人发了10块钱。

人们奔走相告：“连狗子都发了，跟着秦新艺一定能挣大钱。”

1995年正月初六，李沟开始卖床垫。当时，李家乐的母亲腰腿疼痛，就花2000块钱买了张李沟口中能治百病的床垫。躺了几年，除了软点，和普通的床垫没有区别。城关镇上其他街加一起，另有七个身体不好的人，分别花2500块钱买了同样的床垫。当时李沟吹得神乎其神，等他们发觉受骗去找李沟，却找不到人了——这几年他没有回来过。

1995年，过了正月二十九，李沟带着村里十几个迫不及待的人去了深圳，其中就有王文超。

之后陆续有人回来，说是骗人的。有的连工资都没拿到；有的把亲戚朋友拉过去，亲戚回到村里骂，说还是不是人，连自己亲舅都骗；有的越干越穷……

但王文超每次回来都西装革履，天上地下、国内国外地闲侃，偶尔还蹦出个英文单词，唬得村民们瞪大了无知的双眼。他说秦新艺的公司不卖床垫了，这些床垫放在深圳管用，拉到滑城，磁场不对，就失效了。村民们问他啥是磁场。王文超解释说就是吸住人的东西，要不然人在地球上就得飘起来。他们现在改售“中华神酒”，说这是中国配方加美国工艺制成，你想两个国家伺候你一个人，神酒的威力得有多大。

有村民质疑秦新艺的公司是骗人的。王文超说这些人在公司混得不好，自然会胡说八道来给自己找面子。他们公司是能者、强者的天下。公司根据销售量和拉的人头数定等级，分为伯、伯爵、准侯、侯爵、王，五个等级，他已经坐到“侯爵”的位置，离称“王”不远了。那一年，又有不少村民跟着王文超到深圳去了。

我让王文超的姐姐给王文超打电话报丧，但王文超说公司正忙，要缓几天再回来，反正天冷，尸体多停放几天也没关系。

1999 年 12 月 30 日，王文超回家了。我们把他带到公安局。在审讯室里，他自顾自地推销“中华神酒”。我说：“你销售的东西是假货，连自己的亲娘都害死了，你还在这里一本正经地胡说八道。”

王文超坚信“中华神酒”能治病，李素芬只是年龄大了，是寿终正寝，是我们把她的死和“中华神酒”扯上了关系。他甚至试图在审讯室里给我和张峰洗脑，说传销并不违法，又说这在香港叫分级销售，内地的法律滞后才认为传销违法。文盲王文超的这一套说辞是秦新艺公司辛苦培训的成果。

经过调查，我们发现城关街里包括县城还有 70 多户人家买过王文超销售的“中华神酒”。他们不舍得喝如此昂贵的酒，服用的量小，才没有造成伤害。我们逐家走访，告知危害。受骗村民要求王文超赔偿。500 毫升的神酒售价 499 元，按传销组织骗人的惯例，其成本不会超过 5 元。王文超本人入戏太深，并不知道“中华神酒”的玄机。他只知道喝不死人。

汇总所有信息后，王局长让我们前往深圳抓捕秦新艺犯罪团伙，但我们扑了个空，据知情者透露，秦新艺叔侄听到风声已经逃离。

我从深圳回来，年关已至。那天，一进院子我就看到了曹铁。他看见我，亲热地说："就等你呢，现杀的小羊，提到家还热乎着呢，进屋吃涮羊肉。"他如以往那般揽着我的肩，掀开棉门帘，父亲已打开白酒，母亲还在厨房洗菜。那个夏振中买的铜锅沸腾着汤，热气和父亲生起的炉火让客厅充满了独属于家的温暖和烟火气。

曹铁挨着窗户坐，窗台上面放着夏振中种的蜡梅，此刻已星星点点地开着粉红的花朵。曹铁看似无意地瞥了蜡梅一眼，我心中突然涌起一个恶念，希望此刻坐在那里的不是他而是夏振中。

夏振中喜爱梅花是因为梅花正好在春节这段时间开放。他认为梅花最能增添喜庆气氛。唯一的遗憾是，与古诗中描述的暗香浮动不同，现实中的梅花香气实在太淡，几乎感觉不到。自从他失踪，父母精心养护这棵梅花。似乎夏振中幻化为花，还在家里。

曹铁当年还嘲笑过夏振中，"大老爷们养花，像女人"。但1995年8月后，他每次到我家来，停留在这棵花前的时间都异常久。

此刻，两杯酒下肚，脱得只剩一件秋衣的曹铁在陪我父亲划拳。我虽然不太懂酒桌上划拳的规则，但感觉这样的活动能增添不少乐趣。曹铁又输了，他乖乖地喝酒。父亲让他慢些，酒得慢品，不可牛饮。曹铁这次往家来，不仅带来了羊肉，还带来了棉衣和棉被。这是他专门定制的，刚入冬就捐给了聋哑学校，后来一直有事耽搁，今天有空，专门把给我们留的送到家里。父亲赞许地看着曹铁，我也举起酒杯敬了他一杯。

从警这两年，我对滑城百姓的生活有了更深入的了解。有些生活没有保障的人家，冬天真的就没有件像样的棉衣。有些下岗工人过得还不如农民，农民最起码有土地，可以顾得上吃喝。甭说别家，夏振中失踪，父亲退休，卖私煤的财路中断，虽然我有了工作，但家里的生活质量还是一落千丈。皮夹克成了一场遥远的梦。

曹铁走后，母亲开始清理餐后的残局。父亲躺在沙发上看着那棵蜡梅，我懂他的心情。如果夏振中还在，那个向他人传递温暖的人就是夏振中。至于曹铁，他的本事比起夏振中可是差远了，也许还像当年一样，他现在仍是跟在夏振中身后的小弟，是电厂人口中的傻大个。

可是一切都变了。

一年后，李家乐的案子依然没破。秦新艺叔侄杳无音信。

直到 2001 年 6 月 1 日，安州市刑警队向全国发布协查通报：全力追捕张丽娟，案件才有了眉目。

有人根据照片认出了张丽娟，她其实是滑城光明玻璃厂的工人马可心，父母是当年从沈阳驰援滑城的技术人员。马可心于 1997 年 2 月辞职离开光明玻璃厂，再没有回过滑城。

我们从马可心父母处得知：她是跟秦新艺走的，比她大十多岁的秦新艺为她离了婚。他们没有马可心的联系方式，都是马可心不定时打电话回来，也寄钱给他们，只是对方地址不固定。

邮局里保存着马可心寄给父母的汇款单：一张是 1998 年 6 月 9 日从郑州寄出的 3 万元汇单；一张是 1999 年 12 月 16 日从武汉寄出的 2 万元汇单，一张是 2000 年 9 月 20 日从株洲寄出的 5 万元汇单。通过汇单上的地址，我们只能猜测，马可心在全国各地进行诈骗违法犯罪活动，秦新艺极有可能是她的同伙。当然，这需要抓到人才能确认。

秦新艺在郑州定居的前妻最近回滑城办事，她这次的说法和上次一样：收到的汇款单都是秦新艺从外地寄来的，他们离婚后没有联系过，更没有见过面，但她一个月前在郑州见过秦战胜。

汇报过案情，王局长让我们去郑州一趟。

秦新艺的前妻带着我们去了荥阳广武镇的一片民房。她说自己是和朋友到这里买散养土鸡，坐在车上的时候，看见了从胡同里走出来的秦战胜。但她们的车很快驶过，她记不清是哪一条胡同了。

在荥阳当地警方的协助下，我们确定了秦战胜的居住地，抓捕秦战胜的时候，也抓捕了和他同住的李沟。

【13】

秦新艺叔侄活跃在诈骗的两个领域：秦新艺夫妻奔赴全国各地冒充官员进行诈骗；秦战胜在荥阳和郑州惠济区交界处成立了

一个医疗器械公司，卖低端老年保健器械，虽然没有效果，但因为价格低廉，也没啥大麻烦 —— 这个公司做的业务说白了就是包装了的传销。

在秦战胜的供认下，我们抓捕了秦新艺和马可心。

我们把他们四人带到滑城，采集生物信息、做笔录。

秦新艺夫妻涉嫌冒充官员，伪造证件和相关文件，诈骗数额巨大，被安州刑警队带走。

李沟的指纹和杀害李家乐刀柄上及面包袋、饮料瓶上的一致。

我们审问李沟。“跟着秦新艺，我算是发现了自己的优点，那也是我人生最辉煌的时候。”李沟一脸陶醉的表情，“不过钱没少挣，也没少扔。但我怕别人看不起，就全花在打肿脸充胖子上了。”

1998 年 3 月，秦新艺传销组织的中层发生了内讧，李沟被无情抛弃。他到处找工作，但他身体条件不好又没有文化，处处碰壁。有人让他冒充残疾人，合伙乞讨，可他已习惯穿得光鲜，不干。

李沟的积蓄花完了，无处可去，就回到滑城家里。他白天不敢露面，因为床垫的事肯定有人找他算账。而且看到他现在的样子，村里人肯定会笑话他。

他惦记起了李家乐的工地赔偿款。

1999 年 12 月 13 日晚上快 9 点，李沟躲在家乐超市南边的一堆砖头后面，那么冷的天，又下着雪，他身体都冻僵了。他等待机会，但路上一直有人陆续经过，一个路人还差点把烟头扔到他身上，就这样他还是蜷缩着不敢动。寒冷和饥饿啃噬着他的耐心，可想着一会儿能拿到的钞票又觉得一切都值得。

一直到当晚 9 点 30 分。李沟看村子里没有灯火，附近的村子也都是漆黑一片，只有胡同里的路灯像人睁不开的眼，就站了起来，脚冻得都木了，他活动了一下身体。

他先敲了李家乐家里的门，敲了半天没人答应。他又到超市敲门，里边传出来声音，“谁啊？都睡了。”他回答：“家乐，是狗子。”李家乐一听是李沟，就开了灯来开门。李沟紧张地东张西望，生怕有人经过。这时，西边有人骑车过来，还唱着戏，李沟一听就知道是李建国，赶紧躲进刚才的砖垛后面，还好李建国摇摇晃晃拐进了胡同里，直到听见李建国砰地关上家门的声音，李沟才敢出来。

再到超市门口，门已经开了，他走了进去，迅速关上门。看到货架上的吃的，饿到不行的他，拿起小面包就吃了起来。

李家乐问他遇见了什么事，李沟大概说了自己的困境。李家乐让李沟别乱跑了，踏实在家种地。怎么可能？那种生活李沟永远都不想过了。

李家乐见说不动李沟，不吭声了。李沟张嘴跟李家乐借钱。李家乐两手一摊，他都这样了，还能从哪里弄钱，然后说自己困了，让李沟回家。李沟坚持要借钱，李家乐就说没有。李沟开始在屋里翻箱倒柜地找。李家乐急得骂李沟，李沟不听，翻来翻去，翻出了那把刀。

李沟把刀架在李家乐的脖子上，问钱藏在哪里。李家乐还把李沟当作从前那个懦弱的狗子，轻蔑地笑着，认为他不敢真的动手，只是虚张声势。李沟猛地在李家乐肩上砍了一刀，李家乐惨叫起来，李沟怕有人进来，一直砍到李家乐从轮椅上摔下来，然后跑了出去。李沟回头一看灯没关，就回去关了灯，关上门。

李沟闭上眼睛，似乎在回想过去。这个矮小瘦弱的男人，一心向“钱”看，钱成了他膜拜的神灵。

【14】

在逃亡的日子里，李沟遇见了当年秦新艺传销组织里的二号人物，当年这个人的位置是他的奋斗目标。渴盼着成为人上人的李沟，此刻成了逃犯，回顾这几年，他感觉一切像是一场梦。有人命在手的李沟彻底破罐子破摔，他把刀架在他当初畏惧的人脖子上，在他威胁的目光下，二号人物乖乖掏出兜里的钱，并告诉他秦战胜的住址。

我问秦战胜为什么会收留李沟。

他说，秦战胜喜欢那种让人跪在自己脚下哀求的感觉，喜欢看别人每天像狗一般对他点头哈腰的感觉。酒鬼父亲，周围人的嘲弄，让他压抑得要发疯，连带着这个他出生长大的城市都让他难以忍受。

秦战胜不知道，高俊霞年复一年地忍受着巨大的痛苦，也不知道他所庇护的人杀了他的生父。

秦战胜喊着：“我的人生和我父母的不一样。我会住黄金屋，娶颜如玉，仆从满街……”常年的诈骗已经让他疯癫了。

高俊霞还在等待，这次她等的是秦战胜出狱。

日子总是不紧不慢地度过，不会因谁而改变自己的节奏。到2002年，我已经是第二次结婚了。

1997年我刚上班，堂叔就给我介绍了个对象——石楠，他战友的女儿。我发过誓不找着夏振中不结婚，可是父母一直催我，不见面就是不给堂叔面子，我也觉得对不起父母——他们这两年因为夏振中够苦的了。我和石楠见面之后，也感觉不错，断断续续接触了两个月后，她父亲查出了鼻咽癌。母亲劝我分手，但我实在不忍心这么绝情，父亲也说不要在别人困难的时候当负心汉。

石楠的父亲催促我们结婚，想在活着的时候看到女儿成家，我就这样匆匆忙忙地结婚了。婚后3个月，石楠高中时恋人的妻子找到公安局，让我管一管她，我才知道她有了外遇。我们大吵了一架，甚至动了手，她哭着求我原谅，看着怀孕的她，我心里虽然疙疙瘩瘩的，但还是选择继续这段婚姻。婚后8个月，石楠生下了患有脑瘫的孩子——夏冬。夏冬6个月大时，她说受不了要一辈子照顾他的煎熬，提出了离婚。尽管怀疑夏冬不是我的孩子，但我还是养着这个被亲生母亲抛弃的孩子。在我父母呵护下一天天长大的夏冬，成了我疲累生活的开心果。

2001年春天，父亲夏山林查出了肝癌晚期，我带他到郑州看病。手术后的父亲虚弱得像个婴儿，被病魔敲骨吸髓，只剩下一把骨头了。他在郑州住了一个月院，出院回家了。肝癌的事我们瞒着他，可他似乎已心知肚明，他催促发誓永远不再结婚的我再婚，不然他闭不上眼睛。

对父亲的要求我感到无力。我这个条件能找什么样的，离过婚又带着一个三岁的脑瘫儿子。在这样的情况下，徐敏给我介绍了她的表妹闫会。当年，她早有此意，只是还没来得及说，我便通过堂叔结识了石楠 —— 物价局局长的女儿。而闫会的父母是下岗工人，靠卖早点为生。

闫会只有一个条件，不住在五星村。我心里一沉，不在五星村住就没地方住，而且谁来帮我照顾夏冬和父母亲呢。

这个我认为苛刻的条件，父亲却痛快地答应了，并拿出了所有的积蓄，在滑城最北边正在规划的森林公园附近买了一个小院子。那个地方环境清新优美，离闫会的学校也近。父亲认为，将来即便夏冬只能待在家里，也能享受到这里美好的环境，呼吸到新鲜的空气。父亲用心良苦，但我不领情。

父亲手术后我第一次冲他发火："你把钱花完了，我妈怎么养老？"

父亲慈祥地看着我说："傻二小，不是还有你吗？你这个媳妇不错，不嫌弃夏冬，还是个教师。我后悔啊，后悔让你娶了……哎！"父亲长长地叹气。

母亲接着说："我有钱，好几万呢。你哥给的，后来你姐、你嫂子、你曹铁哥都给了不少，我都攒着。夏冬你也别管了，我会照顾他直到我死的那一天。"听到这里，我心里一酸。

父亲的声音渐渐低沉，似乎在安排自己的后事：“我儿这些年不容易，但再不容易也不能放弃找你哥，死要见尸，找到了就埋在咱家的祖坟里，让我们爷俩天天在一起。”

我的眼泪不由自主地流淌。

【15】

2002 年 5 月 1 日，我和闫会结婚了，那一年中秋节父亲和我们一起吃了团圆月饼，次日便永远地闭上了眼睛。在对夏振中的等待中，父亲耗到油尽灯枯。我跪在床前一遍一遍地说，我会带夏振中回家。

父亲死后，我们姐弟俩轮流跟母亲住了半年。但是最后母亲把我们都赶走了，说有夏冬做伴，有这么多曾经的同事，有一起生活了几十年的街坊，她好着呢。

2003 年 7 月 23 日，我的女儿出生了，那天下着雨，我给她起名叫夏雨，乳名小雨。闫会觉得这个名字太随意，说我连字典都不翻翻。我想起夏山林给他的子女起名字时的郑重其事，然后故作轻松地回答，名字就是一个称谓。

2005 年，因属于高消耗燃煤企业，会污染环境，电厂被关停。其实 2001 年就传出了电厂可能会关停的小道消息，那时候有门路、有闯劲儿的人已经开始在外面自谋生路。

夏振中的朋友三江就是其中的一个，他跑到了广州，两年后把妻子和孩子也带走了。据说他在那边包了工程，挣上了大钱。

尽管我始终无法把记忆里那个文质彬彬的书生和成为暴发户的三江联系在一起，但熟悉的人一个个离开，也意味着记得失踪的电厂工人夏振中的人越来越少。

不同于 1982 年以来的下岗浪潮和社会保障的缺失，历史的教训让政府在关停之前做了妥善安排，他们招来了一家服装厂。

电厂和服装厂是两个八竿子打不着的企业，却安置了几十个心灵手巧的女工人和食堂、保卫科所需要的男工人。虽不足以解决所有问题，但至少避免了 1982 年那样的混乱。毕竟电视和广播的广泛宣传，让文化程度不高的工人们也意识到下岗和改制是全国性的趋势。“全国工人陪着我下岗”成了很多电厂下岗职工自我安慰的说辞。不管怎样，没有引发混乱就是最大的胜利。

电厂关停后，工人们恓惶了一段时间。他们失去了庇佑之所，却互相和解，重新开始和平共处。以前争得你死我活、分属于不同阵营的工人们，现在也能坐在一起喝酒喷空[1]了。是啊，电厂都没了，还争什么呢。本身就无冤仇，都是利益使然。

2005 年传来的另一个消息是，已经成为工业废墟的西纸厂、钢厂和刚刚关停的电厂，会成为下一个十年的遗存保护利用项目。谁不期盼这个滑城从 20 世纪 60 年代就开始红火的工业区，能够像凤凰般涅槃。

1　方言，闲聊的意思。

消失的凶手

（2006 ～ 2007 年）

【1】

“钱进不会出事了吧？”李玉梅问我。

“这个只能等侦查过之后才能下结论。”我看着脸色枯黄憔悴的她。一个正常的成年人失踪了 4 天，在我以往办的案件中，失踪者通常已经死亡。

李玉梅想再说些什么，又犹豫着似乎怕我不耐烦。踌躇了半天，她说：“那我先回去了，有什么要问的你随时打电话。”

我把她送出门外，示意她往左走是楼梯，她转向了右边。我提醒她，她抱歉地冲我笑了笑。我能理解作为失踪者家属的心情。那个人在梦里，在心里，却始终来不到现实里。

根据她刚才的叙述，我理了一下思路。

报案人：李玉梅，朱门镇财政所职工。

钱进：失踪者，李玉梅的丈夫，26 岁，滑城职专在职教师。其妻儿父母在朱门镇生活，只有他一个人住在县城康乐巷的院子里。

自2006年9月5日起，钱进和家人便未再有过任何联系。9月8日，李玉梅接到职专办公室的电话，称钱进没来上班，联系不到人。她才发觉自己也联系不上钱进了。她匆忙回家，走进胡同，钱进的白色捷达车不在，打开家门没人，屋里还是老样子，衣服也未收拾，没有出门的迹象。她问邻居，邻居说这几天挺忙的，没有注意。当时天色已晚，第二天李玉梅跑到公安局报案。

我妻子闫会也在职专工作。那天早上，闫会就跟我说过这件事。她说同事们都在猜测：有的说钱进卷入非法集资案跑路了；有的说钱进不想上班又和妻子感情不和，出去旅游了；有的说他和情人私奔了……尽管学校里从来没有钱进的桃色传闻，但持此说法的同事认为男人都好色。闫会不相信这些传闻，她也懒得猜。但她对我的看法嗤之以鼻，并不认为钱进已经死了，认为这是我的“职业病”。闫会的理由简单有力：由于教师的职业限制，钱进接触的人简单，不会遇见血腥暴力事件。对此我保持沉默。我不能拿自己的本职和一个外行进行毫无意义的争辩。

闫会说，钱进在外面干别的生意，好像是“放钱”。教书于他而言是个无关紧要的“副业”。

“放钱”就是放高利贷，已经在滑城乃至其他地方风行好几年了，由此引发的借贷纠纷数不胜数，有些甚至发展成恶性刑事案件。

办公室墙上挂钟的时针指向7点，我下班回家，刚用钥匙拧开锁，大门的声音一响，就听到儿子夏冬在屋里大声问："谁啊？"

"我。"

"哦！"夏冬回答道。

我们上班，小雨去幼儿园的时候，夏冬待在他的房间里打游戏。他用不灵活的手指敲击键盘，有时顾不过来还需要下巴的配合，常常激动得满头大汗，看起来特别投入，可只要门一响，即使有人同样坐在屋里，他也总是第一个听到。

我一进屋。夏冬就说："我妈和妹妹还没回来。"

"哦。你尿不尿？"

夏冬坐在轮椅上，生活不能自理。

"尿。憋的时间长了，都没感觉了。"夏冬呜呜说道。脑瘫的缘故，他说话不清楚，不过和他熟悉的人都能听出来他说的是什么。

闫会平时下班早，今天不知道是怎么了。我正准备打电话，闫会骑着电车带着小雨进了院子。

"学校开会，开了两个半小时，我怕你没空，让双会接的小雨，开完会，又上双会家接回来。都是那个钱进闹的，他这一失踪，学校让每天必须两签到、两签退……"闫会嘟囔着进了屋。

双会是闫会的妹妹。

"你怎么没做饭？"闫会的声音明显不悦。

"我不知道你们吃什么。"

"你做什么我们吃什么。你这种人有什么好？这么懒，回家就躺沙发。我再累也得给你做饭，你还脾气不好，说话还冲……”

我烦了，走出屋子。

“什么玩意儿？不干活又说不得。你把自己卖了得了，卖给你们公安局。在局里卖命，在家里修行。”屋里源源不断地传出闫会的抱怨。

父亲去世之后，母亲身体尚可，她离不开五星村，也愿意一直照顾夏冬。但我执意要把夏冬接走，母亲已然年迈，这个担子不能再让她挑。我天天忙得不着家，照顾夏冬自然成了闫会的事。无论是在家里还是单位，她确实不容易。

【2】

包星提供的反馈显示，钱进的通话记录中有两个重要时间点：9 月 5 日早晨 7 点 15 分和晚上 8 点 29 分，这两个时间都有同一个移动电话号码给他打过电话。

我们找到了号码的主人：刘彩虹，43 岁，五星村人，目前在江山路和文明路交叉口的鑫鑫烟酒店工作。

刘彩虹和当年一样，白白胖胖的像暄腾的馒头。那张脸由于脂肪的支撑，并没有什么皱纹。眼睛还是一如既往地明媚。刘彩虹见到我很尴尬，承认给钱进打过电话，不过是孙斌让她打的。

刘彩虹回忆说，2005 年的一天，孙斌到她上班的烟酒店买烟，两人越聊越投机，就发展成了情人关系。

1985 年，半坡店乡孙堤村村民孙斌因为故意伤害罪被判入狱。2004 年出狱后，他没有找固定工作，而是整天东游西荡。孙斌回归社会的状态表明他很可能再次犯罪。刘彩虹当年和许尽然相好是为了钱，但现在爱上孙斌也许是为了享受恋爱的感觉。她的老实男人杨西东，现在在五四澡堂搓澡，他可没有工夫管刘彩虹，即使有，他也管不了。

孙斌让刘彩虹打电话约钱进出来，时间定在 9 月 5 日晚上 9 点，地点是东湖，至于约到东湖干什么，孙斌并未说明。

东湖在县城的最东边，20 世纪六七十年代那一带曾是一片窑厂，土被挖出烧成了砖坯，窑厂关停后，留下一片洼地。滑城政府根据其地理特点建了一个湿地公园，挖湖种树种花。经过几年的不断完善，把东湖从恶臭熏人的大泥坑变成了风景宜人的公园，尽管有些地方还没有完全修缮好，但也是市民娱乐休闲的好去处。

9 月 5 日上午，刘彩虹跟钱进打电话的时候，孙斌还在孙堤村。孙堤村离县城很近，只有几千米。刘彩虹约钱进的借口是她饱受孙斌纠缠，厌烦至极，可总是摆脱不了。钱进回应说，他不会让刘彩虹流泪的时候没有怀抱依靠。和钱进约定之后，刘彩虹立刻回复孙斌，事已办妥。

钱进二十多岁，刘彩虹已过不惑。我理解不了钱进对刘彩虹的保护欲从何而来。这让我想起 3 个月前侦破的一起入室盗窃案，嫌疑人潜入后只找到 100 块钱，正欲离开，看到一件女性内衣，结果在其上留下了生物痕迹。我们从受害者家的路口监控里捕捉到嫌疑人清晰的正脸，怀疑他就是两年前那个入室偷窃并强奸杀人的罪犯。为了进一步证明猜测，我们就把精斑中提取到的生物信息送到公安部做 DNA 检测[1]—— 当时河南省还不具备做 DNA 检测的条件。结果出来，正是寻找了两年之久的嫌疑人。当时所有人都认为这个案件破得极其偶然。包星甚至还问我，一个 40 多岁的男人，看到女人的内衣就会这样吗？这一次他没有问我，为什么一个 20 多岁的男人会迷上一个老女人。问了我也不知道该如何回答。

孙斌和钱进认识，是因为他出狱之后手头紧想借点钱花花，亲戚都不愿意借给他。比他早出狱的狱友“聋子”说钱进那里可以借到钱，孙斌就跟钱进打电话。钱进说借钱可以，但必须抵押房产和车，孙斌啥都没有，就没有借到。钱进后来又联系孙斌，让孙斌帮他催债，并承诺根据要回来的数额给孙斌辛苦费。

刘彩虹和孙斌好上后，孙斌带着她和钱进吃过几次饭，慢慢熟悉了。

我让刘彩虹把 9 月 5 日晚上的情形详细说说。

“我那天下班早，一般这个季节，烟酒店都是 9 点关门。这是我亲戚的店，我跟亲戚说家里有事，又和丈夫说店里忙，晚点回家，然后骑电车去了东湖的白马坡。”

“为什么去那里？那么偏。我记得那天下雨。”我看了一眼包星，他点了点头。

---

1 即脱氧核糖核酸检测，后文统称“DNA 检测”。

“晚上那段路没有路灯。”包星补充道。

“是孙斌让我走那儿的。他说那儿偏僻，方便他和钱进谈事。到白马坡，孙斌和一个戴帽子口罩的高个子男人已经在那儿了。孙斌让我给钱进打电话，谎称电车轮胎被扎了，让他来接我，我照做了，随后他们藏到一旁的树林里了。

“钱进在电话里还问我，下着雨为什么走那里，我说下班晚了，这是近路，怕你等。不知道是冷还是害怕，我当时都要哭出来了。钱进让我不要害怕，他很快就到了。钱进刚下车，他俩就冲出来，把他摁在了地上。我骑着电车头也不敢回地跑了。警官，往后的事我真的不知道了。”

刘彩虹在那天晚上9点多跟孙斌打电话，想问问他们把钱进怎么样了，孙斌不接。再往后她跟孙斌联系，就联系不上了。

【3】

孙斌消失了。

当年19岁的孙斌从机床厂下岗后，无所事事，回到半坡店老家，整天东游西荡。一次，他和堂弟孙勇半夜外出，无意间发现了一条发财之路：村子外不远处的黄河滩是很多男女深夜约会的佳地。孙斌异常兴奋，着手行动，不到3个月他们就抢劫了十几对情侣，获利颇丰。这种迅速来钱的方式让孙斌感到刺激而满足。

1985年8月20日晚，孙斌和孙勇走近一辆汽车，车子还在晃着，车里传来男女哼哼唧唧的声音。孙斌猥琐地笑着，上前猛然拉开车门，看见一对光着身子的男女正在卖力地“交流”。孙斌上前摸女的，男的不让，于是打了起来，后来那个男的在医院躺了两天就死了。那晚，孙斌抢走了2000块钱和一条金项链。案发后，孙斌和孙勇被抓捕并判刑。

钱进失踪案的案情分析会上，我们都认为孙斌可能是和同伙从孙堤村出发抄小路到白马坡，再原路返回。那条路虽不好走，但机动车也过得去。关键是沿途几乎不会遇到人。

高老师问:“那车去了哪里呢？”

李攀指着地图:“顺着白马坡往西走两千米，就是黄河岸，往东是301公路，可301公路上的监控没有拍到钱进的汽车。”

“掉河里了？”我提出了假设。

“头儿，咱们给王局长请示打捞吧？”包星兴致勃勃地说。

“从哪个地方下水打捞？”

“你有准确的位置吗？”

“打捞上来干什么呢？”

“从钱进失踪到现在已经5天了，车在水里泡着，提取到有价值的数据的概率微乎其微。”

面对我的连环追问，包星看看我，又望向高老师，刚才还自信的小伙子手足无措起来。他这个样子像极了刚上班的我，想大展拳脚，却常常不得要领，甚至弄巧成拙。

高老师说:“年轻人，跟着夏队长好好学习学习。”

高老师是我一上班就跟随着学习刑侦的老刑警，多年的情谊让我们亦师亦友默契十足。他妻子两年前诊断出渐冻症，尽管有岳母在他家里帮忙照顾，仍不得不分出大量时间和精力放在家里，要不然这个中队长也不会轮到我当。有时候人的命运就是这么相似，总是受到造物主的戏弄。有人说幸福就是家里没病人，牢里没亲人，外面没仇人。按这个标准我们两个都不幸福。

我们兵分两路，一路人查钱进，一路人查孙斌，准备再捋一遍他们的社会关系。

【4】

钱进居住的康乐巷所在的小区是滑城最早建成的小区之一，都是老住户，邻居热心，对钱进的了解却少之又少。邻居眼中的钱进不爱说话，同一胡同的人见了面跟他打招呼，他都爱答不理，时间久了也没有人理他了，他成了胡同里无足轻重的人。

由于家访未果，我们转向钱进的单位。

滑城职业中专，在县城的北边，紧挨着北环路。一进门，道路两侧高大挺拔的银杏树叶子黄绿交错，煞是好看。往里走，是矮一些但叫不出名字的树，树叶的颜色就像大自然的红黄绿三彩调色板，相配成景。道路左边草地上一个题着“求知”二字的亭子，翘起的高高亭角下，一个教师模样的人在里面看书，给人一种人在景中坐，人也是风景的感觉。一阵 9 月的风拂过，送来桂花的香味，我和包星不由自主地深吸一口气。

“有没有闻到嫂子的味道？”包星问我。

“更多的是杀气。”我和包星都笑了起来。

张副校长在行政楼前等我们，简单的寒暄之后，他把我们让进了办公室。坐定，我开门见山。张校长介绍了钱进的一些基本情况，毕竟人命关天，怕有所遗漏，他把办公室的李主任也叫来了。

他们介绍的情况和钱进成为校园热点之后，闫会在家实时播报的大体一致。张校长说这一次钱进无故旷课，学校以为他是故意的，本来想上报教育局处理他，但是考虑到他的前途，一直等他回校解释。目前，学校已经跟上级部门汇报了此事。李主任补充，在人际关系方面，钱进没有亲近的同事，曾经有一个好朋友小武，全名武志军，也因为钱的事闹崩了。具体情况他们也说不清楚，但提供了武志军的手机号和家庭住址。

我们从职专离开，已近中午饭点。我问包星饿不饿，他说肚子早就发出抗议了。那就先回公安局吃午饭。

一走进食堂，我就闻到了烩饼的香味，这也是我小时候父亲最拿手的饭，他常说他要是开烩饼店，别家就得关门，为了别人的活路，他只能继续踏踏实实当工人。如今我再也尝不到那个味道了。

烩饼是把二指宽的饼条和鸡血、豆腐、豆芽、青菜、肉丝一锅煮了，出锅淋上熬好的葱花油，香喷喷，热腾腾。风卷残云，我和包星各干了两碗，舒坦！包星一抹嘴，站起身，我示意他先回办公室休息会儿，顺便在脑子里过一过信息。

我看着钱进的照片。他脸形瘦削，鼻子笔直，眼睛不大不小，双眼皮，嘴唇很薄，嘴巴略宽，这是一个帅气的男人。钱进家庭关系简单，家境富裕，毕了业就在职专上班。他所有信息中唯一吸引我注意的是，职专李主任反映说他性格暴躁。

这时，朱门镇派出所的同事反馈过来信息：钱进的母亲是个老实的家庭妇女，父亲钱广夫和妻子李玉梅在单位和邻里中口碑很好，没有听说过和谁结怨。

我喊上包星去找武志军。

【5】

武志军的家离公安局不远，是滑城以绿化出名的小区。他家住在三楼，走到楼梯口，武志军的妻子已经站在门口等我们了。一进门，躺在沙发上的武志军拄着拐杖站起来，迎接我们——三天前，武志军打球扭伤了脚。

坐下后，武志军的妻子热情地给我们倒了两杯水。

我把此行的用意简单说了一遍。

“钱进……我和他同一年参加的工作，那个时候都没有成家，喜欢一起打球，下了班一起去喝酒。”武志军说道。

“他比我们同一批参加工作的人脑子都活。我没什么追求，下班后，常出去玩。他满脑子想的是如何挣钱，其实一帮人里面数他家庭条件好。后来才知道他做的是放钱。”武志军说。

包星眼睛里闪烁着希望的光芒，这个 1983 年出生，比我小 8 岁的侦查员此刻无比兴奋，就像敏锐的猎犬嗅到了猎物。辛苦走访两天，他认为自己预想的曙光即将来临。

武志军说自己看见别人挣快钱眼红了。3 年前，他拿出 5 万块钱的积蓄给钱进，让钱进帮他放款。以钱进的利率，借款方借 5 万块钱只能得到 4 万，剩下的 1 万是提早抽出来的利息。

“你们不知道这是违法的吗？”包星问。

“知道。可是教师的工资实在不高，钱进又跟我拍着胸脯保证，我们也有借条。”武志军羞愧地说。

放过钱一年，武志军的父亲突发心肌梗死，需要做手术，他急于用钱，向钱进要这 5 万块钱。钱进却称借款人手头紧，一时之间还不了。武志军就向亲戚东拼西凑，凑够了手术费。一段时日后他再跟钱进要钱，钱进说借款人还不起了。武志军理论，钱进既然是操作者，就应该负责。钱进不愿意，反驳他享受高利息，就得承担高风险，别人让他帮忙放钱都会给抽成，他帮武志军放的钱，一分抽成都没要。

两人争吵了几次，除了加深矛盾，没有任何效果。武志军的妻子准备起诉钱进，但是钱进不屑地说自己不怕，因为法律不保护高利贷。

武志军和钱进闹僵了，只得托单位的另一个同事帮忙与钱进协商。钱进最终给了武志军 1 万块钱，说剩下的等借款者还了再说。等来等去，等到现在，钱进连人都找不到了。

我们从武志军家出来，走在回公安局的路上，包星突然说：“夏队，你看武志军又高又瘦，身上的肌肉线条那么明显，一看就是经常锻炼身体的人，控制钱进绝对没问题。他会不会是孙斌的同伙？”

包星一边开车一边显摆胳膊上的肌肉。

“你是在怀疑武志军？”

“怀疑他也合情合理，有杀人动机。”

我笑了一下。

“夏队，你为什么笑？每次你笑我都毛骨悚然。”

“那我问你，孙斌和武志军是什么关系？”

“这就要查查他们两人的社会关系了。我看孙斌和武志军的长相，总觉得相似，刚才在武志军家里我就想问。”

我也有这种感觉。包星胆大心细，工作积极又爱思考，我们这一队的年轻人数他最机灵。

【6】

张峰从半坡店回来，汇报了他和半坡店赵副所长了解到的孙斌出狱后的情况。

出狱后，孙斌回了孙堤村。他父亲让他在自家蔬菜大棚里干活，家里承包了 6 亩地。孙斌嫌老是蹲着腿疼，大棚里又闷得慌，不干。他在离家不远的工地上打零工，一周恨不得干两天歇五天，他这种干法挣不了几个钱。手里钱花完了，就伸手跟父母要，60 多岁的父母嫌他不争气，一气之下把他赶回了老宅。

孙斌家老宅在村子的最东头。不和父母住一起了，他更加自由，在村子里来回瞎逛，西家侃侃东家聊聊，满嘴生花，逗得妇女们嘎嘎笑。有的人烦他，看不惯这种白发父母干活，青头小伙游手好闲的气人场景，不愿意搭理他。孙斌也没有处得好的朋友，今天和村民甲喝酒，明天和村民乙划拳，看似热闹，其实都是村民之间打发时间的无聊交际。他有时候往外面跑，回到村子里就吹牛，说他在县城有一个相好，长得比林志玲还漂亮……

“夏队，当时你打电话让我顺便了解武志军的情况。我一问，赵所正好知道，武志军的老家离孙斌家有两千米，武志军和孙斌是表兄弟，两人的母亲是亲姐妹。”

我们在武志军的小区外调查时，发现小区门口的监控其实是摆设，据门卫说，这样可以起到震慑作用。我无暇跟瞎糊弄的物业探讨责任心。追问之下，门卫认真想了想，说近几天没看见武志军出门。武志军自述：9 月 5 日晚上他看球赛看到深夜，然后一直睡到第二天中午才起床。

再找刘彩虹了解情况，刘彩虹不愿意和我们在烟酒店见面了，我们约在双流公园见面。

“我真的什么都不知道了，我知道的都跟你们说了。”一见我们，刘彩虹就着急地说。

“别着急，歇一会儿再聊。”我示意她坐在旁边的长椅上。

不远处的篮球场上，几个年轻人在打球，这个年龄消耗不完的精力让他们把篮球砰砰砸在地上。

“夏队长，我知道的都已经说完了。”刘彩虹恳切地说。

“我联系不上孙斌。你看看我的手机。”她把通话记录展示在我面前。

“孙斌在你面前提过武志军吗？”

“武志军？”

“我想起来了，那是他表弟。孙斌跟我说过，去年春节他们一起吃过饭。武志军的老婆说起钱进，气得咬牙切齿，非要让孙斌教训他一顿，武志军不让，两个人当着亲戚的面吵了起来。孙斌说他这个表弟还是亲他的，怕他再出事，又要进监狱。”

“你再想起什么都给我打电话。”我叮嘱。

刘彩虹说一定。她逃也似的离开了双流公园。

“案件的波折就像心电图啊！”张峰故意气包星。

“成直线你就挂了。”包星不服气地说。

有时候希望和失望的距离就是这么近。

【7】

我们仔细排查了孙斌近半个月的通话记录，没有找到任何可疑联系人。那个和他一起出现在东湖的男子，他们是怎么约到一起的呢？

2006 年 9 月 5 日上午 9 点多，孙斌乘坐村支书孙建生的车到了县城，他从梧桐路下了车。他手机通话记录里当天联系的人只有刘彩虹。

当天，孙堤村去过县城的总共两个人：孙三一到人民医院体检，体检完下午 3 点多就回家了，没有再出村；村主任孙建生在县城里办事，然后到朋友家喝酒，喝醉了，住在朋友家，第二天才回村。孙斌的狱友“聋子”村里有白事，一直帮忙到很晚，从头到尾没有离开过村子……

那个和孙斌一起绑架钱进的人，到底是谁？

孙斌的堂弟孙勇出狱后去了广东打工。当年他入狱，导致父亲孙岩石和大伯交恶，亲兄弟闹得大打出手。孙岩石指责都是孙斌这个坏种，把孙勇从县城拐带到村里，带坏了。孙斌的父亲不甘示弱，两人在村里最热闹的“情报中心”指着对方的鼻子骂着彼此共同的祖先，引得看热闹的村民摇着头叹息。

孙岩石的另一个儿子孙强和孙勇是双胞胎。孙强小时候发烧烧坏了脑子，憨傻。他们一家在孙勇入狱之前就在县城生活了。孙氏兄弟争吵后，孙岩石没有再回过村子，孙斌出狱后也在村里扬言和二叔家断亲了。我们本着不放过一丝可能的原则找孙岩石了解情况，但他不在家，和儿子孙强到亲戚家去吃饭了，他老婆拿出了孙岩石的病历——案发当天，他在中心医院做尿道结石手术。

案件的停滞化作烟灰缸里厚厚的一层烟头，屋子里乌烟瘴气。不抽烟的高老师实在忍受不了，躲到了走廊里。可是抽再多烟也解决不了眼前的难题。

钱进和孙斌如同消失在河沟里的雨滴，我没有看到最后的涟漪，苦苦思索着一切可能。

我望着刚才还愁眉不展，此刻却吱溜吱溜吃泡面的包星，感叹年轻真好，烦恼如衣上轻雾，轻轻一抖即逝。已过而立之年，我的烦恼是被水浸湿的衣服，暖上一宿也干不了。包星见我看他，赶紧给我也泡了一桶面。本来不饿，但我还是大口吃了起来。

案件讨论到最后，又回到钱进身上，他既然放贷，肯定保留了借条、账本和车辆等质押物。但是李玉梅在家里没有找到和放贷有关的东西，我们搜查过也一无所获。钱进到底把它们放到哪里了？或者，他真的已经把和放贷有关的东西处理掉了？

刘彩虹听钱进说过，放贷的生意没法做下去了。安州非法集资案牵扯了几千人，受害百姓众多，社会影响恶劣，政府正头疼怎样才能追回被嫌疑人卷走的钱款，安抚把血汗钱投进去的老百姓。怎么才能维持社会稳定？对披着大公司外衣，以入股、高额返息为诱饵进行诈骗的行为，相关人员不仅需要承担刑事责任，罚款也会越来越多。钱进叹息，他小打小闹的借贷生意没法做了，上到政府政策的压力，下到越来越多借款者还不起钱，再做都得把老本搭进去。他让孙斌找个正经活干。

“钱进有没有说过，抵押给他的车辆或其他质押物放在哪儿了？他准备怎么处理那些东西？”我抱着最后一丝希望问刘彩虹。

“没有。孙斌猜他已经处理了。”

此刻，案件的侦查如同进入一个四面没有窗户的房间，我们看不到光亮了。

“怎么了？连咱队最机灵的包公后人都没有主意了吗？”高老师打趣包星道。

“哎！愁损翠黛双眉，日日案件心累。”包星一边冲咖啡一边指了指自己的黑眼圈，这是昨晚他熬夜研究案子的结果。高老师赞赏地拍了拍他的肩膀。

树叶黄了落了。这个案子从秋天拖到冬天。

难得清闲的周末，我们一家人在卫河边散步。滑城的初冬带着点儿寒意，散步者三三两两，但放眼望去，长长河岸的走道上，哪儿都有人。我们停在一处看人钓鱼，河堤下的钓鱼人钓功深厚，不时有鱼儿上钩，小雨欢欣地庆贺着别人的收获。这时我的电话响了，是李玉梅。

李玉梅在钱进的老家发现一辆黑色本田轿车，想让我去看看和钱进失踪有没有关系。钱进的老家是朱门镇往南 12 千米外的钱庄。那辆车在钱进二叔家院子里停放着。

我给张峰打电话让他通知弟兄们，并联系开锁的人。然后我联系刑科所的郭龙让他同去钱庄。

安排完工作，卫河边的散步也不得不提早结束。家人们已经习惯了我会突然有事。母亲推着夏冬回了老宅，祖孙两个再亲近一晚上，明天大姐就来接她去安州小住了。

母亲疼惜夏冬。她每隔两天就会骑着那辆比夏冬年龄还大的三轮车从城西来到我位于城北的家，有时候带两穗玉米，有时候是在路上顺手买的包子。她谁家也不愿意住，她要守着这个和夏山林住了大半辈子的地方，等夏振中回来。这次是大姐夫妻盛情邀请了好多次，母亲怕大姐夫多想，才同意去住几天。

走到钱庄，李玉梅站在村口等候多时了。“上车！”我冲她喊。她犹豫了一下，上了车，她指挥我们在村西头停车，带我们走进胡同里。

这个在胡同底的院子荒废许久，院墙彻底破开的地方围了一层铁皮。

“钱进的二叔在云南工作，这就成这样了。”李玉梅解释道。

车锁打开了。郭龙戴好手套拉开车门，我看到后座米色的真皮座椅上和脚踏区域有几点已经变黑的血滴。在车上发现了行车证、驾驶证还有撕碎的借条，两个证上的名字是程衣，借条是丁胜利写给钱进的，金额 5 万元。

我们把车拖走，生物信息回局里再逐一提取。

【8】

丁胜利和程衣是夫妻，在新城的金秋花城居住。我和包星去新城派出所找到候所长。候所长带我们上门，一个年轻女人开了门。

程衣夫妻在金秋花城东门开了一个汽修店，她打电话把正在店里忙碌的丁胜利叫了回来。

两人和钱进是通过程衣的堂哥认识的。前年，丁胜利的母亲确诊胃癌，当时他们的店刚开张，夫妻俩的积蓄都投进店里了，实在筹不到钱了，就向钱进借了 20 万块钱。

这 20 万借款，到还款期还剩 5 万没还上。丁胜利跟钱进商量想过完元旦再还，利息也没少给，但怎么商量钱进都不愿意，说到期了，怕他赖账。丁胜利说有店在，一家老小住哪里他都知道，也跑不了，钱进还是不愿意。过了几天没见他催，丁胜利以为钱进同意了，谁知道钱进竟拦程衣的车。

那天程衣一出小区，才拐到路口，钱进就开车横在她车前面，摁着喇叭喊着让她下车。她正犹豫时，从钱进车里下来一个凶神恶煞的马仔，一把把程衣从车上拽下来，吼着让她还钱。毋庸置疑，这个马仔就是孙斌。程衣立即给丁胜利打电话，让他过来。等丁胜利的时候，钱进竟然摸程衣的手，还说“怪白嘞”，程衣一巴掌扇过去，马仔结结实实回了她一嘴巴，丁胜利正好看见，和他打了起来。丁胜利不是孙斌对手，鼻子、嘴巴都被打流血了。钱进在一旁抱着膀子冷笑着，一脸的得意。

钱进让丁胜利夫妻立刻还钱，丁胜利说没钱。

“今天必须给！”钱进疯了一样吼着，“利息给你们算得就少，你们又想赖账！”程衣急忙解释不是赖账，是真没钱，等手里有了，立刻给他。钱进就是不听，一直僵持着，最后没办法，丁胜利夫妻凑了1万块钱给钱进，把车也押给了他。

车里发现的撕了的借条是原先的，丁胜利还了1万块钱后，重写了一张。

我们询问完后，程衣问我出了什么事，见我只是笑着，又问我她的汽车在哪儿。我告诉她车在公安局院里停着，处理完会通知她开走的。

丁胜利送我们下楼时随口说了一句，钱进这种人迟早得出事。我问他何出此言。他说一个教师不仅放高利贷，还不择手段地讨要借款，会不出事？钱进的那个马仔一看就是监狱“大学”

毕业的。哎！那天真怕啊。他都看见马仔口袋里的刀了，本来想报警，生生忍住了。

我们回到局里，血迹检验报告出来了，是丁胜利的。案件又回到原点。

【9】

2006 年 12 月 16 日上午，一名钓鱼人在黄河边钓鱼的时候，发现河面上有一具浮尸，随即打电话报警。

包星第一反应怀疑是钱进的尸体，他对这个没有破获的案件耿耿于怀。其实我比他更心急，只是我把这份焦急压在情绪深处。寻找夏振中这么多年，失踪案成了我心底的痛。

救援队打捞上来的是失踪了 17 天，全城寻找的李瑞。这一段时间，他的父母、亲戚在滑城的各个路口派发传单，悬赏征集线索。街头巷尾市民们议论的话题，都是这个在滑城第二初级中学上学的八年级学生，他到底去了哪儿？为何活不见人，死不见尸？

李瑞是一名住宿生，他于 2006 年 11 月 29 日晚上 8 点 40 分晚自习后，混在走读生中走出了校园。学校门口监控显示，他背着那个他父母印在寻人启事上的蓝色书包往东去了，之后便再无踪迹。

救援队在打捞李瑞的书包时，又发现了一辆白色汽车，捞上来一看是钱进的捷达。

案件有了线索，对这个意外收获，我看着李瑞悲痛欲绝的父亲和瘫倒在地上的母亲，实在高兴不起来。

汽车后座上的两具尸体是钱进和孙斌的。钱进的双手被反绑在后面，孙斌身上还穿着雨衣。在车里还发现了两人的手机、一个包、一袋开了口的红枣、一个水杯、一卷透明胶布，以及钱进的驾驶证件。除此之外，没有其他有价值的收获了。

二人的尸体被送到公安局解剖中心由法医进行解剖。尸检结果是，钱进是被透明胶布堵塞鼻腔呼吸道窒息死亡；孙斌则是在喉咙里发现了枣核，枣核卡在气管里，食物反流引起呛咳，导致窒息死亡。

两人的死因查明，可是车在水里泡了这么多天，孙斌的同伙没有留下任何痕迹。案件又陷入了停滞。发现汽车就好像是一个玩笑，让案件的侦破往前迈了一步，却始终未能揭开真相的最后一层面纱。

案件的暂停没有让包星难过，反而是李瑞的自杀让这个开朗的小伙子愁眉苦脸。在打捞上来的李瑞的书包里，还发现一块大石头，在走向黄河的时候，他的内心是多么绝望，这个 14 岁少年向所有人宣告：他一定要死。

“我想拯救李瑞这样的孩子，我想破了钱进这起案子，可我一样都办不成。”包星叹息着，责怪自己无能。

这种自我否定我当年也经历过，刚上班的我以为穿上这身制服就无所不能，直到在案子中左碰右撞却无法突围，才认清现实，感到无可奈何。这应该也是很多刑警的心路历程：从一开始的激情满怀到最终在叹息中接受。

“别想这么多。我们就踏踏实实地干好我们的工作。咱也不是超人。”高老师安慰包星。

“是啊，咱这个人口大县升学压力大，这些压力就像一只无形的猛兽一点一点把他吞噬掉。唉！”张峰跟着说。

人往往只会对看不惯又无能为力的事发出感叹。办公室的空气闷得像被凝住了一般。

“那个钱进，真是人如其名，为了‘进钱’干民间借贷，认识了孙斌，把命搭上了。”包星接着发泄胸中的郁结。

我笑着看他，发泄完了，这小子又该屁颠屁颠去翻看案卷了。

【10】

母亲打来电话问夏冬最近怎么样。我让她安心在大姐家住着，别挂念家里。她又叮嘱我没事回老院看看，给那棵蜡梅浇浇水。就是有事也得抽空去，蜡梅要是死了，母亲能把我骂得找不着北。

趁着下班，我驱车一路回到老宅。40 年以前这里可是滑城的中心，周边都是红火热闹的工厂，化肥厂、机床厂、钢厂、西纸厂、柴油机厂、油厂、电厂、化工厂，熙熙攘攘的人流，往返穿梭的拉货车辆，浓烟滚滚的烟囱，空气中弥漫着各种工业气味，以及富裕满足的村民。而如今只有见证了时代发展和兴衰的卫河静静地流淌。

出生在五星村的夏山林，18岁就进了家门口刚刚成立的电厂上班。两年后他和母亲结婚，相继生下了大姐、二姐、夏振中和我这四个小孩。小小的院子和长长的胡同，留下了多少童年的欢笑和记忆。那时我和夏振中每天都会跑到电厂玩耍，那恣意的笑声是身为电厂子弟的自豪。夏天还能吃到厂里自营的冰棍，那甜蜜的味道永远留在了味蕾深处。

如今，滑城的城市中心向东推移，那里有教学质量更高的学校、设施优良的医院、豪华现代的商场，以及绿化出色、安逸舒适的小区……而这里没落、破败又陈旧，那些没有被利用的工厂遗址，像城市的丑陋疤痕。年轻人纷纷逃离。

驱车一路从城东到城西，城市的繁华和落寞对比鲜明，仔细观察会发现人们的穿着和气质也截然不同，连小雨都不愿意回母亲家，说五星村里的小孩穿得不好、说话土。她不知道，40年前，除了这里都是乡下。

五星村东边800米外的新华二路拆迁了，那里曾经是红红火火大炼钢铁的钢厂，取而代之的是一幢十层楼高的四星级酒店；薛庄拆迁了，拔地而起的是林立的楼房。曾经的繁华如今毫无踪迹。

五星村南两千米外古街的核心街道和临近的巷子重新铺了青石板，临街的房屋按照统一样式进行了翻修，古老的街道焕发出青春的光彩。

很多村民说县里准备把五星村和电厂旧址打造成古街旅游景

点。可能是因为离古街还有一段距离，拆迁只停留在传闻里。反正每家的房屋面积都丈量好登记在册了，以现在的房屋新旧、面积，进行经济补偿或者分房。登记过后再加盖、翻盖、装修，都不在补偿范围内。

母亲的房子下雨漏水，我不得不临时在母亲家上方安装了彩钢屋顶，漏水的邻居们也都是这么做的，远看像打了补丁一样滑稽。

闫会不喜欢母亲。母亲怜悯残疾的夏冬，吃什么东西都依着他，就算是比夏冬小 5 岁的小雨也得让着他。

“不缺吃喝，吃完了再买，为啥一定得让小雨让着他？一家老小都让着他，是不是为了凸显他的特殊地位？”闫会从来不在母亲面前说，但一出母亲家门脸色就变了。

“他残疾。”我安抚闫会。

“他残疾是你前妻和你离婚的理由，咱们大人可以都宠着他，凭什么让一个比他小这么多的孩子也这样？”

我看着小雨，实在说不出话来。在我眼里闫会的此般情绪是一个母亲的不满，她觉得她的心肝女儿夏雨，在家里的地位不应该在夏冬之下。同时，她觉得自己辛苦照顾夏冬，得到的却是不公的对待。但母亲不会哄儿媳，连装装样子也不会。我那时也未当回事，只是认为女人都是情绪的奴隶。

就这样想着，走到了五星村村口，我看见了曹铁。他被一群穿着同款棉服的人簇拥着，这些棉服是他给村里捐的，村民们将其戏称为村服。在人群中我赫然看到了老歪和老黑，这两人当年可都是曹卫国父子的死对头。此刻他们嘴里吸着曹铁给的烟，老歪的耳朵上还别了一支，正恭敬地听曹铁讲话，并时不时发出捧场的笑声。曹铁早没了当年的戾气，而是满面温和。

我本想走过去跟这个多年来代替夏振中给我兄长般温暖的男人打个招呼，但转念一想，算了，他没有看见我，打扰他被崇拜多煞风景。

曹铁当年硬离开电厂，义无反顾地投身商海。他用了三年的时间就占领了滑城的棉花市场，后把市场拓宽到周边的县市。商海的摸爬滚打，无一不显现他的商业才能。

他在新疆和当地棉农签署了2000亩地的种植协议，一方面可以保证棉花的质量和产量，另一方面保障了棉花的最低收购价。稳定的供应源头是生意稳定的第一要素。当市场疲软，价格低迷的时候，他囤积不出，反正外地的棉花进不了滑城的市场，他的价格照样如常。有人举报过他涉黑，垄断市场，控制价格，但查来查去也没查出什么。一直以来，曹铁对滑城弱势群体的捐助，倒让他成了滑城政府表彰的道德模范，也成了滑城好人，人流量颇大的几个路口，都有他的宣传路牌。

虽然身份提升了，但曹铁并未变得傲慢，反而比之前更加随和，这让他在五星村的口碑盖过了刘红军的儿子们。我有时很不解。是什么让他变了？或者说，我是不是从来没真正了解过他？

【11】

“有个老头失踪了，你们跟一下。”王局长把材料放在我的桌上。

失踪老人叫张清玉，65 岁，原化肥厂退休工人，在化肥厂家属院居住。

高老师和张峰的走访结果显示：张清玉，鳏夫，喜欢到贸易路一个没有挂牌的洗头店洗面。洗头店里那两个浓妆艳抹的女人，一个叫赵秀芳，一个叫明小娟，都说从未见过他。张清玉的儿子却说他父亲常去，毕竟这么大岁数了，一个人也不容易，就没管过他。

高老师说已经把赵秀芳二人带到了公安局。我让他们直接审问。

一会儿，张峰走进来说：“夏队，刚才审讯赵秀芳，有个情况要汇报一下。”

我停下手里翻看的案卷，示意他说下去。

“赵秀芳说其实是‘办事’的时候，张清玉太兴奋了，死了。她们害怕说不清，也怕家属讹钱，就把张清玉拖到车上，趁天黑扔到了县城南 5 千米外的小铺村西边的树林里。包星和段法医已经带着明小娟去指认现场了。”

“赵秀芳说想戴罪立功，反映个情况。”我盯着张峰，“她在前几天 —— 大概 5 天前，接待的一个顾客是 20 多年前在孙堤村强奸她的男人。”

“孙斌那村的。”我说。

“对。”

“孙勇不是一直在广东没回来吗？”我满怀疑惑。

“我也是这么想的，可赵秀芳说的和案卷一致。”

“走，去看看。”

我们来到审讯室。我问赵秀芳：“你怎么确定是21年前那个人？”

“那天在洗头店，他掀开棉帘，我一看到他那个憨样就觉得眼熟。他跟我说话的时候恨不得趴我脸上，我想起来那年月亮底下，他也是这么凑到我身上，我当时就烦。虽然我干的是这一行，但是当年他凶狠打人的场面让我本能地想拒绝他。我说一次200块钱。他不愿意，说听别人说就100块钱。”

“‘过年什么不涨价。’当时小娟凑过来说。但他还是不愿意。

“‘好，算你300块钱两次。’小娟在中间和稀泥，‘一会儿再给你洗洗头发，捏捏肩膀。’

“‘你去伺候？’我没好气地对小娟说。

“‘不，就叫你。’他指着我说。

“我想了想，谁跟钱有仇，况且是赚这个龟孙的钱，也正好。”

赵秀芳又描绘了那天的经历，对那名顾客的身体特征描述得十分详细。“临走，他非叫我们写个东西，怕再来我们不认账。小娟给他写了，欠洗头一次。我说你还没说自己叫啥名字，写上名字不是更靠谱。

“这货也不算憨，听出来我是故意玩笑他，那双二五眼盯得我发毛。我当时有点害怕，别再被这个傻货杀了。前天我到中心医院看我婶子，走到医院旁的公厕，看见他身上套着滑城环卫的马甲，趴在凳子上吃汤圆。他吃得很专心，没有抬头。我从医院出来没敢再走原路，从对面走的。我看见他掀帘子进了公厕旁的小屋，估计他在那儿生活。

“领导，我没有杀张清玉，他是自己犯病死的。我们是害怕才把他扔到树林里的。”赵秀芳的眼泪流了出来，黑色的睫毛膏流到了脸上。

“20 年前你就是干这个的吗？”

“是啊。离婚了，得养孩子。”

我看着那张厚厚脂粉下掩不住老态的脸，心情沉重起来。

“当年为啥跑到孙堤村？”

“那男的说在外面刺激，给的钱多，我就跟着去了。”

审讯完，我们走了出来。

我刚坐到办公室倒杯水，一聪进来问我，今天是不是得加班。我故意逗他，说他不愧叫一聪，猜对了，并让他陪我到中心医院走一趟。我们来到公厕，旁边小屋的门锁着。一聪抱怨没人，白跑一趟，但我看着整齐摆放着的打扫工具，眼前的这一切至少证明他没在这住。

【12】

在下班回家的路上，我给闫会打电话问她在哪里。她没好气地说："还能在哪儿？"我告诉她我打算先去我妈那儿一趟。

"那正好，你能见到朝思暮想的前妻。"电话那头闫会尖厉的声音传来。

"你吃炸药了？她去了又怎样，关我什么事？"

"一点素质也没有，抬脚就去。我们正吃饭呢，她大咧咧往客厅一坐，像回到自己家一样。你妈还跟她说话，那亲热劲，真恶心。我和小雨饭没吃完就走了，怕吐。"

"你们走干啥？那是咱家。"

"别糊弄我了！我一看，合着我们娘俩是外人。你妈是不是想让你们复婚？你们当面说一声，我绝对不含糊。"

看这架势，回家要吵架，不回家又骑虎难下。万一再给我扣个和前妻相会的罪名……回家！我颇有壮士断腕的勇气。

下车之前我深吸了一口气，告诉自己，绝不多说话，绝不还嘴。

"哼，是爸爸啊。"看是我进门，小雨不高兴地嘟囔。

"我怎么惹你了？"我问女儿。

"我还以为是小姨呢，她来给我送蛋糕。"小雨肉乎乎的脸鼓着，即使生气也还是那么可爱。

"都是你的事，害我连饭都没吃完。"小雨埋怨我。

"怎么是我的事了？"我问。

“我们去看你儿子，不是因为你？”闫会从卧室里走出来。“夏冬和我有啥关系。是我傻，以后能不去就不去。”闫会继续开炮。

“哎！”我叹了一口气。

“你凭什么叹气！该生气的人是我。”在生气的妻子面前我连呼吸都是错。

“小姨！”小雨高兴地叫着。双会提着蛋糕进了门。

“吃蛋糕吧。”双会说，“振乾哥今天下班怪早。”

“天天都这么早，回来伺候你姐。”

“说瞎话不打草稿。”闫会生气地向双会说着晚饭上的事。

“你就不该去那么勤。人家有亲娘，你这个后娘表现什么？”双会貌似同仇敌忾。

双会又站在我这边说：“你就是没想开，她去你正好不去，她住那儿，岂不是更好？振乾哥也不用去了。你们过自己的清静日子多好，估计小雨奶奶也是这么想的，减轻你们负担。”

闫会平静下来，不说话了。可双会这一番敲锣打鼓的话，句句尖刻。

【13】

第二天一早，我和包星来到中心医院旁的公厕——他在。

不足1.7米的身高，壮实的身材，黝黑的脸庞，看起来木木呆呆的，他还冲路过公厕的一个独身年轻女人大叫了一声，吓得她回头瞪眼，他却若无其事地转身回小屋了。

眼前这位就是孙强了，我却始终无法把他和当年的案子联系在一起。1985年案发后，赵秀芳吓跑了，被打伤的嫖客送到医院后就一直处于昏迷状态，不久就死了。当时只能那么结案。

孙岩石和妻子在中心医院对面的步行街卖炸菜角和炸糖糕。他们离孙强工作的地方只隔一条马路，能时不时地关注他，也能帮他干活。

上午10点多，孙岩石夫妇收摊，他妻子骑着三轮车回家，孙岩石来到公厕帮助孙强打扫公厕。

我准备等他们晚上回家再上门问询，人齐方便。

下午6点多一聪和张峰汇报："孙氏夫妇从下午4点开始出摊，现在已收摊，准备回家，已下班的孙强和孙氏夫妇在一起。"

晚上7点多钟，我和包星来到机械厂家属院，敲开了孙岩石家的门。

孙岩石端着碗来开的门，他嘴里还含着饭，惊讶地看着我们，问："你们找谁？"

"我们是公安局的。"我掏出证件给他看，"找你们了解个情况。"

孙岩石把我们让进屋，指了指客厅的沙发让我们坐。他把饭碗放回餐桌上，在沙发旁的马扎上坐着，局促地搓了几下手。他妻子从饭桌旁站起来，用手一抹嘴，在沙发的另一旁坐下。孙强依然旁若无人地埋头吃饭。

孙氏夫妇告诉我们，孙勇这两年没回来过。孙岩石的妻子还特别紧张地问我孙勇是不是又犯事了，得到我的否定回答后，她长出了一口气。应我们要求，孙氏夫妇把孙勇的住址和手机号写了下来，又再次向我确认孙勇没犯事，只是找他了解其他情况，才把我们送出门。

回到车上，我问包星有没有注意孙岩石手腕上的那块表。他说只是看了一眼。我却留意了，那是一块品牌手表，我见曹铁戴过。

成功商人曹铁除了棉花生意，进军的领域还有餐饮，已在滑城开了三家分店。

我打电话向李玉梅询问，她说钱进有一块同品牌、同款式的手表。她当时还埋怨钱进，一块表至于花那么多钱吗。钱进说他就是喜欢，还说手表是男人的面子和身份。李玉梅当即要从朱门镇赶过来，我让她第二天再来，我想看看我们走后孙岩石这一家人的反应。

孙岩石家在二单元，我们把面包车停在三单元对着的车位上，省得他往楼下看的时候留意到。晚上 11 点多，孙岩石家的灯才灭，后半夜是张峰和一聪值班，早晨 5 点，他们把睡得迷糊的我叫起来，说孙岩石一家拿着两个大包骑着电动三轮车出门了。我让他们跟上。

【14】

孙岩石带着妻儿回了老家，他哥哥在昨天晚上 9 点多钟死了。孙氏兄弟闹到兄弟阋墙，但是人死了，所有的怨恨矛盾也就消散了。这也是中国普通百姓的常规认知。私底下，该干什么干什么，按当地风俗和规矩来。

死者唯一的儿子孙斌踪迹全无，按滑城的丧事规矩，孙岩石父子任务艰巨。他们要先找村里德高望重、熟悉红白事流程的人主持丧事，然后办事者安排具体事宜。这样省心，也不会因为自己考虑不周触犯乡规民约，万一做错什么，村民们的唾沫星子能把办事者淹没。然后，等待孙岩石父子的将是豫北农村烦琐的丧事仪式。

在死者为大的民俗下，总得等人家办完事再审问。我决定先拿到孙岩石戴的那块手表。

我们在孙堤村东头的大队办公室商议过后。赵所长说："这个活儿安排给村主任孙建生就行，他脑子灵光。"

接到电话后，孙建生很快就来了："赵所，哎呀，夏队也在呀。"他上前跟我握手。

"又打扰你了，孙主任，现在有个事想请你帮忙。"我说。

"这么客气干啥，直接吩咐就行了。我可是听赵所安排，悄悄来的。我刚才在丧事上。"

我们简单寒暄后，我直截了当地向他说明了来意。

"你看今天孙岩石有没有戴那块手表？"我询问。

孙建生思索了一会儿，"戴没戴我没注意。你们在这儿等我。"孙建生匆匆出去了。

15 分钟后，孙建生把手表送来了。我问他是怎么拿到的。

“我就说看他那表不错，咱俩换着戴几天吧。我把我的表给他，他二话没说就换了。”

孙建生说完就摘下了自己的表，递上去。孙岩石想也没想，就摘下给了孙建生，还说自己相不中这块表，颜色黄不黄，黑不黑，是二强收拾垃圾箱捡的，有块表比没有强，也能看个时间。

因为孙强比孙勇晚出生几分钟，熟识的人都叫他二强。

这块价值昂贵的手表，钱进回家都会摘下来放进盒子里，被不识货的孙岩石戴了这么几个月，表面磨得厉害。

孙建生建议我们都回去，他全程在丧事上，孙氏父子跑不了。我问他孙勇还回不回来。他说是孙岩石不让他回来，理由是工作忙，路费贵。

【15】

李玉梅来到公安局，她非常肯定地说就是钱进的手表。因为棕色的皮表带后面有钱进刻的自己名字的大写首字母“QJ”。

那么贵的手表怎么可能出现在中心医院旁的垃圾箱里？而且钱进是个爱财如命的人，除非他死了。我推断孙强就是孙斌的帮手。他自有他的用处，脑子不够，体力凑数。

这场丧事要三天才结束。我们决定先找刘彩虹，按孙强的体貌特征来说，她在说谎。

这次刘彩虹被带进了审讯室。

“我犯啥法了？”她慌乱地问我。

“再说说那天孙斌同伙的长相。”我语气严厉，满眼嘲讽。

“我忘了。都过去这么长时间了。”

“那你好好想想，我们一会儿再来。”我和包星准备出去。

她突然改口：“别，我想起来了。是孙斌的堂弟孙强。”

“那你为什么骗我们？这可是犯法的。”包星提高了音量。

“反正我把钱进骗到东湖也犯法了。”她嗫嚅着说。

“不在乎多一条？”包星说。

“不是。1985 年的案子发生后，孙斌家和他二叔家闹成那样，这次又牵扯上孙强，孙斌的二叔和二婶不知道会咋对付孙斌的父母呢。我害怕。”

“以孙斌的个头和体格，要说他一个人制服了钱进，没有同伙，我们肯定不信，于是你编了一个，应付了再说。”

听完我的话，刘彩虹拼命地点着头。

“案发后，你和孙强见过面吗？”

“没有。”

“孙强认识你吗？”

“不认识。除了上次在东湖，之前之后我们都没有见过。”

审讯孙强大费周折。

他是智力障碍但不是傻子。像小孩子犯了错一样，他知道在对家长讲述的时候避重就轻，逃避惩罚。他坚持说手表是捡来的。与此同时，孙岩石夫妇一直找局领导，要求放人，说公安局破不了案，找个傻子来顶包。我的压力很大，但不能放了孙强，赵秀芳已经指认他就是当年的强奸犯。我申请给孙强做精神鉴定。

高老师和李攀南下找孙勇。孙勇最初坚持说当年的作案者只有他和孙斌。当高老师说出受害者指认了孙强时，他才坦白。

1985 年 8 月 19 日夜里作案后分开时，孙斌对孙勇说，想在第二天晚上抢劫的时候带上孙强，并说二强年龄不小了，连女人什么味都没尝过，当个男人太亏了。8 月 20 日晚上 10 点多钟，孙勇在父母睡熟后把孙强带出来。当晚，先是孙斌摸了赵秀芳一把，遭到嫖客的反抗后，两人殴打嫖客，再回头看孙强一直不敢近前，孙斌就把他拉过来，让他趴在赵秀芳身上。孙强不知道该如何进行，孙斌又给他示范，完事后孙强兴奋地叫嚷着，跑来跑去。作案后，孙勇兄弟又悄悄回家，孙勇交代孙强保守这个秘密，对谁都不能说。

我看了案卷，案发后第二天一个放羊的老头报了警。后来警方把多起相似案件并在一起，破了案。

【16】

孙强的精神鉴定结果显示他是限制刑事责任能力人。我给孙岩石做了思想工作，让他同意劝劝孙强，让他说出实情。

孙强交代了：2006 年 9 月 5 日上午 9 点多孙斌找到他，让他帮个忙，完事给他 100 块钱，并让他跟家里编好瞎话，晚上 7 点 30 分往东湖去，按孙斌说的路线走。孙强知道孙斌肯定不会害他，就跟母亲说自己去剪头发。孙强的所谓剪头发其实是去找

“小姐”。

9 月 5 日晚上 8 点，孙强走到白马坡，孙斌已经在约定的地方等他了。孙斌从袋子里掏出胶布和绳索，交代孙强一会儿控制住钱进，好让他用胶布缠嘴、用绳子绑人。孙斌打电话指挥相好刘彩虹叫她按照要求去做，一切都很顺利。孙斌觉得老天都帮他们，这回要发财了。

钱进到了地方，孙强扑上去按住他，孙斌绑他，然后他们三个人坐进了钱进的汽车里。此刻坐在审讯室里，孙强还羡慕钱进能拥有那么气派的汽车。

正说着，孙强要求喝可乐。我让包星出去买了一瓶，孙强一口气喝完，然后打了一个满足的饱嗝。

在车里，孙斌撕开钱进嘴上的胶布，跟他要钱。钱进不给还骂骂咧咧，骂得可难听了。孙斌很生气，连续扇了钱进十几个耳光，随后又用胶布封住其口鼻。过了几分钟，钱进没动静了。孙斌说人死了，打算先把人扔黄河里，把车藏起来。等风头过了，他们哥俩再去抢金店 —— 托人买的枪快到了。

孙斌开着车，孙强坐在副驾驶，钱进躺在后面。到了黄河边，孙斌突然说他头晕，晚上没吃太多东西，低血糖犯了。孙强一看车里有一袋枣，拿出一颗给他。孙斌吃了之后说一颗哪够，还是头晕，让他再给两颗，孙强又递给他两颗。孙斌一下塞进了嘴里，然后突然趴在方向盘上，抽搐了一下，口吐白沫不动了。孙强很害怕，摸了一下他的鼻息，孙斌没气了。孙强下车把孙斌抱到后排，看钱进手腕上有块表，摘下来揣进了兜里，然后把车推进了黄河里。

孙强最后承认自己还拿走了钱进包里的 500 块钱。手机没拿，对他而言那玩意儿用处不大。枣没拿，怕是毒枣。然后，孙强看着汽车完全沉没在河里，就骑着藏在树林里的电动车回家了。

我问孙强，孙斌消失后，孙斌的父母有没有找过他。孙强说自己不知道，他母亲不让他跟大伯家里的人说话。

我问他为何听孙斌的话，他说大伯家就孙斌对他好。两人都是偷偷地来往。

【17】

邻居三婶在我家和母亲闲聊的时候说，三叔有一天喝醉了，说他 1997 年见过夏振中。她明知道是醉话，还是问了三叔他在哪见到的，三叔不理她，打起了呼噜。

母亲跟我转述的时候，只是想表达三叔三婶和她的情谊。确实，我父亲去世之后，这个电厂的出渣工和他的家人经常来家里跟母亲说话解闷。当年三叔在翻盖房子的时候没有钱，是父亲拿出了 3000 块钱，帮他渡过了难关，这个全电厂最老实的工人心里一直念着这个好。

我趁着下班没事，把三叔请到离五星村不远的烩饼店聊聊。

三叔喝着酒说：“还是振乾提的酒好。”

“那是，给你提，玄[1]酒拿不出手。”

“三叔，咱们两代人的交情了，你也别瞒我，1997年你见过我哥吗？”我直接问道。

三叔一愣，盯着我，喝了一杯酒，说：“二小子，我也不骗你，真见过。”

1997年快过年的时候，夜里11点了，三叔睡不着觉起来到卫河边转悠。看见一个人正在不停地踢打躺在地上的人，他悄悄地走近看，打人者怎么那么像夏振中，他喊了一声，那人一回头，就是夏振中。三叔赶紧上前说：“你怎么不回家呀？你家里人这两年找你都要急疯了。”被打的人是段化淳，当时已经不动了。

三叔说：“振中快别打了，再打就把他打死了。”

夏振中恼怒地说：“死了正好！”还没说几句话，就听到岸上有警察打着手电筒抓人，夏振中吓得赶紧跑了。后来三叔才知道，警察在抓一个找了很久的杀人犯。

三叔怕段化淳醒了胡说八道，回家拿了一瓶酒，往他嘴里灌了一些，在他身上洒了一些，伪装成是段化淳醉酒后不小心从河堤上摔下来。

“哎！”三叔长长地叹了一口气，“有好几次看你爸那样想振中，我都想跟他说，但是说了也是添堵。”

“你哥给我说他杀人了。”三叔长长地叹气。

1　本地方言，不好的意思。

“杀了谁？”我急切地问。

“没等说到，他就跑了。跑了是好事，你是警察，有个杀人犯哥哥，怎么行权办案啊？你父亲要了一辈子的面子，怎么抬头做人啊？”

我感念三叔的苦心。但若夏振中真的杀人了，逃避终究不是良策，面对才是解决之道。我现在想不通的是他杀了谁，我从未听说他有杀人才能解决的仇怨。夏振中虽然性子直，有脾气，但遇见问题总会理性地解决。

我正苦思冥想着，闫会打来电话：“你怎么还不回来？”

“有事。”

“你儿子尿裤子了，轮椅上地上都是。一晚上我问他很多遍，他都说不尿。”

“你别管，我回去收拾。”

夏冬今年8岁了，没上过学，他显得比同龄人幼稚。

“赶快回家吧。”三叔说，“这一家的烩饼没你爸做的好吃，以后咱不来了。”

我匆匆赶回家。一进儿子房间，空气中满是尿臊味。他在被窝里躺着，不好意思地看着我。

“你应该说的，尿成这样多难堪，多费劲啊。”正说着，闫会走过来。

我问：“轮椅呢？我来刷。”

“刷好了，在院子里晾着呢。这地得撒洗衣粉才能去掉臭味。”

我抱歉地看着闫会。

闫会可能以为我会晚些回家，看夏冬穿着尿湿的衣服，她心里也不好受。夏冬这么重，她又弄不动，只能抱起他的上半身让他暂时躺在地上，把裤子脱掉，再一点点往床上挪，小雨还帮忙了。只剩下裤子没给他穿上了。

“不穿了，睡觉吧。”我关了夏冬房间里的灯，和妻女坐在客厅。

小雨抱着我的脖子，小小的柔软的身体靠在我身上，一天的劳累和刚刚的不快似乎消失了。

儿子越长越大，想着闫会将来在照顾他时的种种不便，我心中五味杂陈。

“爸爸，你为什么娶哥哥的妈妈啊？”小雨问我。

“我……”

“爸爸，你为什么不等我妈妈出现再结婚呢？”她继续追问。

“我……”

“我不喜欢哥哥，他不会走路，还尿裤子。”她的话直戳我心坎。

“他生病了。”

“让他妈妈把他领走吧。”小雨央求我。

“他妈妈不要他。”我有点窘迫。

“咱也不要。”小雨用天真的眼睛望着我。

“我可没教她。”闫会急忙撇清。

我向她投去一个理解的眼神，表示我并没有误会她。

“那样爸爸就当不成警察了。”还是闫会替我解的围。

“哦。”小雨显得不太情愿，但还是接受了这个解释。

【18】

我找到段化淳，并把他带到公安局里。

段化淳指天望地地赌咒发誓，说自己和夏振中没有任何矛盾。

我说：“有人在 1997 年底看见你和夏振中在卫河边打架。”

他让我叫来目击者当面对质，并唾液四射地叫嚣：“我还看到有人往你夏队长家送钱了呢。”

审问这种油光水滑的人，没有证据就都是徒劳。我理解夏振中，他躲起来肯定是为了家人，但我只想告诉他，我不需要！我一个警察在乎别人指指点点吗？我们的母亲宁愿去探监也不愿他在外面恓惶着。回来，勇敢地面对发生过的一切。

我正想下班回家。王局长打电话让我去他办公室一趟。

“振乾，我知道自从你哥失踪之后，你很不容易。”王局长把段化淳写给政法委的举报信放在我面前，敲着信说：“这是个跳梁小丑，你找他也问不出什么，何必惹麻烦？”

我伸手欲拿信，王局长快速放回抽屉里，笑着说：“这能给你看吗？你可真不拿自己当外人。”

“我从上班就归你管，一直都是上下级。怎么能说是外人？”

“你啊。”随之而来的是王局长爽朗的笑声。

以我对王局长的了解，段化淳的那封举报信若不是内容太过虚假或者极尽污蔑，他不会把我叫过去敲打。段化淳这么做，反而让我认定他害怕了。

我想去找曹铁，我想再问问他，依照他和段化淳的关系，我不相信他一无所知，就像我不相信段化淳能做到天衣无缝。我驱车来到梧桐北路，这里位置僻静，道路两侧高大硕茂的法国梧桐似乎能遮掩住秘密。曹铁平时都在这个店里，滑城的商贾、政客等会聚集在此，觥筹交错，官方的、民间的消息也在此流转。当年的电厂燃料科的工人，此时左右逢源，无限风光。这一刻，我望着灯火辉煌的饭店，想起了夏振中的五年计划。正在我出神地想着的时候，突然看见出现在二楼窗前的曹铁。他也看见了我。他神情严肃，就那么盯着我，直到我上车离开。

一路上我冷汗涔涔，曹铁的眼神给我一种压迫感。参加工作的这些年，现实的敲打让我认识到，一个人不仅要会干工作，还得会做人，要会处理方方面面的关系，不然你在社会这个江湖上就会举步维艰。我自知愚笨，选择踏实干工作，其他的不触碰不招惹。如果这次想从段化淳下手，我就必须直面曹铁。而我还没有想好该如何面对他。

我脑子一片混乱，把车停到路边，走到车外，大口呼吸着，告诉自己要冷静。我把曹铁从脑海里强硬地赶走，把全部脑力用在段化淳身上。我记得当年电厂有工人说过段化淳好色，但是有贼心又没贼胆。他妻子曹娜的强壮体格和雷霆手段可从来不分场合、不讲体面，即使段化淳只是夸一句其他女性，也会脱一层皮。传闻总是在现实的基础上有所夸大，我要找到的就是那些“现实的基础”。

段化淳没有案底，要想查下去还得落在实处。他如今在曹娜的物业公司当经理，这个物业公司挂靠着刘利和的宏运建筑公司，刘利和是电厂原厂长刘红军的大儿子。很多地方亲戚之间的利益共享一直是最常见的商业模式。这也是自从三叔吐露夏振中回来的实情后，我坚信我和曹铁会成为陌生人的原因，包括曾经的嫂子徐敏和亲热地喊着曹铁“爸爸”的曹平安。父亲去世后，夏平安就叫曹平安了。为此母亲在家哭了几天，但是“天要下雨，娘要嫁人”，这已经不是我们能左右得了的事情了。

现在的段化淳俨然一副成功人士的派头，住在新城最贵的小区，开着豪车，名牌加身，他身边的新朋友不少。他的朋友我逐一排查过，唯有欧尚海引起了我的注意。

欧尚海原来在滑城农业银行上班。1995 年 8 月辞职后到内蒙古经商，并把家安在了鄂尔多斯。他每年年底都会回来探望父母，也会找段化淳叙旧。我找银行的老员工打听过，欧尚海当年不是主动辞职而是被迫离职，原因没人知道。我又找到欧尚海在职时的卢行长，已退休的他，在我的再三请求下说出了实情：欧尚海被开除是因为嫖宿未成年人。受害者是浚县人，当时才十六岁，和另一个女同学一起被学校的门卫骗出来，然后被欧尚海和同伙带进了旅馆。事后，受害者家里人知道了，押着门卫去滑城找欧尚海，要了不少钱，并闹到行里。卢行长不知道欧尚海同伙的名字。

我推测那人可能是段化淳，但这需要找欧尚海证实。离农历春节不远了，他很快就会回到滑城。

谁料，2007 年 1 月 1 日，也就是元旦那天，段化淳死了。这个被老百姓称为“阳历年”的节日好歹也和“年”挂上了关系，滑城百姓元旦都会在这天改善伙食或者下馆子。晚上段化淳和朋友从酒楼出来，正在门口做分别时的寒暄，一辆轿车冲过来，撞伤了四个人，受伤最重的段化淳还没送到医院就死了。

这起恶性交通事故系肇事者酒后驾车所致。它让我提早见到了千里迢迢来吊唁的欧尚海。

欧尚海见我提起当年之事，也没有隐瞒：当年的同伙正是段化淳。他还说当年找他要钱并到他单位闹事的是浚县的和安顺，他嫖宿的女孩的父亲；另一家找上段化淳，他忘了那家人的名字。那一家跟段化淳要 3 万块钱，比和安顺向他要的多，但是承诺此事一笔勾销，不往家里闹了。

3 万块钱，这对 1995 年的段化淳来说是一笔巨款。彼时，他不像妻弟曹铁一样能挣到外快。拿固定工资的他，是怎么瞒着曹娜筹到这笔钱的？

据欧尚海所说，段化淳偷了曹娜放在家里的 1 万块钱，并伪造成外贼行窃的样子，又回老家跪着求他爹把家里养的牛卖了，剩下的就不知道他是怎么拼凑的了。

我在浚县刑警队的帮助下，找到了和安顺。他矢口否认当年有这回事，直到我说明我们并不是为了重审旧案，而是为了调查另一起案件。他才告诉我向段化淳要钱的那家人的信息。

我如愿找到当年另一个受害女孩的父亲，他在浚县的一个澡堂烧锅炉。我向他说明来意，尽管过去了这么多年，他对段化淳的愤怒依然未减："段化淳那个人渣得亏赔了钱，不然我非把他投进锅炉里烧了不可。他还找西纸厂的赖皮六子吓唬我，老汉我直接亮出了刀。"

"六子叫什么名字？"

"不知道 —— 都这么叫，我专门到滑城打听了。那货是卫河西边陈寨的，家里只有一个从贵州买来的娘。爹原先是西纸厂工人，早死了。"

回到滑城，我来到陈寨，询问村民得知六子大名陈六金，带着他娘覃五妹在 1995 年 8 月就离开村子了。没有人知道他们去了哪里，当年离开的时候也没人目睹。陈六金也和唯一的亲人，他二叔，交恶多年，当我问起陈六金的去向，他二叔更是连连摆手，生怕沾染自己。我来到陈六金的家，发现房屋已经坍塌。

陈六金打架不怕死。西纸厂关停后，他以替他人摆平事端为生。西纸厂原先的工人也不知道陈六金跑哪儿了，已经有十几年没见过他了。

虽然没找到陈六金，但我看到了微光：段化淳因为嫖宿未成年人被勒索，急需用钱；夏振中有钱，电厂里的人都知道；三叔又目睹过夏振中殴打段化淳；夏振中还自称杀过人 …… 所有的信息在我脑海中电光石火地闪过，我醍醐灌顶 —— 夏振中失踪的时间与陈六金母子失踪的时间惊人地一致，夏振中杀的人会不会就是陈六金？遭遇抢劫的他，错手杀人，然后畏罪潜逃？

带着这一推测，每隔一段时间我都会到陈家看看，可是陈六金母子始终没回来。

当爱已成往事

（2007 ～ 2011 年）

【1】

2007 年 4 月 16 日，春雨缠绵，城市披上了缥缈的纱衣。在如丝如雾的雨中，我穿过菜园巷长长的巷子，老远就看见了胡同里拉起的警戒线和穿制服的警察。

“夏队！”我循声望去，在人群里看到了桥头派出所的毕所长。

“什么情况？毕所。”

“死了两个，是一对夫妻。”

“这是报案人。”他指着旁边的中年妇女。她撑把红雨伞，伞上面印着“心连心超市”的字样。

她叫赵红，是死者赵娟的姐姐。今天上午 8 点 30 分，赵红给赵娟、王贵和打电话均是无人接听，她寻思过来看看，毕竟这几天他们一直在吵架。上午 9 点她来到这里，大门虚掩着，赵娟在院子里躺着，王贵和在客厅地上趴着，现场十分惨烈。赵红报了警。看雨一直下，一滴一滴落在赵娟身上，赵红心疼了，毕竟是亲妹妹，就把她挪到了屋里。

赵红介绍完，毕所补充信息：死者王贵和，40岁左右，新化肥厂的销售经理；赵娟，30岁出头，在向阳路开了个超市，也就是“心连心超市”——我下意识看了一眼赵红的雨伞——有一个儿子在新城的明德学校上住宿小学。王贵和是二婚，赵娟是头婚。

“怎么死的？”

“你去看看。”

我站在客厅门外喊了一声郭龙，还没等我开口，他走过来把手套和鞋套递给我。

赵娟躺在客厅的沙发上。王贵和倒在东边卧室门口，看样子是从客厅往卧室跑，被人从后面刺了一刀，倒下了。

“一刀毙命，两个人都是。”正专心工作的段法医分析。

“嫌疑人手上功夫了得。”

段法医和郭龙在尸体外面套上尸袋，我搭手帮他们抬了出去。

屋里没有被翻动的痕迹。赵娟的包放在一进客厅右边的鞋柜上，里面的百元大钞、几张零钱、超市卡和银行卡都在。东边卧室床头柜抽屉里放着2000块钱。不谋财而害命，纯粹的寻仇？

我问赵红是否知道赵娟夫妇有什么仇人。她想了想说：“他们哪有什么仇人，一个上班，一个开个小超市，也挣不了大钱，能得罪谁？不过，叫我说，恼赵娟的人，非王贵和的前妻安珊莫属。”安珊原来是棉纺厂的下岗工人，现在是名为“绝味私房菜”的饭店老板。以前她和王贵和没离婚时开的饭店叫“烙馍村”，赵娟当时在饭店里干，长相好，人伶俐，说话甜。干的时间长了，一来二去也和王贵和接触得多了，两人产生了感情。但这种事不能光怨女的呀。赵红说安珊竟然跑到赵红的娘家大吵大闹，活脱脱一个不知道丢人现眼的泼妇！

我掏出名片递给赵红，让她想起什么或者发现什么及时联系我。见她要往屋里去，我提醒她那里已是犯罪现场，让她离开。赵红退了出去。

毕所叫人过来锁门，并在门上贴上了封条。

接着，我和同事们走访了邻居。邻居说昨天晚上没有听到异常的声音，可能是因为下雨，雨滴声遮住了别的声音。前几天两人吵架，在院子里骂骂咧咧，邻居倒是听到了。好像是因为外遇，左边的女邻居说听着像男的外边有人，男邻居说听着像两个人外面都有人。

一聪和张峰负责检查监控录像。我让他们发现有价值的线索，立刻汇报。我和包星先回局里，等待段法医的尸检结果。

【2】

尸检结果和现场勘查的信息表明，王贵和夫妇死亡的时间是 2007 年 4 月 15 日晚上 8 点到 9 点之间。被害之前，两人发生了激烈的争吵和打斗，卧室床上散落着几十根女性的长发，床上检验出来的血滴是赵娟的，是鼻腔出血，这与我们在卫生间洗手池池壁上发现的血迹完全吻合。现场没有提取出有价值的脚印，一方面是因为赵红搬运了尸体，一方面是因为王贵和家客厅的地面铺了地毯。

在赵娟的左胸部发现一斜行创口，创角上钝下锐，创口边缘整齐，创口长2.5厘米，深达心脏，有12厘米。王贵和的左背部发现一横行创口，边缘整齐，创口长2.8厘米，深入胸腔。我们推测作案工具是一把刺器。

“大家对凶手的身份有什么看法？”王局长问。

“嫌疑人对心脏的位置把握得如此精准，职业上是不是可以限定范围？”李健说。

我说：“把嫌疑人限定到经常使用刀具的职业，虽然缩小了侦查范围，但本身也是一种限制。如果嫌疑人不在这些职业范围内，我们岂不是走上了错误的方向。”

“王贵和胃里检测出了酒精成分，但量并不多，那么嫌疑人出现时，王贵和为什么没有反抗？”我提出疑问。

大家都没有说话。

视频监控显示，有两个穿黑色雨衣的人比较可疑，一个在4月15日晚上8点10分进入菜园巷，另外一个在8点20分进入。后续其中一个人于8点35分出来，另外一个没有出来。出来的那个人又进了菜园巷，从另外一条胡同拐到了正在修路的贸易路。贸易路正在修路，两边有围挡，只在东侧留了供人骑车和步行的通道，对着路口的监控因为角度问题没有拍到人。另外一个没有出来的人，我怀疑他顺着胡同往西上了贸易路。他们的共同点是都穿着黑色连帽长款雨衣，个头相近，看不清正脸，走路的姿态和步幅相似。

赵娟的最后一个电话记录显示，4 月 15 日晚上 7 点 40 分她曾给一个叫李连凯的人打电话。李连凯在新城的普罗旺世小区居住，他常年在黑龙江做生意，知情人士说他是赵娟的相好。而王贵和则在同一晚上的 7 点 37 分给他手机上一个名叫薇薇的人发信息:“我真后悔，原来你最好。”薇薇当时没有回复，次日上午 8 点 25 分才回复了一串省略号。

“这两个人玩得够花哨。”包星说。

“那接下来咱们碰碰李连凯，见见薇薇，看看到底怎么回事。”我说。

“行，大家辛苦了。”王局长说。

李连凯不接电话。包星抱怨着又打了一遍。我们到了李连凯家里。他妻子说昨天晚上下着雨，不让他出去可他非出去，已经一天没见着人了。

4 月 12 日，李连凯从黑龙江返回滑城，回来的原因他妻子并不清楚。虽然是夫妻，但李连凯的事她不能问，一问他就急眼，瞪着眼跟她吵架，动不动就说一个女人啥也不干，有钱花就行了。他妻子知道赵娟，也知道赵娟开了一个超市。这些都是李连凯告诉她的，李连凯在妻子面前从不避讳情人的存在。时间久了，他妻子也习惯了。

在李连凯妻子眼里，李连凯打心眼儿里喜欢赵娟，两人好了很多年了。李连凯从黑龙江回来，不先回家而是先去找赵娟报到。

李连凯的妻子对她想管却管不了的事已经看透，谈起这些十分平静。只要想得开，日子照常过，还是一个完整的家庭。我能看出她对此是真的无所谓。

我让她给李连凯打电话，响了两声，他接了。李连凯的妻子让李连凯有什么事跟警察实说，逃避解决不了问题。

放下电话，这个悟透了婚姻的女人告诉我们，李连凯在贸易路的新田宾馆。

【3】

我们见到了李连凯。他自述到菜园巷赵娟家的时候，两人均已被杀害，他当时看到赵娟的血混合着雨水，在地上流淌。

李连凯从黑龙江回滑城办事，办完事，在家住了几天，准备回黑龙江。赵娟给他打电话说王贵和叫他到家里来，三个人坐在一起，说说他们之间的事情。这有什么可说的？李连凯不愿意去，但是电话那头的赵娟哭得很伤心，她让他必须来，说王贵和疯了。

李连凯明白王贵和发疯的缘由是他又去找了赵娟。之前王贵和就警告过他，让他别再碰自己的女人。这次王贵和真生气了，不仅把赵娟打了一顿，还打电话威胁他：再找赵娟就弄死他。李连凯故意气王贵和，说自己和赵娟才是真爱，他俩这辈子都断不了。李连凯自己也承认，他和赵娟的事不光彩，王贵和确实比他强 —— 人到中年，拈花惹草的毛病说改就改，摆出了一心一意过日子的态度。

看着眼前李连凯那张苍老憔悴的脸，心想虽然我年龄也不小了，但我不懂中年人的爱情，也许中年人爱起来，“就像老房子着火，烧起来没有救”。

昨晚李连凯走到赵娟家门口，雨下得正大，大门是开着的。一进院子，他看到赵娟躺在地上，在血水里泡着。他蹲到近前，看见赵娟胸口的伤口还冒着血。他喊她，晃她，都没反应，真死了。李连凯怒火中烧，心想王贵和这个龟孙，居然玩真的，为这点事至于杀人吗。李连凯抄起院子里的铁锨，气冲冲地跑进客厅。

一进屋，李连凯看见王贵和趴在地上，身子底下都是漫出来的血。李连凯吓坏了，要是有人进来看见这一切，说人是他杀的，他可说不清。李连凯沿着原路返回，走到胡同口，一想往哪里去呢，又通过赵娟家北边的胡同，走到贸易路。李连凯心里很乱，正好看见前面有一个宾馆就住下了，住下之后他又想回赵娟家看看。凶手刚才是走了还是在屋里躲着？到底是谁干的？今天一天李连凯都在宾馆内挣扎着考虑下一步怎么办，究竟是去警局还是回黑龙江。报案，以他和赵娟的关系，警察肯定会把他列为嫌疑人；回黑龙江又不甘心，毕竟他跟赵娟还是有感情的。李连凯躺在宾馆里，只要一闭眼，脑子里全是赵娟，她满身是血，朝他呼救。

李连凯在去赵娟家和离开的时候，在胡同里没有碰到其他人。连绵的春雨，让温暖的春日多了几分狰狞的寒意。外面又潮又凉，谁也不愿意出来沾染湿气。

在李连凯宾馆房间和他在菜园巷胡同口停放的汽车里，我们没有搜查到任何可疑的东西。

李连凯在黑龙江做防水生意，手底下有一个施工队，他不干活，负责揽活并和工地上的项目经理应酬。他一刀杀死王贵和夫妇在具体操作上不现实，而且从他流露的情感来看，他对赵娟有真情。他也没有杀赵娟的理由。

从宾馆出来，包星开车，我们往公安局去。我翻看着手机里的短信："你知道哪个医院看宫颈糜烂比较好？"前妻石楠问我。

我没有回复。

回到办公室。李健一见我就汇报说："薇薇，本名张薇荣，41岁，在嘉隆新天地住，和王贵和是高中同学。王贵和以前也住在该小区，那时候王贵和的妻子还是安珊。张薇荣说安珊发现她和王贵和的事后，告诉了她老公魏翔。魏翔大闹了一场，她就跟王贵和断了。昨天晚上她睡得早，没有看手机，早晨起来才看到王贵和的留言。"

我问魏翔昨晚的行踪。

一聪汇报说："魏翔昨晚出去喝酒了，至于什么时间回的家，张薇荣说她睡熟了，不知道。昨天魏翔给王贵和打过电话，两人的通话持续了两分钟。"

今天一早魏翔到郑州参加培训了，培训期两天。魏翔是白马路电器公司的技术工人，负责安装、维修中央空调。电器公司路经理说，魏翔明天下午 6 点能回到滑城。

【4】

这疲累的一天！

回到家中，闫会便像侦探般嗅探，说：“你身上的味道能熏死百米范围内的所有生物，快去洗澡。”

我实在不想动，瘫在沙发上。她再次催我，我不耐烦地反驳：“我身上这是纯正的男人味，还有正义的警察味。不洗！”

闫会挖苦我，节约用水，贡献卓越，滑城政府必须给我颁发个最佳市民奖……正说得起劲，她突然拿走了我放在茶几上的手机。

我急了，一下子跳起来：“你怎么总爱翻看别人手机？”

闫会不屑一顾：“这么激动，说明你心里确实有鬼。”

这就是闫会的逻辑，先扣一顶帽子，看你的反应，再决定是否摘下。我自感坦荡，索性大气地说：“看吧，随你便。”

拨弄了一会儿，闫会脸色难看地坐在我面前：“你前妻看个妇科病还跟你联系，这都离婚多少年了？”

“你没看我没有回复吗？”

“她能这么问，都是你惯的。你翻一下你们前一段的聊天记录。她的包在自己家门口被抢了，直接报警不就行了，又不是人被杀了，非得找你，还来回叫你找人帮她找包，光这一件事你们联系了多长时间？”

“她毕竟是夏冬的妈妈，有事找我，我不帮也不好看。”我解释说。

“帮她？你管过我吗？我告诉你我排卵期出血，说了多长时间？你问过我一句吗？轻微出血也罢了，可我这个出血量和正常月经一样多，腰酸得难受。你没有看到我瘦了吗？”

“我以为你是减肥减的。”我回应时尽力保持平静，但眼前的闫会显然很生气。我努力回想她曾经跟我说的事，我确实不记得了。

“你记得什么呀？为了你能安心工作，我尽量不打扰你，家里里里外外、上上下下都是我操办，孩子生病了，我带着去医院，水管漏了、电闸跳了，我自己找人修。昨天有同事在办公室里问大家做过最孤独的事是什么，有的说一个人吃火锅，有的说一个人看病，有的说一个人旅行……她们哪一个能跟我比，我是既当爹又当妈，一个人撑起整个家。我一张嘴，世界安静了。谁能跟我这个刑警的妻子比孤独。原来你不忙也不累，你的时间、你的爱心都给了别人。”闫会的眼泪流了出来。

我讨厌闫会的连环轰炸，却不知道该说什么。

“离婚！”闫会情绪爆发，吼着。

我也生气了，站起来，指着她说：“你不要用离婚要挟我。动不动就把离婚挂在嘴边，你觉得我怕吗？”

“行啊。我没有让你怕我，明天就去离婚！”

“谁不离谁是龟孙子！”我也吼着。

“行，我们先写协议。”闫会把纸和笔放在我面前。

“写什么？”

“这个院子是我的，孩子也是我的。”

“行，都给你。女儿我正好不想要，我看你一个女人能折腾到什么地步。”

小雨在房间里玩她的故事机，听到我们争吵，出来说：“你们又在吵架，烦死了！”说完砰的一声摔上了卧室的门。

看到小雨，我心里一软，不想离婚了。我把正写着的纸撕掉，团成一团，扔在地上。

“你不写我写。”闫会又重新拿了两张纸写好，说：“签字吧。”

我本不想签，但看着闫会那张愤怒的脸，我还是签了：“签，谁怕谁！”

晚上，我住在夏冬的房间里，辗转难眠。早晨起来我穿好衣服，准备上班，刚走到门口，闫会喊住我：“我们今天办正事，离婚。怎么，害怕了？”

“害怕了？你没看我起得很早吗？”

“你们真的要离婚吗？”小雨问。

闫会用红肿着的眼睛看着小雨说：“是的。爸爸妈妈过不下去了，你跟着妈妈一起生活。”

小雨哭了起来，嚷嚷着不上学了。闫会拽着女儿上车，临关门的时候冲我说：“民政局门口见，谁不去谁不是人生的。”

“你骂谁呢？”我指着她说。闫会鄙视地看着我，发动汽车先走了。

离婚手续处理得出奇地快，不过10分钟。我们拿着离婚证走出民政局，闫会牵着小雨的手。小雨看着民政局门口的小摊，说了一句“我想喝奶”。我走过去给她买了一瓶，小雨把吸管插进去喝了起来。

我想跟闫会说点什么，张张嘴还没有说出来，她就已经开着车扬长而去。我拿着离婚证坐在车里，后悔的情绪像潮水般一浪一浪涌上来。我为什么要离婚？我怎么了？癔症了还是魔怔了？

我给好朋友洪海打电话说了离婚的事。他在电话里骂我。

我懊恼地说：“你骂吧，再骂我们也办完离婚手续了。”洪海宽慰我，说他等一下去找闫会聊聊，让我先去上班。

我在车上又坐了一会儿才回局里。包星见到我，问我今天怎么来晚了，我只是僵硬地笑了一下。他看我面色不对，又问我是不是没吃早饭。我点点头，我实在不想说话，也不知道该说什么。包星非要出去给我买点吃的，我让他回来，只说自己胃不舒服，吃不下。

【5】

我和包星去见安珊。

来到绝味私房菜馆，服务员告诉我们，安老板一般11点才会到店里。我给安珊打过电话，在饭店里的包间等候。

过了一会儿，一个看起来30多岁，高高瘦瘦，气场十足的女子出现在包间门口。她优雅地笑着，伸过来一只纤细的手，我上前握手并自我介绍。

安珊的堂哥是经侦队[1]的安国，安国和我同一年入的警，关系不错。聊到这里，氛围轻松起来。

安珊和王贵和是 2000 年离婚的，两人育有两个儿子。离婚时王贵和一个儿子都不要，理由是他还会再生。豫北地区重男轻女的思想严重，滑城又是全国著名的产粮大县，大部分家庭吃饱穿暖没有问题，一般没人会嫌儿子多。离婚后，安珊和王贵和联系都是为了要抚养费，每一次安珊都要打好多次电话，王贵和才给钱，他似乎特别享受这种当大爷的感觉。给了三年，王贵和就不给了。安珊起诉了他，法院判决后，王贵和才像挤牙膏一样给了一部分。

在安珊眼里王贵和是个典型的“渣男”——不负责任、自私、好色、无耻……安珊说起王贵和的风流史，那更是一言难尽。王贵和的天性似乎让他对女性总有一种难以压抑的兴趣，到移动公司办个业务都能找个知己，开车上路看到旁边骑车的漂亮女人都能弄到床上。

当年安珊撞破王贵和与张薇荣的奸情后在家里大闹了一场。王贵和下跪认错，写了保证书，两人就继续生活了。王贵和为表诚意甚至把佳隆新天地的房子卖了，转而买了菜园巷的房子。

在菜园巷，安珊没有发现王贵和犯老毛病。后来安珊的同学

1　经济犯罪侦查警察。

赵红找到她，说她妹妹赵娟在别处打工，因为性格温顺，老是受气，想来安珊的饭店里干。安珊没有多想，毕竟是自己同学的妹妹。况且赵娟的自然条件也不错，身材瘦瘦的，脸圆圆的，眼睛水灵灵的。因为赵娟，饭店多了几个忠实食客，就为了来看她，跟她搭话。一年后，安珊把赵娟提拔为大堂经理，并且涨了工资。

一天晚上，安珊原本不打算外出，因为晚上是饭店最忙的时候，而且赵娟正好请了假。但在朋友的坚持下，她还是去了朋友家。朋友告诉她自己在小区六号楼前看到了王贵和的车，并且拍下了照片。

安珊和朋友在六号楼旁守着，等了半小时，看到王贵和的车驶过来。赵红从驾驶室出来，赵娟和王贵和牵着手从后座下来。安珊气得浑身发抖，冲上去扇了赵娟一巴掌。王贵和死死抱住她，生怕安珊再打他的心肝肉。

赵红当时还瞪着眼睛说瞎话，质问安珊为啥打人，还说他们刚从郑州回来。

那一夜，安珊被这一帮不知羞耻的人气得流泪到天亮。殊不知，让她更难过的事还在后头。

【6】

安珊让赵娟从饭店滚蛋，王贵和死活不同意。窗户纸戳破了，赵娟也不再掩饰，开始在饭店里大摇大摆，当着服务员和厨师的面和王贵和卿卿我我，搂搂抱抱。安珊倒成了多余的人，连饭店里的服务员都嫌她尿。安珊气不过，带着家人直奔赵娟娘家，在她家门口吆喝，赵红、赵娟来了也和安珊对骂了起来，她们几个还打了一架。事后，王贵和反而斥责安珊，跑到别人家丢人现眼。

王贵和提出了离婚，让安珊和两个儿子净身出户。安珊的父母找他评理，但他根本不把老人放在眼里，说话粗鲁难听。安国在中间斡旋，王贵和才把龙门大街的那套楼房给了安珊母子。不过协议书上写着房子是给两个孩子的，和安珊没有关系。

经历种种，安珊憋住劲，一定要干出个名堂。她到郑州学习餐饮管理，并在一个四星级酒店踏踏实实干了两年。待回到滑城，她拿出所有家底，跟父母借钱，又贷了款，绝味私房菜馆这才开张了。安珊又在网上学习营销技巧，拿出更高的工资把王贵和饭店里干活踏实的人挖了过来，甚至把他饭店里的大厨挖走了。王贵和非常不忿，打电话骂安珊，安珊可不听他那一套了，报了警。

“赵红说烙馍村之所以倒闭，是你举报他们用的肉是死猫烂狗肉。”我说。

“我举报有就有吗？是食品药品监管局查出的问题。赵红总是无事生非，喜欢往我身上泼脏水，她也举报过我的菜馆，但她打错了算盘，我用的米面、油、盐、调料、肉、蔬菜、水果……进货渠道可以追溯源头。她举报等于给饭店做正面宣传。”安珊一副解气的表情。

这么听来，赵红、王贵和夫妻、安珊，他们之间的恩怨不限于情感层面，还涉及经济纠纷。你来我往，无休无止。

安珊现在的男朋友是精武团的武术教练刘学武。我问安珊刘学武 4 月 15 日晚上的去向。安珊激动地说，王贵和、赵娟，这两个烂人死了，只能说明上天公道。她和刘学武杀这两个人渣毁了自己一辈子，绝对不值。我问安珊从何处知道王贵和夫妇已死的消息。她说是昨天晚上一个菜园巷的旧邻居打电话告诉她的。也许这个热心的邻居和安珊关系很好，觉得她听到后会很开心，也许邻居只是单纯地看笑话。

安珊眼里的刘学武质朴踏实，不爱说话，身上没有戾气，也绝对不会滥用这一身功夫。

【7】

精武团离绝味私房菜馆不远。夏天的傍晚我常看见一个 40 岁左右的男人，赤裸着上身，露出让人羡慕的肌肉，跟在一群孩子后面，顺着人民路便道往北跑步。尽管我不爱锻炼，只爱美食，爱我办公室那个能放松身上肥肉的沙发，但我乐得欣赏别人锻炼。

二队里数包星喜欢健身，在他眼里，天大地大，健身最大，他也爱显摆自己的腹肌，虽然那八块腹肌并不明显。我让他一会儿到了精武团，顺便和刘学武切磋一下。面对一个真正的强者，包星显得有些不自信，他半开玩笑地说：“算了吧，查个案，再把人民警察的脸丢尽了。”

刘学武一看就是练家子，走路脚下生风。知道我们的来意之后，他把我们请到电脑旁，调出4月15日晚上的监控。那天晚上他一直在大厅里练习武术，快10点才走出店门，

刘学武的水平如斯还经常练习，怕当年从少林寺苦学的功夫生疏了。这让包星汗颜，看他的表情我就能猜出他回去后一定会增加锻炼时间。查个案子，让包星产生了自卑感。

刘学武把我们送到车旁，犹豫了一下说：“夏队，我也不知道该说不该说。安珊从来不让我管她的事。赵红不是好人，她和妹妹赵娟争房子，姊妹俩还闹得不可开交呢。当年她把赵娟安排到烙馍村，是嫉妒饭店的生意好，也知道王贵和好色，处心积虑想把烙馍村占为己有。王贵和跟安珊离婚后，饭店就是赵红管理着。”

我点了点头，挥手和他告别。

“刘学武这么一说，可颠覆了我对赵红的印象。案发那天赵红哭得可是很伤心。”包星调侃道。

办案子是个讲究活，既得有同理心，还得理性面对看到、听到的一切。

下午6点，魏翔从郑州回到了滑城。他说自己4月15日下午6点多给王贵和打电话，是为了要抚养费，当时他听到电话那头传来王贵和夫妇激烈的争吵声。

张薇荣和王贵和偷情的事暴露后，魏翔发现不仅妻子背叛了他，连闺女也不是他的。王贵和最初还行，都准时给生活费，但

随着物价上涨，生活费也跟着涨。两年前王贵和就不给了，魏翔每隔一段时间都会给他打电话要钱。

4 月 15 日晚上 7 点 30 分，魏翔和同事在万君羊肉面馆吃饭，8 点 30 分吃完饭就回家睡觉了。魏翔小区门口的监控坏了，门卫说魏翔回来的时候跟他还聊了会儿天，快 9 点就回家了，当晚没有再出来。

另一个穿黑色雨衣的人，我们拿着他的照片找人辨认了，有人说像赵红的丈夫孟方，说像的人是根据走路的姿势和体形判断的。

我们没有找到孟方。赵红说她也两天没见到人了。赵红和孟方的夫妻关系并不好，谁也不管谁。孟方一起打牌的朋友也说最近两天没见过他，他的手机也一直处于关机状态。我打了，确实是关机。

赵红给赵娟打电话的真正原因是，轮到赵娟照顾他们瘫痪的母亲，她催促赵娟把母亲接走。

赵红家只有她们姊妹两个，因为母亲院子的归属问题，两姊妹争得不可开交。赵红说她是老大，没少付出，母亲做两次手术，她拿钱最多、出力最多，所以这个房子应该归她。赵娟不愿意，认为自己也没少出钱出力。她俩各不相让，因为房子的事吵了一次又一次。

赵氏姐妹矛盾激化，赵红又是报案人，她丈夫孟方在案发时间段出现在菜园巷。此时赵红、孟方夫妻的嫌疑最大。

我推测孟方可能回老家了。孟方是孟庄乡孟寨村人，我联系孟庄派出所的小陈，让他去孟寨村看看。

【8】

我站在走廊里，望着窗外的雨，都说春雨贵如油，今夜这雨却下得不值钱了。我在想，我是不是该回家？

刚才洪海给我发信息，闫会不同意我再回家，理由是既然离婚了，就应该彻底分开。洪海建议我先住我妈家，冷静几天再说。

看他们一个个下班走了，我也收拾好东西，关上灯，锁好门，下楼，驱车回家。不知不觉我到了家门口，这条路我走了十年，它是通向幸福踏实之路，现在我的心情却忐忑不安。

大门紧闭，这个时间闫会和小雨应该已经在吃晚饭了。我下车，走到门口，想推门，手又缩了回来。我又回到车里坐着，想了半天我还是下车推门，门推不动，从里面锁着。我给闫会打电话，她接了，问什么事。我让她开一下门。她嘲讽道："你还回来干什么？我们都已经离婚了。"

"对不起，是我一时冲动，我实在不能离开你们娘俩，我的心空了。"我也顾不上邻居听不听得到了，还要什么面子，我只管流露真情。

我以为闫会会感动，以为她会打开门上演一出夫妻重归于好的戏码。谁料，闫会当头泼了我一盆凉水："夏振乾，算了吧。我累了，够了。离婚后，我反而觉得轻松了。你知道吗，为了夏冬我可以忍受一切辛苦，但你的前妻和你那糊涂的母亲，她们像两座大山压在我心头。”

闫会的拒绝让我激动起来。她说的这些我能改变吗？我开始用力地拍门，用脚踹门，门响着，但院子里没有任何声音。我想听到闫会的脚步声，哪怕她走出来骂我，但什么都没有。我悻悻地坐回车上，驱车前往母亲家。到了胡同口，我又回去了，我能跟母亲说什么呢？

我只能回到公安局，这个闫会口中我最爱的地方。办公室里一片漆黑，我却不愿意开灯。透过窗户看着外面的万家灯火，我跟洪海打电话，求他找我的岳父岳母，把事情再说说。我又跟双会打电话说了事情的经过，劈头盖脸，我那急脾气的小姨子把我骂了一顿。虽然挨骂，我却觉得痛快，我恳求她找闫会说说，哪怕不复婚我也要回家，像以前那样生活在一起。我等不上洪海回信，鼓起勇气给岳父打了电话。岳父沉默了一会儿，说：“明天吧，明天我去接小雨的时候跟她聊聊。”

打完这些电话，我似乎安心了，这几个人承载着我所有的希望。

我跟母亲打电话，想问问她和夏冬在干什么，我在电话里听到了石楠的声音。一瞬间，我感到一阵强烈的反感，匆忙挂断了电话。

我点燃一根烟，坐在办公室里大口地吸着。在跟石楠的交往中，我是不是真的没有分寸感，真的没有给闫会足够的安全感呢？

说实在的，石楠是我的初恋，我们离婚后她很快离开了滑城。有人说她嫁到了安徽。后来我认识了闫会，结了婚。在小雨一岁多的时候，石楠突然回来了。

她在去我母亲家看夏冬的时候，说自己出去转了一圈儿，想儿子，就回来了。但她家的亲戚说她上当了，网上认识的高富帅，现实中家在穷山窝，她连回来的路费都是偷卖了再婚丈夫家的粮食才凑齐的。

自那以后，石楠频繁给我发短信，倾诉她的悔意，乞求我离婚和她复合，她甚至承诺会像对待亲女儿一样对待小雨，或者说我若想要一个女儿，她愿意为我生一个，让我别生她的气了，是她那时不懂事。她又说起当年的承诺——不是说会像爱吃烩面一样一直爱着她吗？她才走了这么短时间，我就结婚生女了……我不回复，跟她保持着距离。她需要帮助时，我会介绍她去找我的同事或朋友，在我心里，她毕竟是夏冬的母亲，完全拒绝也于心不忍。闫会认为她就不该出现在我们生活里，闫会愿意承受照顾夏冬的辛苦，但是不愿意石楠来探视，即便她去我母亲家探视也不行。但是这是法律赋予她的权利，谁能剥夺呢？

说实在的，对我生命中这两个都曾与之组建过家庭的女人，我希望石楠能过上好日子，但我离不开闫会。闫会是一个很简单的人，她心里只有家和学生。有一次我这么夸她，闫会却说："夏振乾，你是不是在挖苦我，认为我傻，和社会脱轨了？"

就这么胡思乱想到天亮，我下楼到院子里跑了两圈，去食堂吃了早饭，吃完早饭，上楼到办公室里看案卷。

【9】

早上7点30分，推门进来的包星看我在办公室，说了一句：“这么早？”我尽管心力交瘁，但还是跟他开玩笑：“谁像你一样没心没肺的，也不操心案件。”包星接过话茬问我：“孟方是不是杀了人之后躲起来了？”

包星认为孟方是杀害王贵和夫妇的嫌疑人，理由是孟方在案发时间段出现在菜园巷，并且孟方还具备一刀杀人的能力。他当过兵，身体素质比一般人强。

不过，这都得找到孟方才能证实。

孟庄派出所的小陈回信了，孟方没有回老家。孟方和他父母不亲，弟兄三个，他在很小的时候被过继给二叔了。他二叔在贸易路中段的太行小区住。说到贸易路，包星两眼放光。看他来了兴致，我决定立刻走一趟。

孟方的二叔说，4月15日晚上孟方来过，他记不清具体时间了，孟方给了他500块钱，说了两句话就匆匆走了。太行小区门口的监控确实出现了孟方的身影，身着黑色连帽雨衣，但他从小区出来之后就再也追寻不到踪迹了。

只有这么一点收获，让兴致高昂的包星很失望。寻找线索就是这样，有时候跑断腿还是原地踏步，有时候蓦然回首，它就在不远处。

我们只能去找赵红，赵红一开始不配合，说不认识穿雨衣的人，最后才说实话，说是怕我们怀疑她指使孟方杀人。她还说孟方就是这么窝囊，叫他干件事，没有干成过。孟方的最后两个电话是赵红打给他的，赵红想问他话带到了没，以及赵娟什么时候来接人。

此路不通。我们只能从王贵和方着手调查。到新化肥厂走访，他的同事一致的说法是：王贵和八面玲珑，处事圆滑，出手阔绰，人缘很好，没有仇人，也没有跟谁结怨。看来王贵和在工作和私生活中完全是两副面孔。

汇总过所有信息之后，案件没有突破。我们坐在办公室里面面相觑，谁也说不好从哪下手。

下午我接到洪海的电话，往家里赶，包星追在后面问我："什么事？这么着急，我跟你一起去。"我摆摆手示意他回去。

我走进客厅，闫会、岳父、洪海和双会在沙发上坐了一圈儿，我看了一眼，在闫会旁边的地方坐下。她嫌恶地站了起来。

岳父语气严厉，批评闫会："你怎么这样，你俩也不是仇人。"

"没事，爸。"我赔着笑脸说。

还没等他们开口，我说："这事都怨我。"

"啥事怨你了？"双会故意问。

我自我检讨道："没有和石楠保持距离，不该去离婚。"

岳父批评闫会："你也是太敏感了。"

"爸，你别这么说，她没错，确实怪我。"

洪海帮腔："知道错了就行，一定要改正，不能再犯这种低级错误了。"

“那是肯定的，绝对不会再犯，你们都可以做证。”

闫会不满地问：“婚姻也像你抓捕嫌疑人一样需要证人，是吗？”

“我就是这么一说，没有其他意思。”我继续赔笑脸。

“行了，因为这么点事去离婚真不值得。这个事都不像成年人办的事。”岳父各打五十大板。

“我就是烦石楠。离婚了还老是打扰别人的生活，而且小雨的奶奶见石楠比见我都亲。”

岳父意味深长地看着我说：“只要我和你妈见你亲就行了，她见你亲不亲有什么关系？”

“都是为了夏冬，毕竟石楠是夏冬的妈妈，我母亲也是为了夏冬。以后石楠无论什么事找我，我都不搭理，我把她的手机号拉入黑名单。”我一边说一边按手机。

“别在这儿演了，”闫会说，“如果你心里真有我和小雨，就把夏冬还给他母亲，他毕竟不是你的亲生儿子。”说完闫会拿出了一份亲子鉴定报告。

这消息如当头棒喝。我没有想到闫会还有这么一手，我以为找人说和后日子还会回到从前，看来闫会忍耐了许久。

我接过鉴定报告看着。

“这是我拿你们两人的毛发托人做的。”闫会补充说。

鉴定报告上的落款是广州某医院的附院，闫会的一个高中同学就在该医院上班。她当年极力反对闫会嫁给我，毕竟我离过婚还带着一个残疾孩子。

客厅里的每一个人都盯着我。

“让我想想。”我慌乱得不知道该说什么。

“我就说我们娘俩比不上一个残疾、没血缘关系的孩子。即使这样，我依然照顾夏冬，但是他的前妻，不，他的第一任前妻还总是影响我们的生活。都看到了吧，我们两个离婚是最正确的选择，谁也别再来当说客了。”闫会决绝地说着。

我和洪海走了出来，再待着还有什么意思呢？虽然我想见一下快放学的小雨。

洪海劝我谁的孩子给谁：“你不问怎么知道人家不养呢？”

我打电话过去，石楠说：“你不养，我也养不了，要不咱们复婚吧。”

我坚定地拒绝。

“你们要是烦我，我就不再出现了，叫你爸这么多年了，别为了一个女人抛弃他……”

我挂断了电话。

夏山林当年用尽积蓄买的那个院子，我可能再也回不去了。

【10】

下午有人报案，在双流河发现了一具尸体。救援队打捞上来后，段法医初步怀疑是孟方，赵红到场确认后证实尸体确实是孟方。

孟方的尸检结果显示，他颅脑出血，骨盆、右腿胫腓骨、双侧肋骨均有多处骨折，体表多处表皮擦伤。经过病理检验在肝脏、肾脏内发现与河水内相同的硅藻，说明孟方在入水时存在生命特征。怀疑孟方是被车撞晕之后，被抛入河里的。按现在的天气条件，估计漂浮上来得有5天左右了。也就是说，王贵和夫妇被害的当晚或第二天孟方就被扔进双流河里了。

孟方之死是意外还是蓄谋已久？这需要我们进一步侦查才能解谜。

我在县城的地图上比画着：抛尸于双流河，需要从孟方最后出现的贸易路向外辐射，或抄近路或绕远路，总之包含了通向双流河的所有路线。

“检查孟方从太行小区离开后，到贸易路北段路口的所有监控，找出经过此处的所有车辆。”我给一聪和张峰布置任务。

“是，夏队。”他俩去了视频侦查大队。

一聪打来电话：“孟方案的肇事车辆找到了。”

“好，我和李攀马上过去。”

在兰花苑，我们见到了肇事者。

肇事者20岁出头。“我那晚喝醉了。”他后悔地挠着头，“我走到贸易路，一看修路，就掉头换路，接着听到‘砰’的一声，我一激灵，酒立刻醒了一半，赶紧下车查看，看到一个人倒在地上，死了。当时我太害怕了，就把他抱起来塞进了车里，在街里兜了一圈不知道该怎么办，最后开到了双流河岸，把他扔进了河里。”

我气愤地说：“你知不知道你只是把人撞晕了，孟方并没有死，你当时打急救电话，他还能有救。”

“我真喝醉了，我以为他死了。平时我喝酒是不摸车的，那天女朋友跟我提分手，我心情不好，就和朋友去喝酒了，喝了酒我又逞能非得开车回家。”肇事者用力地拍着头。

“那天和你一起喝酒的都有谁？”

肇事者说了他当晚酒友的名字和联系方式。我们核实之后，确认他不认识孟方，只是酒后肇事。等待他的将是法律的严惩。

此刻案件的搁浅，一如我抛锚的婚姻。

一下班，去看小雨的念头在我心里如野草般疯长着，我想我的“小情人”了。到家里去没见到人，闫会又不接电话。我正犹豫着要不要问问双会。母亲打来了电话，让我火速回家。

徐敏跟母亲说了我和闫会离婚的事以及夏冬的身世，她用意明显：给我压力，希望我弃养夏冬，和闫会复婚。

母亲接受不了现实，把二姐和二姐夫都叫来了，商量怎么办。

我一到，二姐说：“肯定不养，人家有亲娘在，轮不到咱。”

“联系不上石楠了，我今天打了一天电话她都不接，估计是跑了。这个不是人的玩意儿！”母亲骂了起来，“我现在懂闫会为什么恼我了，我傻呀，跟她走得太近了。”

“起诉她！”二姐夫气愤地说，“不能因为她们母子把好好的家弄散了。”

我们在客厅的谈话，夏冬在里屋能听到，他哭了起来。

夏冬的哭声让我想尽快结束争论。“别说了，这是我的事，我自己决定。”

“你的事？咱妈少替你受累了吗？闫会没替你照顾夏冬吗？我们干的就不提了，咱得说理儿。”二姐激动地反驳。

“徐敏说得对，别理石楠就啥事没有。哎！”母亲长长地叹气，挠着头，非常懊悔。

“咱妈不知道，你还不知道夏冬不是你亲生的吗？”二姐心疼母亲，生气地问我。

我沉默着，夏冬生下来的时候我就怀疑了。

“走吧。”二姐对二姐夫说，“该说的说尽了，多说落埋怨。”

“你也跟我走。”二姐对母亲说，“你是我的亲娘，我得管你。”

“我不走，二小子够可怜的了。”母亲哭了。

二姐和二姐夫走了。

夏冬转着轮椅从里屋出来，说：“你们把我送到福利院吧。”

“送到福利院不花钱啊。”母亲慈爱地看着他说，“我舍不得你，从这么一点养到这么大。”母亲比画着，然后对我说：“你以后别来了，好好和闫会、小雨过日子，我和夏冬两个人过。”

我从家里出来，漫步到卫河岸，看着卫河。时间似乎在用另一种方式流逝，一眼像一天，一天像一季，一季像半生。

【11】

桥头派出所的毕所长打来电话，他的语气急促，告诉我王贵和的父亲非要见我，有重要事情当面向我反映，并说对方已经在去公安局的路上了，拦都拦不住。

放下电话有一会儿，包星领着一个 60 多岁的老人走进了办公室。

“我正好到对面打印东西，看见他在走廊里，就问他是来干什么的。他说他是王贵和的父亲，来找夏队长。我就把他领进来了。”包星说完带上门出去了。

“杀我儿子和儿媳妇的凶手是赵红。”他一坐下就扔出这么一句。

“你怎么这么确定？”

“我儿子和儿媳死后，我们两口子难过得如同行尸走肉。赵红倒好，在超市里指东指西，一副老板模样。她算个什么东西！”

“她自个男人死了一火化就了事了，也没见她伤心，还跑到超市里面指挥这个、指挥那个，连超市的员工都看不下去。高经理打电话让我去，我撵赵红，她还气势十足，指着我的鼻子跟我吵，有这样跟老辈说话的吗？赵红还要代表她母亲，分赵娟的那一份财产。”

“老人家，单凭这些，不足以证明她有杀人动机。”

“夏队长，你别着急，听我说完。”

“好，我不着急。”

“赵娟就是赵红的提款机，我那傻儿子娶赵娟是进了赵红的圈套，我也管不住他。赵红想在步行街开服装店，我那傻儿子就给她投资了十几万块。平时吃喝用度，赵红也没少占便宜。”

“赵红还养个男人，是个健身房教练。”

“哪个健身房？”我问，“教练叫什么名字。”

王贵和父亲想了半天说在梦想城旁边。

“未来健身。”我说。

“对！对！”

“那个健身教练叫李守信。一个40多岁的老女人找了个二十岁出头的小伙，丢人现眼！”

“李守信20多岁？”我重复了一遍。

“是呀。搁以前哪有这种事，40多岁的男人找20多岁的女人还差不多。”

我笑了。

“反正我听说了，赵红让李守信杀赵娟。”王贵和父亲的结论简单直接。

“不管你是听别人说的还是自己听到的。赵红为什么杀赵娟？这对她有什么好处？”

“为了钱，为了占她母亲那套院子。”

“那她不得一个人照顾老人吗？”

“一个人更好‘照顾’了——想让她活到哪天是哪天，一个瘫痪老婆子很好对付。第二个好处是她跟赵娟借的那30万不用还了。”

“她借了赵娟30万，因为什么借的？”

“这30万是我儿子的钱。赵娟会干什么呀？她跟我那个能干的前儿媳安珊差得远呢。赵红跟赵娟说现在媳妇都金贵，生了孩子都到月子中心坐月子，想投资建一个，让赵娟和她一起干。赵娟一看前景不错，就把钱拿出来了，可到现在月子中心还没影儿呢。

“这事有好几年了，赵娟催赵红还钱，赵红一直说月子中心的项目快开始了，就是不给。这钱花哪儿去了？花到她养的李守信身上了。为这个钱，两姐妹还打过架，赵娟给赵红下了最后通牒，再不还钱就起诉她。

“我说完了。”他咽了一口唾沫。我急忙又给他倒了一杯水。

他大口喝着水说：“夏队长，听我啰唆了这么长时间，是不是烦了？”

我急忙摇头说：“不烦，你提供的信息非常有价值。”

我把他送到电梯口。他挥手让我回去。

【12】

我跟包星说请他到健身房锻炼身体。包星瞪着牛眼撇着嘴，说他宁可相信世上有鬼，也不相信我会去锻炼身体。

“有啥怀疑的？跟着我夏队，吃香的、喝辣的，撸铁健身这不很正常吗？”我一本正经地说。

“你这身材告诉别人是到健身房练的，估计这健身房得倒闭。”包星打击我。

我用力拍了他一下：“现在的审美都是以瘦为美，都是这种观念误导人。我这身材有什么不好？辛辛苦苦吃出来的，你以为容易吗？”

到了未来健身，前台的小姑娘问：“先生，你们是来健身的吗？我们现在有优惠活动。”

我打断她：“我们不是来健身的，是来找人的，李守信在不在？”

她眼里闪烁的光芒黯淡了下来。我也觉得抱歉，给别人带来了希望又让人家失望。出于职业素养，她还是把我们领到一楼大厅东头，并指着一个健壮的背影说：“看见那个人了吗？那个就是李守信。”

李守信站在一个女人旁边。我小声问包星：“那个女的做的是什么动作？她躺在那儿，李守信就盯着她胸部看。”

“夏队，她做的是杠铃卧推。”

“有啥用啊？还不够吃亏的。”

“你不懂。”

等了一会儿，我们走到了李守信身旁，问他现在有没有时间。李守信说他正在上课，半小时后下课。他问我们是干什么的，是不是找私教的。我正犹豫着，包星说是的。

“那等一会儿吧。”

“你们找李教练可是找对了，又专业，又负责。在未来健身可是‘头牌’。”躺在那里卧推的女子气喘吁吁地说道。

我们走到远一点地方。“‘头牌’？”包星小声说，“健身房教练能用‘头牌’形容吗？”

“你这孩子一肚子的龌龊，人家的意思是第一，很厉害。”我也笑了。

上完课，李守信走过来，他请我们到贵宾室坐。没等他开口，我拿出了警官证。

李守信紧张地看了看证件。“有什么事吗？”他问。我说只是聊聊。李守信承认他和赵红从最初的教练和学员，发展成了情人关系。赵红还在新城买了一套房子当作两人的爱巢。

“赵红跟你说过让你杀赵娟吗？”我问他。

“有一天晚上睡前，赵红很生气，睡不着觉。我问她怎么了，她说跟赵娟那个该死的吵架了，让我去杀了赵娟。我让她别说傻话了。

“赵红说赵娟死了，欠她的钱咱也不用还了，一了百了。就是不杀她，趁她不注意用袋子套住头教训一顿也行。我答应了。后来，我就找一个哥们办这事，但我这个哥们刚从看守所出来，他说歇几天再动手，还没有动手，就听说赵娟死了。”

李守信就知道这么多。

从健身房出来，包星说：“看来电线杆上的牛皮癣小广告，‘香港富婆重金求子，我的老婆是百万富婆’也不全是假的。”

“这样一辈子都不用奋斗了，多轻松啊！”

“可我总觉得少了点什么。”

是啊，少了奋斗的乐趣。

【13】

王贵和父亲打来电话反映，赵红有个儿子。他能专门打电话说此事，肯定不寻常。于是我问他，赵红的孩子是和谁生的。

“道康镇书记，张振兴。”

赵红到底有多少秘密？有些女人，只要活着就会把自己的价值开发到最大。

我带着包星去找赵红。赵红在步行街的服装门市一共两层，她把我们让进二楼办公室。办公室是中式装修，古色古香。

“还是中式家具看着高档。”我不由得赞叹。

“那是，现在年轻人都喜欢法式风、欧式风，把咱老祖宗留下来的好东西当成了落后、土得掉渣的东西。他们根本不懂什么是真正的审美。”赵红接话。

“尝尝我这茶叶。”赵红一边烧水一边打开茶包。

“赵总，咱不用这么麻烦，只是有几句话想问问你。”

“喝口茶就算行贿了吗？夏队长，你想得太多了。”

“不是，确实没必要。”我用手按着茶包。赵红看我的样子，也就没有坚持。

“你和赵娟有三十万的借款？”

“是。准备开一个月子中心。还是打麻将的时候一个朋友提起的，让我跟她合伙干。她出资多占大头，但她没时间，让我暂摸[1]地方。地方找好了，朋友又说投资其他项目，手里没余钱了，让我再等等。

“这么一等钱就花完了。李守信又要我带他上欧洲旅游，又要我装修他家的老房子。再说，亲姐俩有借款很正常，我也不会赖赵娟的账。有店在这儿放着，两年就还完了。可赵娟就是等不了，一直催着要，闹得那么难堪，都是我妈把她惯坏了。”

“李守信说你让他杀了赵娟。”

“那是气话，那天我们姐妹两个吵过架后，我一生气才这么说的。气话不能当真，守信还是年轻，该说的不该说的都跟你们说。”

“这也不能说是不该说的，说是一方面，指证杀人需要证据。”

“夏队长，我不是质疑你们工作的严谨性，没那个意思，可别误会。”赵红连连解释。

“你有个儿子？”

赵红脸色一变，随即很坦然地说：“有一个。我和孟方结婚这么多年，有个儿子不很正常吗？”

“孟方的家人说，儿子不是孟方的，为此，孟方没少跟你生气。”

“夏队长，你们问的这些和命案无关吧。”赵红冷笑着，“如果你们怀疑我杀了王贵和、赵娟，只管抓我，不要拐弯抹角打探

1　北方方言，寻找、查找。

我的私事。”

我们从服装店出来，包星说赵红挺厉害的，能和警察叫板。

“赵红这么警惕，说明王贵和父亲提供的信息可能是真的。”

“这又有什么关系？”包星不解地问。

“张振兴的父亲是滑城著名的陶瓷商人。赵红给他生了儿子，这辈子他们缘分长着呢。你不知道，张振兴和他妻子只有两个闺女，他父亲盼着有个孙子呢。”

“咱现在又走投无路了。”

“你这个成语用得特别不恰当。还是那句话，‘山重水复疑无路，柳暗花明又一村’。走，吃个烧饼去。”

圆圆的烧饼，比我脂肪堆积的脸都大，从个头上就能看出滑城人的实诚。刚出炉的烧饼酥脆，一口咬下去，面香加上芝麻的香味，满足感油然而生。

包星问我：“王贵和父亲跟我们反映这么多，一心想给赵红扣上杀人的罪名，到底是什么意图？”

“他恨赵红。这么多年的积怨使然。另外，王贵和夫妇一死，赵红把手伸向了超市，这让他有强烈的不安全感，毕竟他还有一个孙子要养。”

“赵红也不差这么一点钱，争超市干什么？”

“欲壑难平。不过这有一个好处，赵红肯定会善待她母亲，她希望母亲活得长一点，这样就能再争一点东西过来。”

“真是‘极品’。”包星摇头叹息。

【14】

我和包星回公安局，正走到大门口，门岗小魏示意我们停车。他走过来对我说：“夏队长，有个女人找你，说有重要情况向你反映。我说你查案去了，她可以找其他队的队长，可她非要等你。瞧，她在那边站着呢。”顺着小魏手指的方向，我看到了大门东侧的女人。

包星把车倒回去，停到大门东侧的车位上。我下车刚好与那位女士四目相对，是张薇荣。

张薇荣也看到了我，她喊了我一声。我让她一起去局里二队办公室说话，她显得有些局促不安。我看她拘谨，让她上车。

车内，张薇荣神色紧张地告诉我她遇到了高中时的同学及旧日恋人刘昆，这让她感到非常诡异。刘昆 6 年前就掉进双流河里淹死了。当年刘昆被打捞上来时，他母亲还去认了尸。很多围观者看到她趴在尸体上哭晕了过去。

张薇荣反映的情况着实离奇，我让她详细说说。

昨天中午 12 点多，张薇荣吃过午饭，魏翔嫌床上的褥子硬，埋怨张薇荣不知道去弹弹，说她一件事从冬天说到夏天，还没落实。魏翔阴阳怪气，说王贵和死了，她魂丢了，人傻了。张薇荣无言以对，就拉着褥子到漓江路弹棉花的店铺。店主告诉她，他们店里另外两人去旅游了，他一个人干不了这个活儿，不当紧的话就等两天。张薇荣想想魏翔的脸色，又拉着褥子到土产街的一条巷口，店主正吃饭，让她等一会儿。她也不好意思站在店里等，就站在胡同口。这时她看见一个男人背着装满空瓶子的布袋，从马路对面走来，他弓着腰，低着头，头发很长，遮住了半张脸。他从张薇荣身边经过的时候，风吹动头发，张薇荣认出那是刘昆。他继续旁若无人地走过，往前走了五六十米，拐进了右手边的胡同里。

张薇荣很震惊，她从昨天下午纠结到现在，刘昆的死而复生似乎隐藏着秘密。张薇荣所虑正是我此刻所想。我请她进一步说明刘昆和王贵和的往事。

从高一开始张薇荣、刘昆和王贵和就是同班同学，他们是前后桌。刘昆性格安静，能坐得住。王贵和性格外向，爱说笑话。刘昆的成绩在班里能在前十名里，比张薇荣和王贵和强得多，但他从不摆架子。当时班里是按成绩排座位的，刘昆可以坐在前面，但是王贵和想跟他做同桌，他总会选择后面的位置。

在刘昆的影响下，张薇荣的学习成绩越来越好，他鼓励她坚持下去，高考就能考上好大学了。张薇荣喜欢上了刘昆，刘昆也察觉到了，他看她的眼神里面也有亮光，他们偷偷地恋爱了。每一次过完周末返校，刘昆都会给张薇荣带好吃的，张薇荣也喜欢这种被宠爱的感觉。直到高二下学期，王贵和过生日，正好是假期，他请同学到他家饭店里吃饭，喝多了，指着刘昆对大家说，别看这家伙闷，心眼儿多着呢，他明明知道自己喜欢张薇荣，却还是先下了手。那天刘昆非常尴尬。

从那之后张薇荣、刘昆跟王贵和疏远了。上了高三，王贵和放纵自己，嚷嚷着反正也考不上大学，不想受那份苦了。王贵和是走读生，他也不知道是受了谁的撺掇，还是真喜欢张薇荣，每天上学都会给她带吃的，张薇荣是拒绝的，毕竟得考虑刘昆的感受。但王贵和都是往张薇荣桌上一放，或者硬塞进桌兜里，然后立马跑开。等王贵和回来了，张薇荣想还给他，王贵和就抓起来往楼底下扔。对此，刘昆不痛快，但他不说，他就是这样的人，明明有情绪，但是从来不说。

高三上学期临近寒假，张薇荣过生日，王贵和送给她一条翡翠项链。他硬给张薇荣。张薇荣只好把项链交给了班主任，班主任把王贵和叫出去批评了一顿，还给他父亲打了电话，让他来学校问问是不是偷拿家长的钱买的。王贵和的父亲来到学校，在教学楼前骂他，他觉得没面子，回班后用手狠狠地砸墙，手都流血了。后来张薇荣才知道，王贵和花的是攒了很多年的压岁钱。张薇荣现在想起王贵和当年那难受的样子，还万分愧疚。

那个寒假张薇荣跟刘昆提出分手，刘昆很伤心，问她是不是因为王贵和。她说谁也不因为，反正她现在不想谈恋爱，想专心考大学。

高三下学期的模拟考试特别多，刘昆刚开始还可以，最后几回，他一次比一次退步。班主任频繁地叫他到办公室谈话，张薇荣看到他很苦恼。王贵和也不知道怎么想的，一天晚自习走到正做题的刘昆面前说，别学了，一起玩吧，反正你考大学也没希望了。刘昆恶狠狠地看着他，那是张薇荣第一次见刘昆这么生气。王贵和那天是故意找事，见刘昆生气了，他继续挑衅，推刘昆。刘昆急了，冲上去掐住他的脖子，其他同学见状，赶紧上前拉，刘昆的那双大手死死地掐着，他们掰了很久才掰开。

从那之后，王贵和就叫嚷着刘昆有精神病。在高考前几天，刘昆突然消失了。张薇荣问同学，他们表示不知道，问班主任，班主任什么也不说。

高考那三天，王贵和跑到体育场打球。他和刘昆都没有参加高考，不过一个是主动放弃，一个是不得已。大专毕业，张薇荣回到滑城上班，同学聚会遇见了王贵和，他在化肥厂搞销售，人情世故拿捏得非常到位，俨然一个小老板。张薇荣没有见到刘昆，同学们都说没有见过他。

直到有一天，有同学问张薇荣见没见过刘昆，他家人在到处找他，刘昆不见了，然后就听说刘昆掉进双流河里淹死了。

我向张薇荣要刘昆的照片，她从钱包里拿出一张，这是一张刘昆的证件照，照片已经褪色，但是依然能看出少年刘昆青涩的模样。

刘昆父亲早逝，一直以来他和母亲、姐姐相依为命。他家在漓江路的商业小区，只不过已经没有人了。他淹死之后，他母亲跟着姐姐到安州生活了。

张薇荣离开之后，我和包星坐在车上思考她刚才说的话。

【15】

包星疑惑：“刘昆的母亲不认识刘昆吗？怎么可能会认错尸体？”

“正常情况下肯定不会，但是如果两个人年龄接近，身高相近，衣着相似，在河里泡了一段时间后，尸体呈巨人观，那样的话就不好辨认了。”

我让李攀查找 10 年前双流河溺亡案件档案，安排一聪调取张薇荣见到刘昆地点的监控录像。我和包星前往商业小区调查。

商业小区是滑城的老小区，那斑驳的外表和粗陋的内在见证了时光的流逝。

包星说：“大门连汽车都进不去的小区，现在应该没有了吧。”

“现在政府对老旧小区都逐步改造了，估计还没有轮到商业小区。”

我们根据张薇荣提供的信息找到了她所描述的单元楼，敲了半天无人应门。小区门口修鞋的老人告诉我们，商业小区的住户大多搬走了。零零星星几户也是务工或孩子上学的租户，租住这里图房租便宜。

我们和修鞋老人闲聊打发时间，想等到放学再看看能否有收获。

下午 6 点，一个 30 多岁的女人骑车带着一个背书包的小孩进入小区，我们紧盯着，看她走进了我们期望的单元。

包星喊住她，问她是不是三楼东户的住户。她点点头。我上前出示证件，并说明来意，从她那里我们得到了刘昆母亲的联系方式。

我当即拨过去，询问情况。

刘昆的母亲非常肯定地说当年她认回的就是刘昆，已经把他拉回老家，埋进了祖坟里。

“你怎么认定那就是刘昆？”

“人都泡走样了。我是根据身高，还有身上穿的衣服辨认的。”

放下电话，包星问：“如果刘昆真的没死，他为什么不跟母亲和姐姐联系呢？”

我也百思不得其解。李攀此时打来电话，报告说当年尸体从河里打捞上来，验尸后没有发现外伤，刘昆的家人又来认领，且得知他有精神病史，就当作普通的溺水死亡处理了。

我和包星到土产街张薇荣遇见刘昆的巷子转，先走到弹棉花的地方，顺着胡同往里走，60 米后往右拐，进入一条窄胡同，两排是低矮的房屋，有的房顶已塌陷下来。

这一片是滑城的棚户区——孙王庄，在县里的开发计划之中。走到胡同尽头，临路的地方正在拆迁。

政府既然要对这个地段开发，就不可能允许建废品收购站。我猜测刘昆可能就住在这附近，只是我们还没有找到地方罢了。一路走来，这里的房子大多破败不堪，看起来不像是有人居住的地方，但也不排除有人藏身其中。

我们在胡同里逐个查看，只遇见了几个老头老太太，他们用怀疑的眼光打量我们，好像我俩是踩点的贼。

一聪打来电话，他报告说张薇荣弹棉花那天，也就是 4 月 29 日下午 1 点 15 分，监控里发现一个男人，其身形、样貌与刘昆高度相似。已让张薇荣辨认，正是刘昆。

正走着，我和包星看到个大杂院，从样式上推测建于 20 世纪 50 年代，院子里堆积着塑料瓶、纸箱等废物，屋门紧锁，旁边没有住户。我们向稍远的人家打听，得知这个院子很多年都没人住了。我怀疑这就是刘昆的藏身地。

我决定在此等候，并安排李攀和李健在土产街弹棉花处布控。

晚上 8 点 15 分一聪再次打来电话，他在土产街路口监控里看到了一个疑似刘昆的人往胡同里走去。

李攀和李健截住了背着塑料袋的男人。他泰然自若地看着赶来的我，并不惊慌。

【16】

我问他："你叫什么名字？"

他反问我："你不知道我是谁，会抓我吗？"

"刘昆。"

他点点头。

刘昆没死，那双流河里淹死的是谁？

刘昆很瘦，身形和状态透露出这些年生活的困窘。尽管天气已经变热，他依然穿着一件灰色卫衣，外面套着黑色夹克，黑色的裤子上全是污渍，光脚穿着布鞋。由于穿得太久了，浑身散发着刺鼻的臭味。他把额头前面的长头发往一边拨弄了一下，露出了脸，这张瘦削的脸虽饱经沧桑，但还残留着些许英俊。

“你母亲和姐姐都以为你淹死了。既然你活得好好的，为什么不回家找她们？”

“一开始我觉得没脸见她们。后来我回过家，但她们搬走了。”

“什么事会让你觉得没脸见自己的家人？”

“赵娟的事。”

我内心一阵激动。我急切地追问：“哪个赵娟？是王贵和的妻子吗？”

“是。”

“说说原因。”

2001 年，刘昆还在建设路的维多利亚酒店当保安，虽然工资不高，但是工作内容简单，不费脑子，工作之余他还可以跟刷碗的婶子们、客房的妹妹们聊聊天。那年刘昆 34 岁，尽管年龄不小了，但他依然期盼一些美好的事情发生在他身上。此时，他又遇见了赵娟，赵娟给他带来了关于“美好”的幻想。

说“又遇见”，是因为刘昆以前在面包房上班，赵娟经常去买面包。刘昆见过她。

刘昆提醒赵娟他们见过面，她也想起来了，还夸刘昆是滑城最好的面包师傅。从那之后，刘昆下班回家再晚都会和面、打面、醒面，第二天早起烤面包，然后给赵娟带过去。时间长了，赵娟也喜欢上了刘昆，他们恋爱了。一次约会，赵娟喝了点酒，迷迷糊糊间，两人发生了关系。那一刻刘昆发誓要永远对赵娟好，谁知道好景不长，赵娟竟然开始跟刘昆要钱。刘昆一个月的工资只有那么一点，都花在赵娟身上了，哪有余钱？刘昆实在太爱赵娟了，就跟母亲说找了个女朋友，需要用钱，平时节俭的母亲很慷慨地拿出了 2 万块钱给他。这 2 万块钱很快花完了，赵娟继续变本加厉地要，不给的话就到公安局告刘昆强奸，刘昆没钱，但是害怕赵娟告，他没法向母亲交代，自觉走投无路，选择了逃离。

刘昆先逃到了安州，又去了郑州，做过搬运工，在饭店里打过工，也送过快递。有一次送快递，他为了赶时间，擦碰了一辆奔驰车，车主非让他赔偿 5000 块钱。刘昆觉得那么一点擦痕不至于讹这么多钱，最后赔了 2000 块钱。赔过钱之后，他泄了气，觉得这一辈子无论怎么努力都是这样了，只能受人欺凌。他心灰意冷，再也不愿意干活了，便开始流浪，以天为幕，以地为席，也挺好的，有时候躺在地上看着天上的月亮，还幻想自己是个诗人。

可能是因为在外面流浪久了，年岁也渐长，刘昆想回滑城看看。他无家可归，就住在土产街没人住的破院里，后来又弄了个三轮车收破烂儿。

刘昆不说话了，他看着我，露出嘲弄的表情。

我问他："你杀了赵娟？"

"你兜了这么大圈子，终于问到了。"

我竟无言以对，眼前的一切表明，自案发以来，刘昆就已做好了随时被抓捕的准备。

"去年冬天，我在菜园巷收破烂儿时无意间看到王贵和和赵娟，他俩竟然成了一家人。看着他们，我心中的怒火瞬间爆发，我恨他们，要不是他们我怎么会落到这番境地？当时我真想宰了这对狗男女。但再看看自己骨瘦如柴的身躯，我怎么杀得了他们。对他们的恨驱使我想了很多杀人的办法，最后我买了一张人体解剖图，空闲的时候就对着心脏一遍一遍地练习。我坚信，只要苦练就能实现复仇的愿望。”

他继续说：“我练了半年，觉得有把握了，4 月以来又一直下雨，正是好时机。4 月 15 日晚上，我走到王贵和家门口，大门竟然开了，赵娟开门后也不往外看，转身就往屋里走，似乎在给约好的来客留门。我怎能错过这个机会 —— 我快步向前，她听到了脚步声，转过身来的瞬间还没来得及尖叫，我的刀便刺了进去。杀了她之后我走进客厅，王贵和在沙发上坐着，他认出了我，像见了鬼一样惊慌地往卧室里跑，我又刺了上去。练了这么久，我非常自信能一刀毙命。

“杀了他们两个，我兴奋得想大声地唱出来。”刘昆疯狂地笑着。

【17】

刘昆母亲从安州回来，告诉我们当年错认的刘昆埋尸的位置。我们挖出尸骨，送到公安部做生物信息检测，后将 DNA 分型数据[1]输入失踪人员库中进行滚动查找，但一直未获结果。

刘昆杀人案让我感触颇多。爱让人世美好，也成了夺命的刀。

我爱闫会。离婚之后我才发现自己是多么爱她和女儿。可她始终和我保持距离，每次我去接小雨，她总是面无表情地开门，我跟她说话，她也沉默不语。

如大姐所言，我对石楠的帮助是闫会心中解不开的死结，我有时间和精力去帮助一个她认为毫不相关的人，却无暇顾及她的感受。也许并不仅仅是这些原因，或许她厌倦了当一个忙碌警察的妻子，这个警察既粗糙又不解风情；或许她厌烦了我上一段婚姻带来的所有拖累；或许她后悔当初嫁给我的决定……

2007 年 7 月，闫会在郑州的一个私立职专找到了工作，她把夏山林当年买的院子卖了，在郑州买了一套面积不大的二手三居室。双会夫妻在郑州经营着曹铁新开的火锅店，小雨的姥爷和姥姥在郑州卖早餐。就这样，我彻底失去了此生最爱的人。我也辜负了当年用尽所有为我买房的夏山林，他多么想让我拥有幸福啊！

母亲消沉了一段时间才振作起来，她说她已失去了一个儿子，不能再让活着的儿子操心了。她天天早晨起来和周大娘一起顺着卫河散步，誓要活到一百岁，做我永远的依靠。

当年三叔说出夏振中回来的实情后，我原以为与曹铁的关系

---

1 即基因分型数据。

会逐渐疏远，没想到他竟然成了我和小雨之间的纽带。每次他从郑州回滑城，都会给我捎来小雨为她深爱的警察爸爸画的画、折的纸、写的短信、攒下的零食…… 我感受着女儿的爱，尽管内心已被现实凌迟成碎片，但这些小小的爱意在悄然修补着我内心的创伤。曹铁手机里那些关于小雨的生活视频，我看了一遍又一遍，永远看不够，正如我永远爱她不够一样。我竟然开始盼着见到曹铁，也再没把心底的疑问说出口。现实总是这样充满讽刺。

我感激曹铁在小雨成长中所做的一切。有时我甚至会回想起那一晚站在饭店窗前的他，仿佛只是一场幻觉。

曹铁依旧亲热地喊着母亲“大娘”，一到我家就没闲过，扫地、浇花、把母亲遛弯捡回的废纸箱打成捆，像夏冬儿时那般逗她，陪她到卫河边散步，一路走，一路笑。一切都变了，又似乎没变。

2007 年 7 月底，因一起案件，局里派我到上级单位安州公安局做协调工作，我见到了我的大学同学。毕业后，他在郑州公安局上班，如今已是安州公安局副局长。积累几年政绩再回郑州，他的职位应该是省公安厅副厅长，最差回到省厅也能当个副总队长。如果没回滑城，这或许也是我人生的轨迹。

我讪讪地和老同学寒暄着，“往者不谏，来者可追”，也没什么可后悔的。但每当想到还没找到夏振中，我便觉得自己功业无成，两手空空。

2007 年 8 月 3 日，张局长签字后，夏振中被正式列为杀害陈六金的嫌疑人，并被全国网上通缉。然而，连续数年的搜捕未果，夏振中仍旧行踪不明。

2011 年 5 月 26 日，公安部召开电视电话会议，宣布从即日起至 2011 年 12 月 15 日，将启动为期约 7 个月的“清网行动”。这一行动调动了全国公安力量，目的是以“全国追逃，全警追逃”的决心和力度，缉捕所有在逃的犯罪嫌疑人。尽管行动力度空前，但夏振中依然未能归案。

同年 12 月，在西纸厂旧址上改造的五丰园餐饮集团已投入使用。我带着母亲和二姐在一楼 300 平方米的地方风味集合店吃饭。母亲兴奋地看着保留下来的红墙，后期改造增加的黑色钢柱，豪气的落地玻璃，屋顶上的水晶吊灯，忍不住赞叹：“这样搭配还怪好看嘞！”母亲走到一个个干净的窗口挑选想吃的食物。

“这个猪肚鸡是哪个地方的？怪好吃嘞，不是河南的吧？”母亲问。

“广东的。”二姐回答。

“这不赖，不用出远门，就能吃到这么好吃的东西。”母亲抹了一把额头上的汗。

饭后，我陪母亲坐在餐厅前的长椅上，母亲认真打量着焕然一新的西纸厂，它如今成了带给人们味蕾享受的餐厅，这何尝不是一种新生？母亲站了起来，她走上台阶，站在河岸上看着卫河，河水碧绿，平稳地流淌。她看着顺着河岸往南走的路人，那是通向古镇的主路，走一千米就会从寂寞走向繁华，又看看前面，河的对岸是一个村庄。多年来母亲都是这么站着，看着。

“我想你哥了。”母亲突然说，“变化这么大，他要是回来，还能认得路吗？”

我突然抱住母亲，也让自己被拥抱。

【18】

电话响了。王局长通知：“振乾，有个你的举报件，举报你办案过程中作风强势，故意折腾百姓，还是实名举报，举报人我们也进行了调查，确定她是因为私仇才举报的。”

我想不起来自己办哪件案子故意折腾人了。至于作风强势，这不是我一贯的优点吗？我始终认为，唯唯诺诺的警察办不好案子。

“还有一个事跟你说一下，刑警大队副大队长的任命，局党委已经确定好人选，是杨得意。张局长特意让我做好你的思想工作，不要有什么情绪。”

“我没有情绪，服从局领导安排。”

怎么可能不影响情绪？一路上我不断宽慰自己，在县城兜了两圈，回到公安局办公室，我还是万分失落。

快下班的时候，高老师笑嘻嘻地说：“今天晚上我请大家吃饭。”

“好啊！”包星站起来，“所有人现在都跟家属请假，都得去。”

“还是这几个人，请吃饭干啥呀，花那个钱。”我说。

“夏队，你这就没意思了，人家高老师请客，你连个机会都不给。”张峰批评我。

“是呀，我家里的情况特殊，工作起来同志们都照顾我。作为老同志，得有主动请客的觉悟。”高老师说。

“想吃什么？”高老师问大家。

“啤酒鸭火锅！”包星脱口而出。

“这一唱一和的，事先彩排好的吧。”我半开玩笑地说。

“夏队，你怎么能这么说呢？不光你爱吃啤酒鸭，弟兄们都爱吃呀。”一聪说。

“说得也是，我错了。走吧，有点饿了。”我顺应“民意”。

我们一行人来到常去的胡记啤酒鸭火锅店。“今天聚得这么齐，咱们就好好喝一场，而且喝白的。”我叫嚣着，其实一帮人数我酒量最差。

“带酒了，20 年的汾酒，专门为你准备的。”

“档次怪高呀，李攀。”

“那必须的。”

火锅热气蒸腾，推杯换盏之间，看着那一张张让我踏实的红润脸庞，我心中的郁结也渐渐消散，去他的大队长，有这帮好兄弟就够了。

次日清晨，母亲啪啪在我的脸上扇了两巴掌。我一下子坐起来，吼着：“干啥，老娘！”

“你还急了！谁叫你喝那么多的？有人灌你吗？你什么酒性自己不知道吗？昨晚回来，你在客厅又是唱又是跳的，在客厅裸奔，一身肥肉，恶心人！闹腾完，你呼呼睡了，我睁着眼到天亮……”她声泪俱下地控诉。

“那不是没当上副大队长，不喝点酒遮着脸，怎么好意思见你？”

“你那么拼命干都没当上，谁当上了？”母亲不满地问。

我不说话，见我这样，母亲坐下来，拍着我身上的被子说：“叫咱当还不当呢。不稀罕！我给你下碗面。”

“别做了，不吃！”我故作生气地说。

“为啥不吃？瞧你这样，不让当还不活了？”

“没胃口！别耽误我睡觉。”说完我躺下了，一直睡到上午9点，才回局里。

一走进办公室，发现所有人都在。我只得自嘲：“年龄大了，醒酒慢。”高老师说我是累的，让我好好歇歇。

连环投毒案

（2012 ～ 2015 年）

【1】

2012 年 1 月 13 日，按农历来说是腊月二十，到了这天，年味就浓了。随着外地返乡人员增多，各种纠纷、打斗、恶性案件就多了起来，过个没有刑事案件的新年一直是我的愿望，但这愿望从未实现过。其实从我上班至今，随着社会经济的发展，百姓生活水平的提高，每年的刑事案件已经少了很多。

正想着，王局长打来电话："振乾，仁和路的强力电器门市里一个叫杨辛勤的老年妇女死了，她女儿王红艳报了警，你带人去看看。"

我带着包星、张峰赶赴现场。到达现场时，段法医正让人把尸体拉走。

"老段！"我喊，"怎么回事？"

"尸体嘴唇青紫，嘴角有呕吐痕迹，四肢僵直，初步判断为中毒，需要尽快进行尸检。"他挥了挥手，上车走了。尽管已年过半百，段法医处理案件的效率和对工作饱含热情的精神面貌仍是我们学习的榜样。

强力电器是一间坐东朝西的门市，左右两边的货架上放着各类开关和插座，靠着后墙放了一排货架，货架右边的桌子上放着一个电磁炉、几个碗、几双筷子和几把勺子。右边靠墙有一个水池，一张折叠桌倚水池而放。

“你们平时在店里做饭吗？”我问段苹。她是店主，也是嫌疑人。两个人的晚餐，只有婆婆杨辛勤死了。

“晚上一般会搅个甜汤，有时候炒个菜。”

根据店里的环境和条件，搅甜汤最相宜。稠面糊搅上劲，醒一会儿，等锅里水烧开，面糊加水稀释一下往锅里倒，一边倒一边搅，沸水滚一会儿，再把打散的鸡蛋倒进去，水再沸腾就能吃了。据说著名豫剧表演艺术家马金凤喝这种甜汤喝了 74 年，是她保护嗓子的秘方。

晚上，段苹和杨辛勤的晚餐是甜汤和拌热豆腐。天黑得早，5 点多她们就吃饭了。吃完饭，杨辛勤看店，段苹去她姐姐家接儿子王博然，在那儿说了会儿话，回来时杨辛勤已倒在地上。

段苹回到店里的时间是晚上 8 点 30 分左右，她把杨辛勤抱到躺椅上，喊她，见她没反应，赶紧喊店旁边宇宙诊所的宇宙两口子过来，他们来后说人已经死了。段苹立马跟王博然的姑姑王红艳打电话。

我问段苹：“出这么大的事，你男人怎么没来？”

站在一旁的王红艳回答：“两年前钓鱼的时候淹死了。”

王红艳接着说："今天中午我来给我妈和嫂子送饭，吃过饭陪她们在店里打麻将打到下午快 4 点才走，5 点多我妈吃过我嫂子做的饭死了。这不是很明显吗？你问我嫂子，当时只有她们两个人在吃饭。我哥当年之所以钓鱼淹死了，是因为听别人说她和五星村村主任刘利和有不正当关系。那天钓鱼的人都说我哥当时像中邪一样，硬往水里跳，喊都喊不住。这两年我妈虽然心里过不去，但为了我侄子，一直供着她，当牛做马地干活，你问她是不是？"王红艳的这一番话信息量很大。段苹听后失声痛哭，坚称自己无辜。

我们把段苹带上了车，把店门锁住。她透过车窗玻璃，无声地看着儿子王博然和王红艳，泪水滑落。

在审讯室里，段苹反复强调自己没杀人，她说当时她和杨辛勤正吃着饭，有人进来买插座，她出去了一会儿，又进来吃饭。这一切和无数个往常的日子一样。吃完饭，杨辛勤收拾锅碗，她去接王博然。段苹也否认自己和刘利和有奸情。我们查过通话记录，两人从未联系过。强力电器左右门市里的人也反映段苹整日待在店里，是个本分人。

第二天尸检结果显示杨辛勤死因明确，系"毒鼠强"中毒。

"哪儿还有卖这个的？"包星嚷嚷着，"不是早就明令禁止出售了吗？"

我再次询问段苹 1 月 13 日晚上的情况，她依旧摇头，反复说自己没有下毒，关押 4 天来审讯的结果都是老样子。我们重回强力电器店里搜查，也没有找到"毒鼠强"或类似的毒物。

“看情况不是她投的毒。”我说。

“队长，你看的是什么情况？”张峰问。

“直觉！一个老刑警的直觉！不行吗？非得抬杠。”

“我也感觉不是她。”包星附和。

“你少在这儿附和了，就你聪明。”高老师拍着包星的肩膀说。

“大聪明！”张峰喊着。

“你骂谁呢？”

“你这人听不出好歹话，夸你呢。”

两人打闹了起来。

【2】

腊月二十二那天，曹卫国饱受肺癌折磨最终离世，父亲生前最好的朋友的离开让我怅然，他给了我太多长者的温暖。腊月二十四下午，我去吊唁的时候见到了曹铁。经过时日不短的床前侍奉，他瘦得脱了相，一看见我便失声痛哭起来，还没说几句话，一个县领导的到来打断了我们，曹铁不得不匆忙去接待。

我看到了平安，他也看见了我，但我的凝视显得过于呆滞，让他漠然扭过头去。曹铁早早在郑州买了房子，平安从小学开始就在郑州上学。算起来，他现在已经读高中了。寥寥的几次返乡，匆匆的几次见面，我们疏离得如同路人。

此刻他跪坐在客厅东侧地上的棉垫上，面前是曹卫国的棺材。当年夏山林去世的时候，他也是这般跪坐着行孝子贤孙之礼。当年他只知道是“亲爷爷”曹卫国最好的朋友死了，那个人没少疼爱他。

这是夏振中的血脉，我在这张脸上看到太多夏振中的影子。我的眼泪流了出来，为夏振中，也为这不堪的命运。徐敏走过来劝我节哀。转而提起小雨都长成大姑娘了，又漂亮又聪明……我惨淡一笑，她以为我在为曹卫国流眼泪，富贵安逸的生活已经让她忘了夏振中。我望着眼前这个鬓发如墨，肤如凝脂的女人，她还是那么美。

我从曹铁家出来，信步走在五星村里，只觉得前事如梦，唯一不变的是这个村子。放眼望去，五星村无论是低矮的平房还是两三层的楼房，大多很破旧。胡同狭长不平。西边的胡同有几户人家房子气派，院子宽敞。那是村主任刘利和兄弟和几个在外地做生意挣到大钱的村民的。刘利和的父亲刘红军已经瘫痪在床，他说死也要死在他离不开的五星村。

我回到家，母亲已把晚饭端上桌。一入冬，晚餐的标配是玉米糁糊涂和萝卜丝炖粉条或白菜豆腐炖粉条。今天我却看到了几块壮馍。壮馍是滑城特产，完整的壮馍是圆形的，直径有 60 厘米，在擀好的面皮里放上调好的猪肉馅、浆好的粉皮、鸡蛋，在平底锅里烙熟，要多少切多少，闻着香味就让人垂涎三尺，咬一口外皮酥脆，内里汁水充足。小时候，赶会的时候吃壮馍是我的最爱 —— 现在我也喜欢吃。

母亲看着我惊喜的表情说：“柴丽刚走。”

其实我也闻到了屋里的香味。我不懂香水，每次见柴丽她身上都是这种味道。

夏冬已经吃了一块了，嘴片上还泛着油光。他顽皮地冲我笑着。我给了他一个警告的眼神，越长大，夏冬的那张嘴越爱胡说八道了。

昨天晚上他还在逗我，说两个女人总得选择一个，叫我趁着年轻赶快决定。他让我选柴丽，理由是年轻貌美，其实我知道他心里想的是石楠。

我和石楠再无一起生活的可能，尽管在闫会母女搬离滑城后，她又来照顾夏冬了，那份诚恳让母亲消弭了对她的不满。她也多次示好，但往事如风，无法追踪。为了减少和她见面，我在公安小区买了套二手房，每次回家都会提前打电话，只要她在，我就住在那套二手房里。

我和柴丽的相识始于 2011 年夏天。那天，母亲和夏冬坐在我家平房的走廊上看雨。夏冬调皮，伸手接雨滴，没控制好身体，重心向前，一头从轮椅上栽了下来，头上磕了道大口子。母亲给我打电话的时候，我还在单位加班。我拿出赛车手的速度赶回家，拉着夏冬去医院缝合。

回家的路上，夏冬非要在街上转转，看看滑城雨中的夜色。对于儿子的请求我满口答应，从后视镜中我看到夏冬正专心往窗外看，他头上缠着白色网纱，模样滑稽。我笑他拿头跟水泥地比硬度，结果自己吃了亏。夏冬尴尬地笑了两声，让我专心开车。

走到文明路和江山路交叉口，一辆黑色现代途胜失控般地撞向一个过路的行人，我来不及多想，让夏冬坐好，撞向了那辆途胜。巨大的撞击力让途胜偏离了路线，碰到马路沿后停了下来。我下车看到愣在原地的行人竟是刘彩虹，这是钱进案后我们第一次见面。她把伞扔到一边，气势汹汹地上前，拉开车门跟司机理论。

那是我第一次见柴丽，情景恍若电影画面。她身高和我差不多，1.7 米，一双腿又细又长，那张脸俨然我少年时的女神——香港明星关之琳。柴丽向刘彩虹连声道歉，说她接了个电话，下着雨视线又不好，操作失误，把刹车当成了油门。我也劝刘彩虹，毕竟没有造成伤害。刘彩虹见我说情，跟我道过谢后便离开了。

柴丽坚持要给我修车，她跟着我来到五星村，又来到我家。我只记得她站在我家客厅的时候，正听戏的母亲慌忙关了电视。我也头一次见母亲因家里的杂乱而窘迫。母亲把沙发上的衣服堆到一头，示意柴丽坐到干净的另一头，自己则坐到了床上。

客厅里放张床，在滑城，这样的人家应该不多。我母亲就喜欢这样放，白天可以当沙发，晚上睡觉，她说敞亮。我劝她把床挪进里屋，她不听，再劝，她便施展起骂人神功。

柴丽那晚叫汽修厂的人开走了我的汽车，并加了我的微信。她一个劲儿地向母亲和夏冬表达谢意。他俩也很享受这种感觉。尤其是母亲，她还把柴丽送到了胡同口。

第二天一早，母亲就叫我把客厅里的床挪进卧室，她还破天荒地把家里收拾了一遍。夏冬脸上带着狡黠的笑容。我懂母亲的意思，她很满意柴丽，想让我和她进一步发展。

再之后，柴丽经常来看夏冬，我们的接触多了起来。她告诉我，她家是城关的，和亲戚在301省道开了个加油站，她33岁了，有过一次婚姻，生了个儿子，离婚后跟男方了。柴丽性子温顺，善解人意。慢慢地，她成了我心中的那抹白月光。

我想跟她说说心里话，我想看到她，哪怕不说话。连包星都觉察到了我的变化，问我是不是谈恋爱了。那不叫恋爱，更像是一种精神上的依赖。接触了那么久，我们连手都没牵过。

但我喜欢这种感觉。我甚至开始锻炼身体，努力减肥，买看起来显年轻的衣服穿。头一次，我有一种越活越年轻的感觉。在我一往无前地奔赴新幸福的路上，内心深处却总有一个声音：我和柴丽没有以后。

【3】

一上班，张峰就请示给段苹测谎。是啊，一直关押着也不是办法，我让他和一聪去测。

测谎是当下对“杨辛勤中毒案”的无奈之选，我们想突破案件的瓶颈又实在找不到用力之处，但它只能作为一种侦查手段，成不了证据。我们期盼在锁定的嫌疑人段苹身上找到突破口。投毒案中证据容易被销毁，破案难度大——头疼。

王红艳刚才打电话给我，怀疑段苹和刘利和合谋杀人。我安排包星和高老师接触一下刘利和，他是五星村村主任，在五星村西边胡同里住。

过了大半个小时，包星打来电话，刘利和去安州了，他家里人说下午才回来，我让他们下午接着找刘利和。

3 小时后，张峰进来了。我问他测谎结果。张峰挠着头，说各项生理反应正常，段苹没说谎。如果不是她投毒，会是谁？

此时已经是下午 1 点了，我们三个一起去吃午饭。

在苏记烩面门口，看着那熟悉的招牌，我哑然失笑，在这里吃了二十几年，都成习惯了。临近春节，苏记对面的敬老广场上，小贩们已经摆上了对联、挂起了灯笼，大红的颜色为节日增添了喜庆的气氛，即使是午间，也有不少市民在此逗留。

见我们进来，老板苏三笑着迎上来打招呼。近几年来，我来这吃饭都是老样子 —— 一个素拼，一大碗烩面。

苏记的素拼和别家不一样，调的时候不加蒜泥而用白醋，吃起来利口开胃。烩面片是自己和面制成的，筋道，羊肉卤熬制时放的药料足，味道浓郁。我挑起一条烩面大口吸溜着。

“春节关门吗？”见苏三的老婆过来，我没话找话。

“年前干到腊月二十九，年后正月初六开门，都是老时间。今天就吃一碗？”她打趣我。

“老了呗。”

“你以前可是得一大一小两碗的。你忘了吗？有一年小年来吃烩面，我问你在家是不是没吃饺子。”

“吃了，吃 30 个呢。”我直着嗓子说。

“哈哈哈哈哈！”我们都笑了起来。

怎么能忘呢？那一年吃过小年的饺子，我央求夏振中带我来苏记吃烩面，他以为我又犯了贪食的毛病，吓唬我说吃不下得挨揍，那天他眼睁睁看我吃下一大碗，怕我撑着，在街上遛我。我们走过主席台、跃进门、西纸厂……遛得我瘫在地上走不动才往家回，最后走到电厂门口我躺在地上装死，夏振中背起我，骂我像猪一样沉。

回到局办公室。包星汇报说他跟刘利和打过电话了，刘利和说今天从安州回来，到家会很晚，约定明天上午 8 点到公安局来。

我脑海里的刘利和，还是在电厂大院时的少年模样，他比我大，变声早，记忆中他用磁性的男声指挥我们打玩具枪战。我上了高中后，一起玩的大多是同学，和村里的人不再来往了，他也是忙忙碌碌，我们没有再见过面，后来我参加工作，警务缠身，很少回家，更没有机会见了。

刘利和看不上电厂，不愿意成为厂里的一员，一心一意做生意。他对管理自己成长的村子倒是感兴趣，刘红军从五星村主任的位置上一退，他顺理成章接了班。

刘利和很有经商头脑，在这个城市还没有蓬勃发展、地价最便宜的时候，买了好几块地。他自己的建筑公司滑城宏运在 2001 年开发了两块地，卖得相当火爆。中州路北段的所有门面都是他的，一年房租几十万。不过在我母亲这帮老太太口中，刘利和可是个奸诈阴险的坏人。

村子里的路还是那样。整个村子只有两条水泥路能让车错开通过，刘氏兄弟就临路而居。村里的其他路都是又窄又长的土路，不到 3 米宽的胡同，汽车开进去对面再过来一辆车的话，那真是狭路相逢，进退两难，所以一般没有人把车往胡同里开。胡同的路中间横放着一个下水道盖，盖子和地面有落差，整条路都是崎岖不平的。晴天还好，一下雨就泥泞难行。下大雨的时候，下水道里面的东西一出来，整个胡同里都是水，蹚着混合着粪便的水走路，感觉一下子回到了原始社会。

记得有一年夏天下暴雨，下水道的水快溢到我家大门口了，父亲整晚坐在门口打着手电，不敢合眼。那一晚，用父亲的话说，只有心最大的三叔在屋里打着呼噜。村民苦泥路久矣，强烈要求修路。于是刘利和在大家的强烈要求下，按照当时修下水道和修路的工价预算，一家收了 160 块钱。当时他还让人在村口贴了明细单，村民们满心期待。

收费后的第一年，没有修路。我母亲和后面的老张婶、对门的周大娘，以及其他的一帮老头、老太太去找刘利和讨说法。刘利和说县里准备对五星村进行拆迁，现在修路的话，钱就扔了。等了几年一直未见拆迁，这笔钱就用在了安装路灯和村口的监控上，没用完的钱补贴到电费上了。从那开始，有关刘利和的阴谋论就在村里传开了，说他一开始就知道五星村要拆迁的消息，又说他是怕安路灯村民不愿意出钱，使了一招“声东击西”。

我问母亲：“你们整天说刘利和的闲话有什么用呢？”

“能有什么用！我们这群老太太，随便说说，你就当真了。你个龟孙！”母亲骂了起来。母亲总是这样，一言不合就开骂，你说她骂人吧，三个孩子她唯独骂我，不，是四个孩子，夏振中在的时候她也是这样。

【4】

下午张局长在一楼办公室主持了一场正风肃纪大会，并对春节期间的具体事务进行了部署，要求全体民警在节日期间绷紧弦。返乡人员的增多，走亲访友、喝酒打牌等社会活动的增加，也预示着会有突发情况出现，局里要求我们非必要不离县。

我开完会回到家，吃过晚饭，躺在沙发上看电视，这也是我一天中最惬意的时刻。母亲坐在我对面和我闲话，说她今天看了一则新闻：重庆的一个父亲在小卖部买了个面包，他儿子吃过后肚子疼，送到医院抢救无效死了。最后一查，面包里有“毒鼠强”。原来是面包操作间里有老鼠，商家下的老鼠药混进了面粉里。

母亲的话让我无心再看电视，沉思起来。

“怎么了？又给你带来灵感了？”母亲推着我，得意地说。

“我得赶紧回局里一趟。”

“到底咋了？”

“我突然发现我们可能忽视了一些东西。”

“我是不是给你指点迷津了？我可是要收费的。”母亲像个孩童一般嘚瑟着。

“瞧把你能的。”我一边穿袄一边回击。

我给包星打电话，让他赶快回局里一趟。在办公室里，我把母亲转述的新闻跟包星说了说，然后谈了自己的启示，我们在侦查的过程中可能忽视了什么。

包星也有同感，他看了段苹的审讯笔录。段苹说吃饭时有人来买插座，她出来了一会儿。回到饭桌时，她注意到杨辛勤碗里多了一个勺子，但也没多想。其实成年人喝甜汤一般用不到勺子。

这个勺子也许是杨辛勤用来舀白糖的。我母亲喝甜汤也有放糖的习惯，她说不放糖没味儿。我准备再次审问段苹，然后再到电器店看看。我问段苹店里有没有老鼠，以及她们有没有下过老鼠药。

段苹认真地回想着。她形容枯槁，几日的关押审问，她承受着巨大的压力。过了一会儿，她说一年多前店里下过一次老鼠药，我不提她都忘了，是杨辛勤买的，也没见药死老鼠。段苹不知道杨辛勤的购买途径，怕我们不信，她解释说自从她丈夫死后，她感觉自己像丧了魂似的，对什么都提不起兴趣，什么都记不住。

我问她杨辛勤喝甜汤放不放糖，段苹说她有糖尿病，尽管血糖值不算高，但家里人都不让她吃糖。

审问完，我叫上技侦科[1]的郭龙，一起到电器店进行现场调查。

1　专职技术侦查。

我们在店里后墙货架顶上的角落里发现了一个敞着口的大大的装泡泡糖的罐子，里面装着白糖。郭龙把糖罐用物证袋装起来，又用刷子扫了扫顶上的灰土装了起来。

我让郭龙加个班尽快进行物证检验。郭龙答应着，半开玩笑地抱怨，说我是滑城公安局把人当机器使的名人。我开玩笑说我听到的可不是这么说的，人家都说我把人当牲口使。郭龙吐了一下舌头，说自己加个班倒成牲口了。

郭龙让我来点实在的，看样子他是饿了。包星故作豪爽地请我们到公安局大食堂吃饭，手擀面管饱。公安局的深夜食堂晚上10点开始营业，我们三人一人一碗，边吃边聊。

说实话，这碗深夜面条做得确实出色。平时包星为了吃上它，甚至会不吃晚饭，熬到10点再大快朵颐。每次吃完，他都感觉罪恶感倍增，随后便去健身房赎罪。我看着包星，此刻他在和郭龙说笑，那笑容看起来还是很傻。

回到家，母亲和夏冬已经睡熟了，我睡不着，想看会儿电视，又想起母亲的话，“你再熬，就把自己熬死了”，这句话加上母亲凶狠的表情最有震慑力。

【5】

早晨，我刚起来，王局长就打来了电话，说五星村村主任刘利和死了。他让我带上人去调查一下。王局长还开玩笑说我对那一块熟悉。此话不假，这是我长大的村子，也是我最不希望发生命案的地方。

我带上人赶到刘利和家中。一进门，刘利和的妻子张香跟我打招呼。她神情哀戚，眼睛里都是血丝。我点点头回应。

站在张香旁边的男人跟我握手。我用力拍了拍他的手。他是刘利和的弟弟刘利民。小时候我们一起玩挑兵挑将，他老是挑我，有一次累得我心脏都要跳出来了。一晃十多年没见了，刘利民的皮肤依旧白皙，身形还是那么挺拔，只有笑的时候眼角会浮现几条皱纹。

我抽起刘利民递上来的烟，让他们说明情况。

2 月 12 日上午，刘利和到安州办事，下午从安州回来后直接到刘利民开的五四澡堂泡澡，之后打电话叫他过去。刘利民忙完手里的活就去找他了，从澡堂出来，刘氏兄弟去了味缘餐厅，这家店也是刘利民开的。刘利和昨晚没喝醉，他一斤多的酒量，昨晚喝得最多六两。

味缘餐厅在人民路和向阳路交叉口。当晚和刘氏兄弟一起吃饭的另外两人是范海山和刘二虎。刘二虎是五星村人，原电厂工人。范海山是刘二虎的生意伙伴。刘二虎在外面有欠款，他靠关系找工程，范海山则出面接活。

四人聚在一起，一方面是因为生意上的事，另一方面是因为刘二虎一直骚扰刘利和的相好。席间刘利和警告刘二虎老实点。刘二虎也很委屈，他说只要柴丽把那套房子还给他，他就消停了。下了饵鱼却没上钩，他总觉得亏得慌。

说到柴丽，我内心一动。这个柴丽是我认识的柴丽吗？

刘利和跟刘二虎说他也劝过柴丽，可柴丽说那套房子早卖了，让刘二虎有本事告去。饭局持续了一个多小时就散了。范海山开车把他们送到五星村，刘利民看着刘利和进了家门。刘利民的酒量不行，两杯酒下肚就头晕得难受，便直接回家睡觉了。

刘利和回到了家，满嘴满身的酒气。张香问他怎么又喝这么多，他不搭话。张香又问他喝不喝水，他说不渴，然后倒在床上就睡着了。今天早晨6点，张香起床后直接去做饭了，做好饭喊刘利和吃饭，他不吭声，推他也不动，一摸身上都凉了，立马去喊刘利民。

正说着，郭龙打来了电话，在强力电器店里的糖罐和灰尘中都检测出了“毒鼠强”成分。这个消息让我内心一震。

段法医还没来。我和包星站在院子里继续和刘利民闲聊。

刘利和家是一幢三层洋楼，外墙是米白色的干挂石材，看起来高端大气。一亩半大的院子里铺着青色的石板，两侧种着高大的桂花树、银杏等各种树木，院子里还有一座气派的假山，假山下的池水已结冰。院子东边的围墙上开了一个拱形的门，通向另外一个一样大的院子，是刘红军住的。此刻拱门关着，也许是怕刘红军知道这边的事。

段法医来了。

“老段，进去看看吧。你不来谁也不敢进去。”

“还有你夏队不敢做的？”老段打趣我。

我和段法医走进刘利和的卧室，发现尸体状态和杨辛勤死时相似。

“还是中毒。”段法医叹了一口气。

一切宁静如常，如果不知道刘利和已经去世，只会以为是一间豪华卧室中的平静午睡。我突然想起一句小品里面的台词，“眼睛一闭，不睁，这辈子就过去了”。在这个时刻思考人生，连我自己都觉得荒诞。

刘利和的尸体被拉走，我和包星、张峰勘查完现场也回局里了。回到局里，先着手处理杨辛勤中毒案。

案件经过一天多的调查，线索逐渐明晰：杨辛勤为了灭掉店里面的老鼠，买来“毒鼠强”，下药。老鼠中毒之后并没有立刻死亡，在货架上徘徊时曾爬进了开口的糖罐。1月13日下午5点30分左右，杨辛勤在喝甜汤的时候，趁段苹在外面接待客户，偷偷放了糖，之所以偷放，是因为她血糖偏高，怕家人看到了会说她。而放糖是因为杨辛勤感冒了味觉不敏感，她一直嚷嚷嘴里没味，这在王红艳和段苹那里也得到了证实。

张峰特别不理解，强力电器店里的糖罐为什么不盖盖子？其实这一点从强力电器整个店面的卫生状况就可以看出来。无论是货架还是地面，甚至段苹婆媳吃饭的折叠桌，全都脏得能剥下一层皮来。

“闹了半天，是老鼠惹的祸。”包星感叹。

是啊，谁会想到费尽力气揭开层层面纱，看到的居然是一只老鼠。

我想再会一下段苹，问问她和刘利和的事。我示意张峰和我一起去审问室。

段苹的娘家在五星村，她坚称和刘利和就是普通的同村村民关系。但我们在五星村走访的时候，有人反映她是刘利和的情人。

对于我的疑问，段苹说那是谣言，谣言的始作俑者是百叶。百叶是五星村有名的大喇叭，她让我们再去打听打听，看百叶的话能不能信。段苹问我什么时候能放她出去，她想儿子王博然了。我看到段苹的眼泪从浑浊的眼睛里流出来。我承诺很快就会放她出去。

在我起身准备离开的时候，段苹喊住我，她说自己男人死后，刘利和确实找过她，让她当他的情人。她不愿意。

我点点头走了出去，来到王局长办公室。安州来指导工作的刘支队也在，我提交了杨辛勤中毒案的案情报告并进行了口头汇报。

王局长签了字。

“这个案子挺典型的。谁能想到是老鼠的事。”刘支队感叹。

“是啊，不是我母亲絮叨，真没往那方面想。”我头一次觉得女人话多也有好处。

“局里得给你母亲颁个奖。”王局长笑了。

“可别。”我急忙摆手，“本来我在家就备受压迫，您这么一来，我这日子更不好过了。”

说完，我们三人都笑了起来。

“看来这个春节没法安安静静地过了。”王局长望着窗外忧心忡忡地说。

我有同感。刘利和社会关系复杂，光排查就得一段时间。很多时候办案子就像绣花，你得一针一线下功夫，才能见端倪。这里面耗费的时间和心力，不是一个几十分钟的法制节目能展现出来的。

【6】

安州警方的协查报告出来了：2012 年 1 月 18 日上午刘利和去安州办事，中午在一个叫“柳叶刀削面”的面馆吃饭，当天在餐馆用餐的其他顾客没有中毒。

王局长让我们询问刘利和的两个随行人员。

刘利和的司机昨天请假了，他儿子给他开车去的安州。昨天下午 2 点多他们从安州回来后，刘利和儿子和朋友去青州了，说是去青州办事，至今没有联系上。另外一个随行人员是刘二虎，也是五星村人，但是没在家里住，应该只有他家人和信赖的朋友知道他的具体住址。我给刘二虎打电话一直是正在通话中，这很可能是他故意设置的。

昨天我让包星联系刘利和，刘利和说从安州回来会很晚，所以约到了今天上午。他可能在说谎，也可能根本没有把我们的询问当回事。考虑到这一点，我决定先从他昨天下午的行踪查起。

我让张峰、高老师去五四澡堂看看，我和包星去五星村。

来到刘利和家里，他儿子还没有回来。我再次给刘二虎打电话，但他依旧不接电话。我让张香打，结果同样不接。

我让张香领着我们到刘二虎家去看看。五星村总共 3000 多人，尽管我在此出生，但我只在自己家的那一小片区域活动。五星村从西边数第二个胡同第三家就是刘二虎家。我让刘二虎的妻子百叶给他打电话，她说打了也没用，因为他们感情不好，他不会接电话。

我认定百叶在说谎，并问她整天不工作，天天打麻将，钱是怎么来的。百叶说是儿子给的。我嘲讽地看向她。张香赶紧打圆场，说都是因为查案，夏队才来找二虎，人命关天，得查清楚。

我让她给刘二虎打电话，就说他们的儿子又进去了。百叶犹豫了一下，进了屋。

张香解释称刘二虎欠村里好几户人家的钱，外面的债务也有，人家把他起诉了，他没钱还，也不敢回家。包星看着刘二虎家气派的两层楼房，质疑道："不是还有房子吗？"张香不吭声了，借口家里有事，匆匆离去。

"早就离婚了，房子给他前妻了吧。"作为一名正直的警察，包星继续发表见解。

我笑着看他，赞扬道："包警官在打抱不平、仗义执言的时候最帅。"

百叶出来了，这次她换了一副面孔，从刚才的冷漠变得热情。她说二虎马上就回来，让我们在屋里等会儿。

我示意她不用客气，我们站在胡同里等就行。百叶再次邀请，还说外面冷。我摆摆手，她没再坚持。我站在胡同里，观察着刘二虎家的院子。

“我最烦赖账不还的了。”包星恨恨地说，“尤其是这种有钱不还的。刘二虎包工程，肯定不少挣钱。”

“那有什么办法，他宁愿不回家住，不能正常生活，都不愿意还钱。”我无奈地叹气。

我们两个在胡同里转悠，刘二虎家的院子在整个胡同里是盖得最好的，门口还摆放着一对石狮子，增添了几分威严。

远远地，刘二虎从胡同口走过来，依稀可见当年的模样。不到 1.6 米的身高，头发黑亮，脚下的皮鞋擦得比头发还亮。他外面穿着一件黑色的羊绒大衣，敞着怀，里面是一套蓝色西装，胖胖的脸上堆着笑容。见了我，他伸出手来，远远地就喊道：“久仰久仰，夏队。”

我问刘二虎昨天上午跟刘利和去安州的具体时间。他说自己上午 8 点多还在睡觉，刘利和给他打电话，让他陪同去一趟。等刘二虎起床收拾好，已经是 9 点多了。

刘利和之所以让刘二虎同行，是为了揽下一个工程。工程在安州龙安区，龙安区的郭书记和刘二虎的表哥是大学同学，熟人好办事。他们在郭书记办公室聊了一会儿就走了。刘二虎没吃早饭，饿了，于是一行人去了附近的柳叶刀削面馆吃面，吃完饭就回滑城了。

刘二虎确认除了郭书记外，他们没见其他人。回来之后，刘二虎便去补觉了，而刘利和去了五四澡堂泡澡。

当我问起 1 月 18 日晚上的具体情况时，刘二虎显得很不耐烦，他认为我的提问像是在审讯罪犯，对他不尊重。停了一会儿，尽管一肚子情绪，刘二虎还是回答了问题，说他们去刘利民的饭店吃饭了，然后各回各家。当我意味深长地追问他是否真的回了家，刘二虎突然很老实地承认了没有。我问他的去向。刘二虎以个人隐私为理由拒绝回答。然后，刘二虎故作潇洒地抖了抖大衣，打算离开。包星立刻挡在他前面，一脸严肃，准备把他带到公安局问话。

刘二虎不屑地哼了一声，说自己那晚去找女人睡觉了，然后转身欲走。我说你走可以，但必须接我的电话。我把手机号重复了两遍，他低头在手机上备注，然后扬长而去。

包星厌恶地看着他的背影，眼神中满是不屑，忍不住做出了一个挥拳的动作。

【7】

从五星村出来，回到局里，我的电话响了，是刘利和儿子打来的，他说自己刚从青州回来，现在在家里。我让他到公安局四楼二队办公室找我。

在询问他为何昨天一整天都联系不上时，刘利和的儿子显得有些紧张，不停地抖动着腿。他解释说昨天喝多了，手机落在了车上，加上今天起得晚，所以没及时回电话。

我让包星先问着，我出去接个电话。走到走廊尽头，我给禁毒大队的老魏打电话，让他派人来做个尿检。

1月18日上午9点30分左右，刘利和的儿子开车陪同父亲去安州。办完事，吃完饭，刘利和去了锦绣华庭小区，他和刘二虎在小区外面等。刘利和找的是他的相好 —— 柴丽。

刘利和的儿子说刘二虎也认识柴丽，比刘利和认识得还早。当时柴丽在移动公司上班，刘二虎去办业务，一见她就丢了魂。为了追柴丽，刘二虎甚至在天元大地小区给她买了一套房子，但他与柴丽的关系未曾发展到他希望的那样亲密，用刘二虎的话说，一套房子只能让他和柴丽搂搂亲亲，还没有上成床。刘二虎这个人好炫耀，买套新衣服，大晚上的还穿出来四处显摆，何况有这么一个美人。他带着柴丽和刘利和吃饭，结果饭桌上两人眉来眼去，饭吃到一半就借口喝酒上头，一起出去了，把刘二虎气得够呛。

刘二虎让刘利和儿子劝劝刘利和，别抢兄弟的女人。但他并没有出言劝告，他认为男人都好色，出这事也很正常。况且刘利和也不打算跟张香离婚，挣的钱也往家里拿。那天，刘利和从锦绣华庭出来之后，他们就回滑城了。刘利和让刘二虎跟他去泡澡，刘二虎嫌大澡堂脏，不去，在人民路路口下了车。

我们的问话结束了，但是刘利和儿子的胳膊也开始抖了。他站起身来准备离开。这时，禁毒大队魏队的人进来，让他做了检查再走。他恼恨地看着我和包星。

“这家伙一看就是嗑药嗑多了。”包星说，“嗑个药怎么跑到青州了？”

“这就得看魏队的了。”

“咱是不是得去趟安州找柴丽？”包星问我。

“先别着急，看高老师他们的走访结果再说。包星，你去段法医那儿把刘利和的尸检报告拿过来。”

刘利和的情人柴丽是不是我认识的柴丽？这个疑问一直横在我心头。在我们的交往中，她鲜少提及过往，对我貌似亲热，却保持着一定的距离。这种距离让我们的关系至今还保持着如初见般的美好。

我想发微信问问柴丽，但又觉得太唐突。我给刘二虎打电话，让他把柴丽的手机号发过来。很快，我看到了那个熟悉的号码。

一股恼恨油然而生——她为什么戏弄我？从头到尾，我们不是在以朋友的方式交往着吗？我用力挠着头，也许我内心深处，真的希望这段关系能有一个明确的结果。

查询滑城户籍系统，没有找到我认识的柴丽的信息。那她为何欺骗我？这有什么意义？

我走到卫生间洗了把脸，让自己清醒一些。已经到午饭时间了，我饥肠辘辘，却双腿无力，似乎从办公室到食堂是世界上最远的距离。柜子里正好有一桶方便面，我正拆方便面包装时，包星进来了，他手里提了一兜包子。

“今天公安局大食堂的午饭是肉包子。”包星扬了扬手里的包子说。我俩就着茶水狼吞虎咽地吃了起来。

包星拿回来的尸检报告显示，刘利和死因系“毒鼠强”中毒，他胃里的食物消化状态显示死亡时间是晚饭后两小时。

午饭后，张峰和高老师也过来了。他们也带回了走访的信息：

1 月 18 日下午快 3 点的时候，刘利和去五四澡堂泡澡，一进门还问搓背的杨西东，老史来了没有，杨西东回答，老史来了一会儿了。这个老史是五四洗澡的常客，人们都喊他史老五。杨西东见刘利和和史老五在水池里一边泡澡一边说话，泡完澡两个人还坐在池沿上喝水。史老五先搓的背，搓完冲冲就走了。刘利和搓完躺了一会儿，澡堂老板刘利民来了，刘利和穿好衣服和他一起走了。

“史老五是谁？”包星问。

“史老五是给刘利和看工地的，我们向刘利民问了他的住址和电话，下午去。”张峰说。

我让高老师联系柴丽，她说下午 2 点到公安局来。

【8】

柴丽来了，我和高老师在会议室接待她。

“我还以为得上审讯室呢。”柴丽调侃道。从她进门那刻起，她的目光就没有在我身上停留过，仿佛我们不认识一般。

“哪能呢，你又不是犯人。”高老师笑着。

柴丽并不隐瞒和刘利和的情人关系。我直接切入正题：“1 月 18 日刘利和去安州找你了吗？”

“这么直接！找了。”

我追问：“为什么要说‘这么直接’？”

“因为我知道他死了。”

“你是怎么知道的？”

“他家的那个老娘们给我打电话了，说刘利和死了，没人给我撑腰了，让我把老刘给我买的房子、车子还给她，不然她带着儿子和兄弟，扒光我的衣服，划花我的脸。”柴丽不在乎地说道。

“你不怕吗？”

“不怕。她吓唬小孩呢，她什么都弄不走，就算我现在去五星村，她也不敢动我。”

我疑惑地看着她。

“法治社会，有你们警察啊。”柴丽突然笑了。

“你住在安州锦绣华庭小区，户口也在安州吗？”

“没错。”

“刘利和找你干什么？”

“能干什么，‘成人游戏’呗。”

“然后呢？”

“他走了，说要回滑城。”

“他没有跟你说其他的吗？”

“说了一堆甜言蜜语，你们想听吗？”

“你认识刘二虎吗？”

“认识。”

“你们是什么关系？”

“非得有关系吗，警官？”

我看着她。

“一个瘪三，想让老娘当他的情人，也不看看自己的样子，他配吗？”柴丽的唾沫喷了出来。

“刘二虎经常跟你联系吗？”

“联系。他总是找借口约我出去，一会儿说请我看电影，一会儿说给我买包。有时候又说自己马上要接一个大工程，能挣到大钱。”

“刘利和知道这些吗？”

“他全知道，我把聊天记录和通话记录都发给了他。男人嘛，抢着吃才香。”

“刘利和知道后有什么反应？”

“生气啊。刘利和看不起刘二虎，觉得他是个混子，在电厂上班时就没混出个人样，现在更是丧家之犬。他在新城的大众汽贸里住，据说老板是他的朋友。他白天睡觉，晚上出来也不干好事。利和早就想收拾他了，只是忌惮刘二虎那个当镇书记的亲戚。”

“谁？”

“道康镇书记张振兴。都问完了吧？夏队，我要走了。”

柴丽站起身，头也不回地走了，那股熟悉的香味留下了。我走出会议室，站在走廊里，望着窗外。

10 分钟后，李攀竟然和柴丽一起上来了。原来，他们在电梯里偶遇，李攀立刻认出柴丽就是当年到他家找他父亲李仕名，导致李仕名心脏病发作的女人。

李攀急得面红耳赤，柴丽倒是气定神闲地坐着，漫不经心地把玩着右手腕上那个精致的彩金手链，仿佛一切和她没有关系。

李攀回忆说，2008 年 3 月 9 日，柴丽到他家给李仕名看了一沓照片，是李登的床照。她声称手里还有李登受贿的视频。李仕名听完就倒在了地上。

李登是李攀的堂哥，李仕名弟弟李仕禄的儿子，在卫生局上班，还是个科长。

当天，李仕名被拉到医院抢救，终因心脏病发作死亡。我记得那时候我们还去吊唁，李攀请了半个月假。谁会想到这里面竟有此弯弯绕绕。

事后，李攀找李登问罪，李登还极力否认，说自己不认识柴丽，见李攀真急了，才说是在一个饭局上认识的。柴丽自称是医疗用品销售员，高平乡人。从那之后，柴丽经常请李登吃饭，一来一往，两人熟悉起来。李登说，柴丽长得极美，说话温柔，性子温顺，又是单身，两人好上了。

李仕名出事后，李登就联系不上柴丽了。李攀查后发现，柴丽用过的手机号停用了，县城的房子也是租来的，滑城的户籍系统里没有她。

李仕名去世后的第三天，柴丽往卫生局寄了照片，李登被免职了。这还是柴丽手下留情，只给卫生局寄了两人私会的照片。

李攀一直保存着从李登处拿到的柴丽的照片，他发誓一定要找到她，问清楚到底是怎么回事。

高老师插话问柴丽：“你是怎么认识李仕名的？”

她笑了笑，回忆说：“这个故事说起来有年头了。20 多年前，他还在城管局上班。他穿着那身制服真是风光啊。”柴丽露出嘲讽的表情。

“1982 年 10 月，有一个叫梁达勇的人在第一实验小学西边的小吃街摆摊卖馄饨，他卖的馄饨肉鲜、个大、汤美，生意红火。西纸厂关停的时候，他下岗了，一家人的生活全指望这个馄饨摊，他们夫妻干得卖力，以为这样下去日子也不差。有一个叫李仕禄的吃过馄饨，向他请教调馅秘诀，他太实诚了，竟然如实相告。结果没过几天，李仕禄在他的摊位旁支了个馄饨摊，还造谣说他的馄饨汤里有罂粟，他百口莫辩，生意一落千丈，所以跟李仕禄打了一架。”柴丽叹了一口气。

“梁达勇被公安抓走，拘留了几天，再去出摊，李仕名以扰乱市场秩序的名目把他从小吃街赶走了。他看着李仕禄摊位前排起的长队，回家上吊自杀了，他的妻子儿女生活没有着落，投奔了亲戚。警官，这个故事怎么样？精彩不精彩？”柴丽苦笑着，眼泪流了出来。

李攀接着问柴丽：“1997 年，李仕禄酒精中毒而死，跟你有关系吗？”

柴丽疯狂地笑着，反问他：“你觉得呢？”

当年天天请李仕禄喝酒的是天府酒楼的老板姚凯旋。1997 年，我思考着，那时柴丽 19 岁。

柴丽还是那副不在乎的模样，说自己 17 岁就跟了姚凯旋。她盯着我嚣张地说着：“上天给了我一副好皮囊，男人见了都喜欢。”

她继续阴森森地说："可没有人害李仕禄，当年的事太戏剧化了，喝酒之前还是活生生的人，喝酒之后变成了尸体。你们说神奇不神奇？"

一时安静，柴丽挑衅的目光在每个人身上游走。我想起了小时候抓知了猴[1]挖洞的时候，不经意间手指触到的那条冰冷的蛇，那条蛇吸附在我食指上，一阵冷意蹿上我的脊梁。

高老师打破了沉默，他的语气带有试探的意味："你找李仕名复仇，给他儿子李攀设下圈套不是更直接吗？"

柴丽轻笑，声音中透出一种戏谑："李攀是警察，哪能轻易撼动呢？我在李警官身上可没找到机会。"

"李仕名心脏病发作死了，你们不会赖到我身上吧？"柴丽故意问我们。

屋里再次沉默，柴丽站了起来，走出会议室，只有高跟鞋敲击地面的声音在走廊里回响着。

我定定地坐着，想起柴丽说过自己母亲姓柴。她改名柴丽，也许是想时刻提醒自己——勿忘复仇。

自此，我跟柴丽没联系过，母亲和夏冬多次问起她，我都是含糊地搪塞过去。夏冬嘲笑我没有美人缘。和柴丽这一年多的交往，成了打在我脸上的一记响亮的耳光。

我回想和柴丽初识的雨夜，不禁心生疑窦，她当时真的是操作失误吗？直到我打听到她还有个弟弟，在梁达勇自杀后，被送

1 蝉的幼虫。

养到了朱门镇钱广夫家，我才恍然大悟。

当年的案子历历在目：钱广夫的独子，钱进，被刘彩虹骗到东湖，孙斌失手将其杀害，后来刘彩虹被判了两年实刑。柴丽的复仇，显然没有止步，她似乎要亲手为过往的仇恨画上句号。原来，我心中的天使柴丽是一个复仇的魔鬼。但这一年多，她给我们一家人带来的温情，成了我午夜梦回时心中的那份暖。

这场我以为稳重而谨慎的爱恋，以戏剧性的结局让我对感情彻底心灰意冷，再也提不起成家的兴趣。也许，孤独是我的宿命。

【9】

史老五是刘利和的远房亲戚，四十七八岁，从刘利和资本原始积累阶段 —— 在东小庄承包沙坑卖沙子时就跟着刘利和，到现在有 20 年了。他对刘利和言听计从，可以说是指哪打哪。

说起史老五，高老师似乎有故事要讲。他回忆起了 10 年前的一件往事。当年刘氏兄弟把开澡堂的孟长青撵走，那场械斗中史老五真是猛张飞再世，以一当十。

这个故事吸引了所有人的注意，大家都围着高老师，听他细说从前。

高老师喝了口水润润嗓子，然后迎着我们期待的目光说："刘氏兄弟眼界高，看不上澡堂的小生意，两人在外面干大买卖，就把地租给了孟长青。孟长青盖好房子，澡堂捯饬得干净，屋里烧得暖和，水劲大，水温高，票价也实惠，澡堂里面又有搓背的、修脚的、按摩的、打牌的……服务项目多，连我住在南郊的妹夫都跑去五四澡堂洗澡。刘氏兄弟眼红了。可是合同签的时间长，刘利和找到孟长青要涨地租，其实是变相撵人走。孟长青不愿意，拿着合同到镇政府告状，镇政府从中调和，刘利和目的没达到，又生一计，找了两个流氓酒后去洗澡，假装晕倒，趁机闹事。孟长青看这情况，认为是刘氏兄弟故意找事，他也不是吃素的，兄弟几个也上手了。两家打得昏天暗地。结果，史老五咬定是为晕倒的兄弟出头，没一个人出卖刘利和，倒成了孟长青没事找事。结局是澡堂让刘利民干了。”

“听高老师这么一说，刘利和兄弟颇有些黑社会的苗头啊。”我感叹道。

高老师笑着摇了摇头，“这段旧事在当年的老百姓口中更像是传奇，忠肝义胆史老五，运筹帷幄刘利和。”

“刘利和是‘哥不在江湖，但江湖有哥的传说’。”张峰调侃。

“孟长青就这样咽下这口气了？”包星追问。

“人家跑到外地做生意了，据说干得风生水起。”高老师回答。

故事结束了，但余味无穷。似乎每个人都在回味着。但是眼前的命案可不是故事，它需要实实在在的证据。

1 月 18 日下午，史老五和刘利和不是单纯的泡澡。刘利和让史老五举报张振兴，举报的具体内容是张振兴收受贿赂，并且给亲戚承包工程大开方便之门。道康镇那么多工程都是刘二虎干的。他有啥？他啥都没有。刘利和的公司有资质，规模在全县也首屈一指，凭什么每一次都是陪跑。

但是还没举报，刘利和就死了。史老五怀疑是张振兴和刘二虎下的手。

从走访的信息中，我能看出来，刘利和及其亲信打心眼里看不起刘二虎，又有那么一丝嫉妒刘二虎的狗屎运。

我给刘二虎打电话，他不接了，也不回。我安排了具体的任务：一组去新城的大众汽贸，一组直奔刘二虎家。

来到五星村，百叶当着我的面给刘二虎打电话，刘二虎没接。等了很久，刘二虎也没有回。百叶做出一副无奈的表情。张峰也打来了电话，在新城的大众汽贸没有找到刘二虎，汽贸公司的人说他是夜里偷偷走的，没人知道他去哪里了，搜查他的住处也没有收获。

玩消失，这是刘二虎的拿手好戏。

【10】

我和包星在五星村西头转着。

刘二虎家北边过了六户人家，就到了村里的宽水泥路，路上挨着屋后停了一排车，空余的地方能让一辆汽车通过。刘二虎家的胡同口正对着的路北是一个小卖部，小卖部除了一扇玻璃门，西边还有个一米多高的窗户，窗户打开就能做生意。小卖部的西边是一个理发店，没有招牌，门上面贴着红色的大字“彩凤理发店”。我突然想起来母亲跟我说过，她推着夏冬到这里理过发。往西再走150米是临河路，路口有一个监控。越过路面，通过台阶可以走上高高的河堤，河堤下面就是卫河。站在河堤上看着卫河，河水已经结冰了。

我决定去找范海山。

走出村子，迎面碰上置办完年货回家的三叔。我喊三叔，他停下了。我跟他开玩笑：“这么大岁数还慌着过年呀？”

他笑着反问：“二小子，你算算离过年还有几天？”

听三叔这么一说，我有点慌了，给母亲打电话，问她在干什么。

“能干什么？在家蒸馒头。”

“买年货了吗？”我问。

“你都多大年龄了，还稀罕过年，有啥可买的？”母亲在那头嘲讽我。

“来客人怎么办？”

“你又没姨没姑的，有啥客人？”母亲继续打趣我。

“天天说我，有意思吗。”我嘟囔着。

包星在一旁笑了起来。

“你笑啥？”我有些恼。

“没事。”

“没事就憋着！”

回到车上，我翻出范海山的电话，打过去，他说在家里，让我们去他家旁边的茶楼。我们开车来到创业路南段的滋润茶楼。

1 月 18 日上午刘利民就找过范海山，游说范海山加入宏运建筑公司。对刘利民伸出的橄榄枝，范海山感到犹豫，觉得自己作为外人参与兄弟的生意不太合适。看刘利民又旧事重提，范海山干脆直接拒绝，说自己没大本事，和刘二虎一起干点小活儿挺满足的。

刘利民还提到了道康镇的政治矛盾，镇长和张书记的争执已经公开化，两人在镇政府的会上互相拍桌子瞪眼。谁都知道刘利和和江镇长走得近，刘利和准备举报张书记。他怂恿范海山提供关于给张书记工程回扣的详细信息。范海山坚称自己不知情。刘利民不信，怒吼质疑，认为范海山是给脸不要脸。范海山没敢吭声。当时范海山就想明白了，所谓的橄榄枝其实是过墙梯，刘氏兄弟拉拢他的真正目的是获得张振兴收受贿赂的内幕。

最后还是范海山求刘利民，说自己就是个生意人，只求财，不敢瞎掺和。

刘利民最后问范海山，安州龙安区的那个工程刘二虎是不是已经拿下了。范海山不敢说瞎话，那个史老五跟着呢，他说差不多，过了正月十五就能开工。

刘利民骂刘二虎不是个东西，演戏演到他们哥俩身上了。

至于 1 月 18 日晚上的饭局，范海山下午 6 点就到了味缘餐厅，人家叫吃饭是给脸，自己得识相，去得晚会显得不懂事。刘氏兄弟是一起来的，刘利和一见范海山先夸赞，夸他聪明又精明，跟刘二虎干屈才了，说宏运建筑是正规公司，可比跟着刘二虎打游击强多了，让他再考虑考虑，想好了，随时加入他们。聊了一会儿，刘利和跟刘二虎打电话叫他来。

席间，刘利和说咱们这些人都没有刘二虎痴情，惦记柴丽惦记多少年了。刘二虎委屈地抱怨柴丽不还房子给他，心里过不去。刘利和立刻掏出手机给柴丽打电话，并且开了免提。范海山听到柴丽嘲讽刘二虎，“不瞧瞧自己的熊样，给老娘提尿壶都不配”。他们都哈哈大笑，刘二虎羞愤难当，脸都红了，他借口出去上厕所，范海山找他一回，没有找见。他很久才回来，进了包间后刘氏兄弟还笑他，问他是不是前列腺不听使唤了。

刘二虎平时不喝酒，他没法喝酒，一喝全身起红疙瘩，痒得难受。那天在刘氏兄弟的起哄中他喝了一杯白酒。范海山感冒了，说吃了消炎药，他们就没有劝酒。那晚刘氏兄弟都没喝醉，范海山开车把他们送到村口，轻易不回村的刘二虎也跟着回去，想回家看看。范海山给百叶打电话，想让她出来接一下刘二虎，刘二虎不让，说这对母子只想着跟他要钱，什么时候关心过他。

我问范海山，有没有把刘氏兄弟计划举报张振兴的事透露给刘二虎或者张振兴，范海山说没有，他没有张振兴的联系方式，最近两天也没和刘二虎见面，并称今天联系不上刘二虎了。我再次追问他，为何不跟刘二虎透露举报的事情，谁都知道你们两个靠张振兴揽活。范海山不再说话。我见他不说实话，就故意向他透露张振兴被停职，目前在接受调查的消息。范海山坦然和我对视，称不知道此事。

我只能向范海山询问刘二虎的住址。他回答在新城的大众汽贸。至于我口中刘二虎的其他住所，范海山称没有。我看得出来，范海山在忠诚地维护着他的朋友。临走时，我叮嘱范海山想明白了打电话给我，他漠然应承。

待我们无奈地走出茶楼，包星问我如何知道张振兴被停职的消息。我告诉他是听王局长说的。

我猜测，范海山在等，等张振兴的调查结果。在调查结果出来之前，他和刘二虎都会保持沉默。刘二虎搬离原来的住所，似乎是在为可能到来的风暴做准备。

【11】

我向王局长汇报完案件侦查情况，回到办公室，高老师问我刘利和是不是死于刘二虎之手。

“同问。”张峰也望着我说。

“我不是福尔摩斯。”我叹了一口气，“魏队说感谢咱们，我们的努力为他们追踪的一个重要贩毒案件补上了关键一环。”

“这得让他安排啊，队长。”张峰起哄。

“肯定的，咱的案子没破，却帮助别人破了案，这口‘恶气’必须得出。”包星说。

“魏队不是小气的人。”高老师说。

五星村各个出村的路口都有监控，是刘利和为了安全设置的，比很多城中村都先进，没想到用到了他自己身上。我们查看监控，那一晚刘利和回村之后没有再出村。但是临近春节，人员流动大，进村人员复杂，那一晚从各个胡同口进村的人有几百个，在这些人中逐个筛查刘利和的熟人成了一项艰巨的任务。

接连几日围绕刘利和的社会关系展开的调查都没有结果。他的生意伙伴或者是对手，逐一排查过，没有发现可疑之人。

1月18日晚上8点50分左右，范海山把刘氏兄弟和刘二虎送回五星村。他们在下车的路口说了一会儿话，随后范海山驱车离开。当时刘二虎在路口接了个电话，而刘氏兄弟则向家走去。张香说她听见大门响了，停了几分钟见没有人进来，就走到院子里看，以为有人串门推错门了，就没有在意，返回屋内。滑城过年就兴在年前提着礼物串门，亲友互访。张香没锁大门也是因为刘利和是村主任，社会面上关系广，年前来家里串门的多。

张香不太确定刘利和回家的具体时间，但肯定是在9点30分左右。刘利民的女儿说刘利民9点10分到的家，因为那个时间她接了个电话。这20分钟左右的时间里，刘利和的去向至关重要。

五星村有村民反映当晚听到刘利和和老谢说话，我们也走访了老谢。老谢比刘利和大几岁，曾在刘利和初任村主任时担任会计，两个人当年弄得很不愉快。

五星村东边临近人民路这一路都是村里的门市，门市租金是公共财产，所有村民都能分钱。当年还是毛头小伙的刘利和让老谢造假账，想把一部分钱塞进自己口袋，老谢不愿意，还把账目公开了，惹怒了刘利和。后来即使村民支持，老谢也没当成会计。

老谢描述了那天晚上的情形：1 月 18 日晚上，刘利和叫门。他开门后，刘利和问他买羊肉了没有，让他不要买，明天给他送半只羊来。他说买过了，不要送，吃不了这么多。刘利和挥挥手走了。

要说老谢下毒，我觉得不至于，虽然曾有冲突，但事情已经过去很久了。因老谢公开账目，刘利和再也未敢贪污租金，后来他生意越做越大，那笔租金他也看不到眼里了。而且老谢在村子里的声誉一直很好，刘利和后来也表现得很尊敬他。

老谢说当晚他与刘利和只说了几句话，也就几分钟时间。剩下这十几分钟刘利和去了哪里？或者是他先去了别处，见了别人，再找的老谢，都有可能。我问老谢具体时间，他说没有特别留意。

在对百叶的走访中，她证实 1 月 18 日晚上刘二虎没有回家。我们调查发现，刘二虎当晚接听的电话是一个外号叫老二的刑满释放人员打来的，他说滑城的帝宫 KTV[1] 来了个漂亮妞，想让刘二虎尝尝鲜。刘二虎晚上 9 点 9 分离开五星村，当晚再没有回来。

【12】

转眼之间到了大年三十，下午母亲和从安州回来的大姐一家

1　营业性娱乐场所。

包饺子。客厅里生起的炉火让屋里有了春日般的温暖。母亲擀饺子皮，姐夫和大姐包饺子，夏冬依旧打他的游戏，我躺在沙发上看电视。

“来搭手！”母亲喊我，“饺子皮都摞成山了。”

“你们怎么不先停下来包包饺子，非得等皮堆成山？”我抱怨道。

“懒成这样，一会儿替你吃饺子。”

“懒，还不都是你惯的。”大姐突然转变了话题，“哎，振乾，刘利和那个案子怎么样了？”

“还在这放着呢。”

“活该！村子里的人都说，他死了，他儿子进去了，这个年过得可痛快了！”母亲恨恨地说道。

“人家咋惹你了？”我问母亲。

“还是修路的事吧。”大姐调侃。

“反正不是个好东西。”母亲说不出道理的时候都会下一个无理的结论。

“张振兴呢？”母亲问。

“这回够呛。”我回答。

“村里都说是刘利和举报的。”母亲神秘地说道。

“别看咱妈天天不出门，消息照样灵通，‘朝阳群众’之后就属你们这帮‘五星群众’了——最强‘情报组织’。”我打趣道，引得家里人都笑了起来。

“真的，村里人都在说，刘利和早就盯上张振兴了，专门找人跟踪拍照，还说是从香港请的人。”母亲一本正经地补充道。

“从香港找的职业杀手啊。”我继续调侃。

“反正听人家说的。他们说保不齐，刘利和是被张振兴找人先弄死的。一个村主任对上镇书记，那肯定不是对手。”

外面响起了鞭炮的声音，听到鞭炮声就有年味儿了。母亲催促道：“人家已经开始放炮吃饭了，咱们也快点。”

本地风俗，饺子煮好了，先放炮才能吃。当然，我母亲还有一套烦琐的饭前仪式。母亲让大姐看着，大姐无奈地说：“你这一套估计没人会继承。”

家里住不下，我回到公安小区去住。正看着电视，大姐打来电话，让我明早 7 点回家吃饺子，然后到几个叔叔家拜年。我一看表，快 12 点了，也去睡了，不然明天起不来，母亲又该骂了。

【13】

大年初一的早晨，我还在睡觉，刺耳的手机铃声突然响起。我以为是母亲催我起床，一接，是王局长。我下意识地说：“王局新年快乐！”

“振乾，新年快乐！不过你得忙了。刘二虎中毒了。”王局长的话让我瞬间清醒。

“范海山报的案。昨天晚上将近 11 点，刘二虎给他打电话，说吃了挂面恶心、呕吐、眩晕，叫他快来。等范海山赶到，刘二虎已经昏迷了，现在还在ICU[1]里救治呢。”

我打开手机，看到范海山发来的一条短信：刘二虎中毒了。

我赶紧给范海山打电话询问情况，他说自己还在人民医院，刘二虎还没有醒，医生也不确定什么时候能醒。

我让他原地等候。随后喊上包星、李健赶赴医院。

一见范海山，我问他：“刘二虎在哪里住？房子是谁的？”

“是我姐姐在信用社家属院的一套房。”范海山自知理亏，脸涨得通红。

“上次问你刘二虎的住址，你骗我们干啥？”包星不满地质问他。

“他不让我说，怕别人知道了带来麻烦。”

“我们是别人吗？我们能带来什么麻烦？”李健情绪有些激动。

“主要是他在外面欠了钱，年里年外要钱的多，还有个人一直在跟踪他。”范海山辩解道。

“谁？”

“新华二路的张成杰。二虎许给人家高利息，张成杰把钱借给他了。后来二虎还不了，张成杰起诉了。”

“你们不是挣着钱了吗？怎么不还？”

“他跟踪二虎，二虎说就不给他，看他能跟到啥时候。”

我的手机响了，是母亲打来的，我知道她能一直打，刚接通

---

1 重症加强护理病房。

那边就传来愤怒的吼声："都几点了，你还不来？"我说有现场。那边的声音立刻恢复了正常："你忙去吧。"

我转回话题："刘二虎的家人知道他中毒吗？"

他苦笑着摇摇头："我跟百叶打电话，她没接，估计是真烦我。"

"百叶为什么烦你？"

"嫌二虎不听她的话，和我走得近。"

"她知道刘二虎在信用社家属院住吗？"

"不知道，他们的儿子也不知道。二虎说这娘俩把他当提款机，怕他们找上门要钱。"

我联系百叶，让她到人民医院来。一看到范海山，百叶的眼睛能喷出火来，范海山知趣地退到一边去。待了解过刘二虎的情况，百叶没有流露出分毫的担忧，对这个与她共度半生的男人异常冷漠。

百叶说，1 月 22 日晚上，刘二虎 9 点多回家，一进门嚷嚷着饿了，让她弄饭。她哪有心思伺候他，两人吵了一架，刘二虎气哼哼地走了。

我不解，昨晚是除夕，刘二虎为何回家那么晚？

百叶说，从昨天上午开始，村里那几家像商量好了一样来要钱。来的都是老人，不是叫叔就是喊婶。她端茶倒水，拿烟拿糖，还得陪他们说话，什么活都干不成。他们让百叶打电话叫刘二虎回家，刘二虎不接，他们就让百叶一直打。百叶的儿子烦了，抱怨了几句。张二叔听后不愿意，骂骂咧咧的。百叶母子谁也不敢再多说话了。快到中午 12 点的时候，刘二虎回电话说他下午回来，债主们才走。

午饭后，刘二虎没回家，他让儿子去拿的钱，一家还了 1 万，过个消停年再说。下午百叶一边包饺子，一边掉眼泪，越想越气，打电话给刘二虎，她说你挣的钱别花在牌桌上，别花在女人屁股上，把债还了，咱一家过安生日子，哪至于大年三十受这种气，都说你在外面买房了，你给谁买的……刘二虎也生气了，他们在电话里吵了起来。晚上刘二虎回来了，他们又接着吵。刘二虎嚷嚷着，说再也不给百叶钱了，把大门摔得生响，又出去了。百叶追到门外骂他，刘二虎头也不回地走了。

刘二虎除夕晚上回家的时候，家里就百叶一个人，他们的儿子找女朋友去了。

我叮嘱百叶母子，刘二虎中毒的事务必保密。

在信用社家属院勘查完现场，我们回到了局里。

【14】

刘二虎中毒让劳模段法医摇着头，吐槽一年到头都在工作岗位上。他问我，又是“毒鼠强”中毒，这“毒鼠强”从哪里冒出来的？接连三起中毒案件，连法医都迷惑了。

其实，年前我已经带着二队对河西狗市及各个乡镇集市进行了彻底检查。王局长也让各个派出所部署警力到村里排查，没发现有卖“毒鼠强”的。

国家的管控如此严格，我推测市面上出现的可能是以前购买的存货。我的推断让段法医发愁，认为难以追根溯源。我觉得大可不必惊慌，拿来杀人的绝对是个例。

段法医认为我盲目乐观。他说就这也足够咱忙得焦头烂额了。王局长也正为案件焦虑不安，这会儿应该在办公室里坐着，哪有心思过年。

我可不在办公室晃悠，绝对不能往枪口上撞。我决定去找张成杰。从刑事技术中心[1]出来，我喊上包星和张峰同往。

我们找到张成杰的时候，他喝得烂醉，在家里呼呼大睡。我让他妻子待他醒来再打电话给我。

张成杰家离古街不远，我们三个信步来到古街转悠。南北走向的街道上人声鼎沸，人们来此多半是被精彩的活动吸引，民俗活动包公游街、戏曲《程咬金招亲》、传统手艺“面塑”…… 此外，古街牌坊前每天下午 3 点安排“社火”表演：扭秧歌、踩高跷、舞狮等。观看的人群跟着表演的队伍走，不时传来喝彩声，把过年的气氛烘托到极致。逛累了还有各式小吃摊，滑城人爱吃的烙不翻、炸肉合、炒凉粉 …… 自从夏振中失踪，我就不喜欢热闹了，喧嚣的外界更衬托内心的落寞，即使此刻被人流簇拥着，我依然是失意的那一个。

走在人群中，包星和张峰似乎很享受这短暂的轻松时刻，他们的笑容在灯光下显得特别亮眼。此时张成杰打来了电话。

1　原来叫刑科所。

从古街出来，就像走进另一个世界。一头是普通百姓的生活，一头是刑警的使命。

我们来到张成杰家里。

我直奔主题。问他跟踪的缘由。

张成杰不好意思地笑了，说都是借款惹的祸。张成杰从去年国庆节开始跟踪刘二虎，也不是天天跟，断断续续的。借给刘二虎10万块钱，他要了三年要不回来，就起诉了。可刘二虎不怕，他离了婚，财产早转移了，照样包工程，照样出入高档饭店，照样换新车。张成杰到法院反映，法官说刘二虎名下一无所有，奈何不了他。

“起不到作用怎么还跟？不影响工作吗？”包星问。

张成杰说他在双流菜市场有个卖鸡肉的摊位。早晨5点开门，中午12点就下班了。刘二虎上午基本上都是睡觉，下午才开始活动，夜生活丰富。时间正好。

我问张成杰是否知道刘二虎昨晚的行踪。张成杰说：“你们不是已经问过他家里人了吗？昨晚是除夕，他老婆、一双儿女、父母、二叔，一大帮人聚在一起喝酒，吃饺子，看春晚。他看到春晚结束就睡觉了。

张成杰突然问我们：“刘二虎是不是出事了？”

“出啥事了？”包星明知故问。

张成杰窘迫地挠着头，停顿了一下，说：“不出事你们会找我？还问我这么多。如果他死了，那我太痛快了。这种人过得那么潇洒，还有书记做靠山，让人觉得上天真是不公。”

“谁给你说的他有书记做靠山？”

“我跟踪的时候看见了。我不认识那人，就拍了下来，后来把照片拿给别人看，人家说是道康镇书记张振兴。”

张成杰在跟踪刘二虎的时候，有一次刘二虎停车下来，怒气冲冲地敲着玻璃让张成杰下车。张成杰拎着钢管就下了车，刘二虎跑得那个快呀，一拃[1]高的人还想打架？最有意思的是，有一天史老五找到张成杰，问他拍到什么 —— 史老五在跟踪张振兴的时候见过张成杰。张成杰也认识史老五，他们在五四澡堂见过。

张成杰把手机里的东西给史老五看了，他挑走了两段视频：一段是刘二虎往张振兴车上搬茅台酒，一段是张振兴和刘二虎从饭店出来，张振兴摸了那个漂亮女经理的胸口一把。张成杰认为这些用处不大，他看电视上演的，知道这都不是大事。张成杰跟踪刘二虎就是给自己一个念想，找个心理平衡。他老婆一开始埋怨他把钱借出去，打了水漂。但是看他跟踪刘二虎，又怕他出事，说自己想开了，钱不要了。

“刘二虎死了吗？”张成杰再次问我们。

“谢谢你。”我递给他一支烟，“好好做生意吧，把钱挣回来。”

“都说夏队长有水平，今天一见，名不虚传。”张成杰这马

1　张开大拇指和中指，两端的距离（长约五寸）为“一拃”，一般为 20 厘米左右。

屁拍得像模像样。

从张成杰家出来，包星问我，下一步是不是去五星村看看。虽然没有头绪，但我还是决定去一趟，正好离得也近。

【15】

卫河桥上人群熙攘，从沿河路往北走则冷冷清清，窄窄的沿河路上更是行人寥寥。离卫河桥两千米的五星村胡同里很多家连对联都没贴，一看就是长时间无人居住。走到宽胡同，往里走70米是上次看到的小卖部，透过关着的玻璃门可以看到一个老人坐在轮椅上看电视，紧挨着的彩凤理发店关门了。正月里理发店生意不好，因为滑城有“正月里剃头死舅舅”的迷信说法。再往前走是一条南北向的胡同，我们又转过来，往小卖部南边正对面的小胡同里走，刘二虎家在里面。

包星抱怨，这么多胡同转来转去，转得的头晕。但以前的胡同都这样。

百叶正在家里打麻将，见我们来，走到胡同里说：“昨天晚上的情况我都说过了。”

“刘二虎有仇人吗？或者有没有和谁结过怨？”我问。

“他在外面欠的钱加一起有100多万，欠的家多，分摊到各家金额也不多。我想不起来谁会为十几万借款杀他。哎！他总说挣来的钱拿来还债可惜了。我也管不了他。”

正常的夫妻，一方还在抢救，另一方肯定在医院待着，哪有心思稳坐家中“垒长城[1]”？包星怀疑是百叶下的毒。但我感觉不是她，刘二虎死了，谁给她钱花。很多夫妻过着过着就形同陌路了，我想起了唐朝李冶《八至》诗中的那句“至亲至疏夫妻”，不禁怅然若失。

当我们快走到临河路时，段苹母子迎面而来。段苹向我们打招呼。我寒暄着。段苹指着小卖部的位置介绍说那就是自己的娘家。她儿子王博然还向我和包星问候新年快乐。这是一个阳光的男孩。

王局长打电话召集我回局里开案情分析会。

负责查看监控的一聪率先发言：“五星村村口的监控显示刘二虎在 1 月 22 日晚上 9 点 41 分开着他的车进村，他驾车出村走到村口监控位置的时间是 10 点。刘二虎驾车一路往东行驶到信用社家属院路口，用了 15 分钟，这是正常速度。信用社家属院路口的监控显示，他没有再出来。”

我补充：“1 月 22 日晚上，刘二虎只在家待了不超过 10 分钟。这个时间段他没有接听任何来电，也没有对外拨打电话，剩下的近 10 分钟时间他在哪里？接触了谁？”

勘查现场的时候，刘二虎住处的垃圾桶里，找到了一个本地生产的挂面包装纸，纸上检测出了“毒鼠强”成分。

城关镇出产这种手工挂面，把晾干的长挂面截成十多厘米长的小段，在齐腰处包上一圈纸，方便拿，两头不密封。滑城人春

1　打麻将的意思。

节期间最喜欢吃这种挂面，把切碎的葱、姜、盐放碗里，挂面煮好捞到碗里，浇上面汤，滴上香油就特别有滋味。这种挂面全城都有卖的。

“案件到了这一步，关键就是两个排查。”王局长说。

他看着我们。

“刘利和这个案件我倾向于随机作案，这个下毒的人应该和刘利和有积怨，他可能一直在寻找合适的机会。嫌疑人我倾向认为是本村村民。”我说出自己的想法。

刘二虎的挂面有两种来源，一是他自己买的，二是范海山送给他的。我认为范海山不会杀他，两人是利益共同体。如果是他自己买的，那么什么时候买的？在哪里买的？我觉得是昨天晚上，他买挂面的地方，应该是离他最近最方便的地方，他停车不远处段三国的小卖部，刚好是段苹的娘家。

“所以，下一步先让刑事技术人员去段三国家采集他家里所有人的指纹，和挂面包装纸上的做比对。”王局长安排工作。

我思忖着，想去问一下百叶，当年刘利和和段苹的传闻是怎么来的，搞清他们之间的关系。

“这个段苹还得再会一下。”王局长说，“中毒死的三个人都和她有着千丝万缕的关系。”

“如果最后还是药老鼠，结果老鼠爬到了挂面上，怎么办？”包星问。

我们都笑了起来。

“如果查清楚，真是那样，那也是真相。”王局长说。

“干活吧。”

“这一天天的，累得头昏脑涨。”王局长走后，一聪抱怨。

“你还喊累，队长这么大岁数说累了吗？”

“你说谁老呢！包星。”

“队长，我是在批评一聪，听重点。”

【16】

我来到人民医院，刘二虎还在昏迷，百叶也在。她问我，找到凶手了吗？我告知她还在侦查。她眼里的光黯淡了下来，也许百叶想明白了，没有刘二虎，她们母子会面临何等窘境。

我问百叶她当年传出刘利和、段苹相好的谣言，有何根据。百叶尴尬地解释，她是听刘二虎说的——刘二虎在跟刘利和喝酒的时候说了一嘴，都是醉话。她后来说出去，也是瞎说的，没想到被传成那样。她后来也澄清了，那都不是故意的。百叶还说她和段三国一家关系好着呢，让我们不信就去问问。

百叶管不住自己的嘴不是一两回了，当年在电厂时也是这样，因为这张嘴没少挨骂。

我叮嘱百叶，如果刘二虎醒了，要第一时间联系我。她连连点头。

我和包星来到五星村，走到段三国家的小卖部，推开玻璃门进去，坐在轮椅上的段三国招呼我们，“想要什么自己拿。”我摆手表示今天来不是为了东西，是想找他聊聊，并出示了警官证。

段三国无奈地说："不用看了，刚才已经有警察来过了。"段三国说1月22日晚上没人来买挂面，除夕大家都在家吃饺子，谁会吃挂面。

说完，段三国大声喊段苹，并让她把自己妈和闪闪都叫到小卖部来。院子里传来段苹的回应声。

小卖部和院子有一个连接的门，门被推开，进来了三个女人。

"原来是夏队长和包警官，来，吃橘子。"段苹顺手把桌上的果盘放在我们面前。

我拿起一个吃了起来。

"人家查案呢。"段三国对家人说。

"1月22日晚上，谁在店里？"我问。

"我。"那个叫闪闪的女孩说，"我在这里看电视。"

我看了一眼挂在西边墙上的电视，她又说："我家就这屋有电视。"

段闪闪，大概十八九岁，身高1.65米左右，黑黑胖胖的，刚到肩的头发披散着，让她的头显得更大了，她说话的时候脸上没有表情。

"有人来买东西吗？"

"没有。"段闪闪说。

"过年家家户户都备足了年货，没人会出来买东西。"段苹的母亲接口说。

"有人吃了挂面肚子疼，现在在医院治疗，他说是除夕晚上在你家买的。”包星说。

我盯着段闪闪。她不说话，脸上依旧没有表情。

“绝对不是我家的。”段苹的母亲生气地说，“我孙女不说瞎话。我们家卖的挂面，我们自己也吃了，怎么没事？肯定是有人起坏心眼了。”

“妈。”段苹示意她不要生气。

“谁起坏心眼了？”我追问。

“我瞎猜的。”段苹的母亲说完就低下了头。

“段苹，咱出去聊聊吧。”我把段苹叫了出去。

走到离小卖部稍远的位置。我问她：“当年你和刘利和的事被百叶那么一说，你家里人是什么反应？”

“我妈和我哥找过百叶，本来是兴师问罪的。结果百叶说，别人把她的意思理解错了。她是在夸我美，只有刘主任那么有本事的人才配得上我，结果被传成那样，她也很生气。我妈和我哥只好又回来了。”

“你哥呢？”

“他在湖北。”

段苹的嫂子生段闪闪的时候难产死了。段苹有个姑姑嫁到湖北，她村子里有户人家有两个闺女没儿子，家里种了几百亩藕，条件不错，想招个上门女婿。段苹的哥哥一开始不愿意，可这些年一直没有找到合适的，父亲段三国让他去看看。他去了之后就把人带回来了，家里人很满意，两人领了结婚证，去了湖北，一年到头回来不了几天。

【17】

从段三国的小卖部出来，我邀请包星到我母亲家吃饭，抬腿就到的距离。包星拒绝了，大过年的，他妈妈给他发了好几条信息，问他什么时候能回家。

挂面包装纸上没有发现段苹一家人的指纹，从段三国小卖部带回来的挂面上也没有测出“毒鼠强”成分。一上班，这些消息就让我的心情跌到谷底。一场艰难的排查又要开始了。

我重新安排了工作，扩大了搜索范围，包括信用社家属院附近的所有小卖部、超市、便利店。安排完活儿，高老师他们聊起了天。

“张振兴最少也会被开除公职，至于判多少年，那是以后的事。史老五可是实名举报到中纪委，这个消息刘二虎应该听说了。”

“城关的朱老板也放出话了，只要张振兴一倒，他就收拾刘二虎。”

“朱老板为了啥事？”

“刘二虎抢人家的工程。”

“刘二虎的仇家不少啊。”

“都说他是小人作风。”

眼看他们的讨论没完没了，我打断他们：“无论什么人，在咱这儿都一样，咱得把案子破了。我们现在去信用社家属院，先分头行动，到中午了，路远的女婿早点走，近的晚点回去，中午别喝酒，下午 2 点碰头。”

下午到信用社家属院附近的超市走访，各家都说大年三十谁不回家过年，下午 5 点就关门了。我们查看了监控也没有发现刘二虎的身影。

“那挂面刘二虎可能早就买好了。”张峰质疑道。

我让他别自己吓自己，他这一说，就得扩大排查的时间范围 —— 刘二虎住信用社家属院还没几天。

张峰、一聪、高老师和李健都走亲戚去了。我和包星没亲戚可走，索性再见一下范海山。

范海山从家里出来，坐到我们车上。我问他刘二虎搬到信用社家属院时，带东西了吗，范海山回答带的都是衣服，刘二虎爱干净。吃的东西是范海山提前准备好放那儿的，够刘二虎吃几天。至于挂面，范海山没准备，他说刘二虎不爱吃面条，爱吃范海山媳妇包的饺子。最后，范海山肯定地说，刘二虎不会自己出去买菜，更不会出去买别的。他宁可打电话让自己跑几十里送。

吃过饭，我和包星在卫河桥头碰面。思来想去，还是觉得刘二虎在段三国的小卖部买挂面更合理。

我们在村子里转了一圈，光这样转，何时能破案啊。转烦了，我们就走到河堤上换换脑子。河堤上，有个男人领着两个男孩出来玩。

“段耀华！”

“包星！”

两人接上了头。

“我高中同学。”包星兴奋地说。

段耀华跟我打招呼时，我注意到他旁边的一个男孩正是王博然，就问他们之间的关系。两个男孩调皮地让我猜，段耀华急忙介绍，一个是他的儿子段子睿，另一个是他堂姐家的儿子王博然。

我看了一眼包星，走近那两个男孩。包星和段耀华聊了起来，他们一边聊着一边沿着河堤向北走去。

王博然向段子睿介绍我，说我是警察。他们都喜欢警察。我问两个男孩谁最勇敢。段子睿抢着说是他。王博然不服气地说：“哼，勇敢个屁，天一黑都不敢上段三国家找我。”段子睿辩解自己找过，有一天晚上 9 点多了，他爷爷不让去，他还是去了。王博然不信，因为他没有见到段子睿。段子睿说自己从家出来后看到小卖部的窗户开着，一个男人趴在窗口上，并且看到那男人在和段闪闪说话，然后他就回家了。王博然继续笑话段子睿是胆小鬼。段子睿说自己也不知道那个男的是干啥的，有点害怕——他是怕人，不是怕黑。两个男孩在“怕人”与“怕黑”的问题上争论开来。我从中调和：那不是怕人，是保护自己。

受到我的夸赞，段子睿开心地跳着。王博然不服气地说自己能保护段苹和段闪闪。我问他是怎么保护的，他调皮地回答说自己一口气说不完。段子睿叫嚷着王博然在吹牛。王博然说自己没有吹牛，又说自己最喜欢的人就是她俩，他妈妈进公安局的那几天，他从姑姑家偷跑回段三国家找段闪闪，只有和段闪闪在一起他才安心，他也要她俩天天开心。怕我们不信，他又说段闪闪最喜欢的杯子碎了，昨天自己拿出压岁钱给她买了一个新的。段闪闪收到杯子可高兴了。

段闪闪的杯子在年前就碎了。段子睿起哄说是王博然打碎的。王博然辩解说不是他，当时是他半夜想尿尿醒了，但段闪闪不在，他就自己去了，回来的时候看小卖部的灯亮着，一推门，段闪闪吓了一跳，杯子掉地上摔碎了。

段子睿幸灾乐祸地笑着说，还是因为你。王博然低下头无奈地说了一声“好吧”。我拍了拍王博然的肩膀，表扬他的诚实。我叫包星回来，让他到桥头的玩具店给两个男孩买玩具。包星豪气地答应着。段耀华客气地阻止，不让他去买。但包星已经领着两个男孩去了。

【18】

我喊住准备跟上的段耀华，说有事问他。

段耀华是个痛快人，让我尽管吩咐。我问他还记不记得年前腊月二十几的一天晚上，段子睿去找王博然玩。

段耀华想了一下，说可能是腊月二十五那晚。他们一家三口到新洲玩，回到滑城已经是晚上 8 点了。段子睿非要来五星村，想向王博然炫耀新买的玩具。段耀华就把他送来了，走到胡同口，段耀华的父亲出来接孩子。具体的得问段耀华的父亲，段耀华邀请我们一会儿到他父亲家里喝茶。

见我问完了话，段耀华去找包星。我打电话向王局长汇报情况：虽然有个时间点，还没有找段子睿的爷爷核实，但我认为搜查段三国家和他的小卖部势在必行。

王局长同意我的看法，他安排人马上往五星村来。放下手机，包星一行人正好走过来，两个孩子撒欢似的往家跑，他们迫不及待地要玩刚买的玩具。

我跟包星说明情况，让他跟段耀华去喝茶，然后站在路口等。不一会儿，郭龙、薛飞、高老师等人都来了。

我安排郭龙和薛飞先进段三国的小卖部搜查，然后再到他家里搜查，其他人只能在院子里搜查，不允许进屋，除非郭龙和薛飞要求帮助。并且进屋要完全听从他俩的安排，他们两个是刑事技术人员，更专业。整个搜查要做到仔细全面。

我百感交集，成败在此一举，两起投毒案像压在我心头的两座大山。市里的刘支队已请省里的专家来滑城支援，估计明天能到滑城。

见我们这么多人进来，段三国很惊慌，他不断询问到底出了什么事，然后颤巍巍地从轮椅上站了起来。

我出示搜查令和警官证，并说明挂面中毒案我们还得进一步搜查。段三国说家里就他自己，其他人去段苹的姨家了。我要推段三国到门外晒太阳，他拒绝了，然后自己拄着拐杖艰难地走到门口。我把轮椅推出来，示意他坐下。他不满地看着我，但还是坐下了。

“你看我们家的情况，像是有人作恶吗？”

“有人报案，我们过来查案，这是我们的职责，请你理解。”

我抱歉地说。

包星打来电话，段子睿的爷爷说，就是腊月二十五晚上，段子睿非要去找王博然，他爷爷不让，说已经去过一趟了，王博然已经睡了。段子睿不听，小孩子买个新东西，不炫耀就睡不着觉。一会儿段子睿又回家了，他也没有问，陪着孩子玩了一会儿就睡下了。

段三国的手机响了。我凑过去一看，是段苹，他接通电话，段苹问他，家里有什么事吗，博然还在跟子睿玩吗，如果没事就晚一会儿回去。

段三国说没事，让他们不急着回来。他沉重地叹了一口气，闭上眼睛，靠在轮椅上晒太阳。

包星还在段耀华家闲聊喝茶，这个鬼头应该是害怕段耀华报信吧。

"夏队！"郭龙喊我。他们把固定在墙上的货架拆开，在货架底下发现了两片摔碎的瓷片。

我让郭龙和薛飞先回局里，抓紧时间检验。我们几个分组监视段三国家。包星晃悠悠地走过来，摸着滚圆的肚子，抱怨说原来喝茶喝多了也恶心。

"你是对谁都不放心。"我打趣他。

"那肯定的，案子比天大。不过我信任你们，咱可是共患难的兄弟。"

"既然是好兄弟，今天晚上就让你在这里盯着，我们几个回去睡觉。"张峰说。

“可别，我离不开你们。”包星肉麻地说。

我给母亲打电话让她多熬点玉米糁糊涂，多馏点包子，一会儿我去提饭。母亲爽快地答应。

【19】

检验结果出来了，在瓷器碎片上发现了“毒鼠强”成分。我们把段三国一家人带进了公安局，进行进一步审讯。

我和包星一起审讯段闪闪。我拿起装着瓷器碎片的物证袋，问她：“这是什么碎了？”

她看了一眼不说话。

“是你最喜欢的外面印着你们父女合影照的杯子吧？”

“是。”段闪闪小声说。

“这个杯子平时都是你自己用，有一次王博然用它喝水了，你特别生气，还洗了很多遍，是吧？”

“是。”

“那天晚上，你把杯子给谁用了？”

“刘利和。”她突然抬高了嗓门。

“什么时间给他用的？”

“腊月二十五晚上。”

腊月二十五晚上7点王博然就睡了，段闪闪看他睡着就到小卖部让段三国回屋睡觉。段三国说年龄大了瞌睡少，睡不着。段闪闪知道他是在担心段苹，段闪闪非叫他回屋躺着，然后一个人坐在小卖部里。

那天段闪闪想了很多，她想起王红艳给她奶奶打电话，说就两个人吃饭，只有自己妈死了。杨辛勤活着的时候见过刘利和找段苹。王红艳问段闪闪的奶奶，为啥刘利和会找段苹，为啥会有那种不清不楚的传闻，为啥有人在他哥活着的时候开那种下作玩笑。段闪闪的奶奶也说不明白。段闪闪恨刘利和，觉得这一切都是他造成的。

当年夏天，段闪闪六岁，一天夜里，她在家里睡觉，段苹在家看着她。刘利和来找段三国，段三国不在家。刘利和看家里没人，就欺负段苹。段苹又哭又叫，把段闪闪吵醒了，段闪闪不敢动，闭着眼睛装睡。从那之后段苹天天夜里哭。她以为段闪闪睡熟了，其实段闪闪躲在被窝里陪着她哭泣。

段闪闪一直想杀了刘利和，但越长大越没有勇气。她盼着刘利和掉卫河里淹死，过马路被车撞死，从楼上掉下来摔死，喝酒喝死……可刘利和不仅活得好好的，还越来越有钱，越来越多人巴结他。有一次刘利和在村里碰见段闪闪，还主动搭话，问她在哪里上学。段闪闪没有理他。

1 月 18 日晚上，段闪闪在小卖部里坐着，虽然开着电视，但她没有心情看。她想跟父亲打电话，又忍住了，他就是知道这些，又有什么用。段闪闪想，要真是段苹下的毒，过完年她就不去上学了，去打工养活王博然。想得烦了，她出来透气，看见彩凤锁住理发店的门，骑着电车走了。她站了一会儿，心情好了一些。

可回到屋里她还是不由自主地乱想，正在段闪闪胡思乱想的时候，外面传来了刘利和的声音。她趴到窗户上往外看，看到刘利和、刘利民、刘二虎，还有一个不认识的人在路口说话。然后那个不认识的人走了。

片刻之后，刘二虎匆匆离开，刘利和往小卖部来，段闪闪急忙坐回椅子上。

刘利和拍着窗户叫她："闪闪！"

她当时不知道哪里来的勇气，打开窗户问他："干啥？"

刘利和问段闪闪："段苹回来了吗？"

她反问："问这干啥？"

路灯下，段闪闪看着刘利和那张油腻的醉脸，突然产生了一个念头。她叫了一声"利和叔"。刘利和纠正她："应该叫我大爷。"

段闪闪改口："利和大爷，你喝水吗？"

刘利和一听，很高兴地说："闪闪真懂事。"段闪闪拿起自己的杯子，让刘利和等一会儿，她去洗洗。刘利和还客气："不用那么麻烦。"

段闪闪走到院子里，拿出藏在厕所洗衣机底下，用塑料袋包着的老鼠药，往水杯里放了半袋，蹑手蹑脚来到客厅。她拿起暖瓶，倒了一点热水，又加了凉水。只有半杯，她怕倒多了刘利和喝不完，死不了。刘利和接过杯子，一口气喝完了。

段闪闪跟刘利和说段苹还没回来。刘利和说："没事，别担心，段苹不是那种害人的人。"说完就走了。

段闪闪拿着杯子正愣神呢，王博然叫她，她一惊，手一抖，杯子掉地上碎了，她急忙扫。王博然催她赶快陪他睡觉。段闪闪匆匆扫了几下，回屋陪王博然了，自从段苹进了公安局，王博然就特别害怕，晚上不敢一个人睡觉。

段闪闪等王博然睡着，她再次起身，把地又扫了一遍，扫出来的碎瓷片倒进塑料袋里，和家里的垃圾混在一起，扔进了胡同里的垃圾桶。早晨 6 点，她听到外面收垃圾的喇叭响了，又听到倒垃圾的声音，一直到垃圾车离开村子，她提着的心才放下。

“刘二虎是不是你下的毒？”我的审问中断了她的回忆。

段闪闪不吭声。

“刘二虎没有死，在人民医院住院。他已经说了，他在段三国的小卖部买的挂面，要不然我们也不会三番五次地来。”我说。

她想了一会儿，说：“是我。”

“为什么给他下毒？”

“他老婆百叶造我姑姑的谣，又不承认。我姑姑因为这个哭了很多次。我本来不想下毒的，是他那天非要买挂面。”

“哪一天？”

“大年三十晚上。我一个人坐在小卖部看春晚，先听见百叶骂他，我真高兴。谁知道他突然来敲窗户。我不开。他说他看到电视的亮光了。我还是不开。他说他就买一把挂面，递给他就行。”

“我从箱子里拿出来两把挂面，放进塑料袋里，把剩下的老鼠药都撒上。然后打开窗户说，就剩两把了，大过年的，送给你一把吧，留一把，明天早晨博然还吃呢。他说给个塑料袋吧。我假装收起来不给他了，他伸手抢了一把，走了。剩下那一把我扔进了下水道里。”

“你姑姑都回家了，你为什么还下毒？”

段闪闪眼神迷茫，缓缓回答：“可能是你们没有破了刘利和的案子，我心存侥幸吧。我也说不清。可能他死了，百叶就不会再那么得意了。”

“‘毒鼠强’从哪儿来的？”

“去年，我跟着奶奶还有博然的奶奶到城关赶六月初八的集市，路边一个卖老鼠粘的老头问我们要不要老鼠药。博然的奶奶说店里有老鼠，买了四袋，一家分了两袋，我藏起来一袋。”

“那个时候就想给刘利和下毒吗？”

“不是，当时没想那么多。我看电视上宣传‘毒鼠强’的危害，感觉这药挺厉害的，可以对付欺负我的人。”

“都是谁？”

“爱叫我胖子的刘广，还有看不起我们的张财……”她哭了起来。我让文雪进来，给她倒杯水。我和包星出去了。

我问段苹，当年刘利和施暴的时候为何不报警。她说怕别人笑话。她也没有跟家里人说，她家人都老实软弱，没有厉害的亲戚，说了也没用。

段闪闪今年19岁。她成绩不好，没有考上高中，在家里待了一年。段苹劝她到安州医专[1]学护理，她很听话，去上了，到今年

---

1 医学高等专科学校，以医学为主的高等职业院校。

7 月就毕业了。自幼丧母的段闪闪从小由段苹照顾，两人感情深厚。段苹说，她现在感觉一切都像一场噩梦，然后放声大哭起来。

在段苹的哭声中我走出审讯室，望着窗外发呆。包星走过来，递给我一支烟，烟雾缭绕中，我望着玻璃上映着的自己的脸，感觉如此陌生。

2012 年 1 月 25 日，刘二虎醒了，神情呆滞。面对我的询问，他嘟囔着自己是在段三国的小卖部买的挂面，其他的记不清了。没说几句话他就抽搐起来，我只好结束问询。此后，刘二虎的情况都是这样，一提挂面就抽搐。段闪闪投毒案，已形成完整的证据链，我也再没去找过他。

后来，百叶不满段闪闪家被判决的民事赔偿数额，多次找我反映，但我也无能为力。

转眼到了 2015 年，网上逃犯夏振中还没有归案。

2015 年 3 月，滑城开始建家系 DNA 数据库[1]，在县一级单位的家系 DNA 数据库建设中，滑城走在了全国的前列。随着全国家系 DNA 数据库的不断完善，寻找一个人变得不再那么困难。如果夏振中还活着，他很快就会被发现。我告诉自己，已经等了 20 年了，不妨再等等。

---

1 Y-STR 生物信息数据库。

窥视者们

（2015年）

【1】

2015 年 6 月 9 日，我刚坐进办公室，手机便响了。来电者自称白雪，其母亲是苗青 —— 半年前跳楼自杀的第二初级中学教师。白雪想来找我聊个情况。我让她到刑警队四楼找我。

敲门声响起，我打开门，一个 20 多岁的清秀女孩站在门口，我请她进屋。白雪在我对面坐下，手提包放在腿上，拘谨地说："夏队长，我来找你，是因为我怀疑我母亲不是自杀。"

那件事情，我回想着。苗青跟我大姐是高中同学，她丈夫白山当时特意托我大姐带话给我，让我确认是不是自杀。当时我带着包星去勘查了现场。

苗青在第二初级中学三号教学楼六楼北边对着楼梯的办公室办公。那天上午 11 点办公室只有她一个人，她应该也是等人全部离开后才爬上窗台，纵身一跃的。窗户上有明显的踩踏痕迹，证实了自杀的判断。

“怎么这么说？”我问白雪。

“这是我母亲写的日记。”她从手提包里掏出一个棕色皮质的笔记本，“这是她最后一年的记录，时间是从2013年12月到2014年12月，尤其是她在我姥姥家的所见所闻。”

我认真地翻阅那本日记，待合上笔记本，我的心情无比沉重。

如果不是笔记本上的白纸黑字，谁能想到在这般文明法治的时代，还有人承受着这样的精神虐待，还有此等下作无聊之人。他们时时刻刻盯着一个人，侮辱她，直至摧毁她。

“他们怎么可以那样对我妈妈？我们也不认识他们，无冤无仇的。”白雪抽泣着说。

“你姥姥家的住址是？”我看着白雪。

“白马路四川火锅北边的德胜胡同。从胡同口进去，我姥姥家在胡同最里面，通信地址写的是德胜胡同五号。”

苗青日记里声音的来源是与德胜胡同五号一墙之隔的幸福里小区。

“幸福里小区在德胜胡同五号南面，隔了50米。小区大门朝南，南临中州路，西临白马路，总共三个单元，两边的单元层高七层，中间的单元十层，住户不多。”白雪介绍。

我没有去过幸福里小区，也没有去过德胜胡同，但是我在它们附近的四川火锅店吃过饭，通过白雪的描述，我在脑海中勾勒出了清晰的画面。

“这本日记暂时放我这里，我一会儿到德胜胡同看看。”

“我姥姥家的房子已经卖了。”

“卖了？”我看着白雪。

“姥姥身体不好，身边离不开人，我舅舅在郑州上班。妈妈自杀后，舅舅把姥姥接走了，房子也卖了。”

“卖给了谁？”

“是通过中介卖的，我不知道具体是谁买的。”

“你舅舅之前住过那里吗？”

“没有住过。他是买给我姥姥的，从买到卖一共 5 年时间。我妈妈以前偶尔去，但随着姥姥身体越来越差，她只得常住那里。我爸爸有时候也在那里住，我只有放假才去那里住。”

【2】

白雪随后向我诉说了她的遭遇。她目前住在城关镇书香苑小区，她在家里也总是听到苗青生前听到的相似的说话声。

书香苑离幸福里小区只有 500 米的距离。小区建成至今有七八年了。白雪的父亲，白山，是中医院副院长。书香苑是他们单位集体购买的房子。

白雪目前在读大四，现在是下学期，她待在家复习考研的功课。从放寒假至今，她听到了许多莫名其妙的声音。最初她以为是邻居说话，但后来她发现是专门说给她听的。

这些声音从春节前就开始了，白山的朋友、同事到他家来串门，临近春节，谁也不会空手来。他们搬来酒、烟、肉等各种年货。总是有声音说，当副院长确实了不起，能收这么多礼。

白雪家所在的楼，总共六层，一梯两户。她家是二楼东户，一楼、三楼、四楼住的是白山的同事，五楼住户不是中医院的人，但即使是他们在家里说话，白雪在家也听不到。六楼一直没人住。白雪家对门是中医院返聘的中医，老两口。中医院在滑城口碑不错，医院工作繁忙，医生哪儿有工夫待在家说闲话，但是白雪真真切切听到两个年轻男女的声音。

起初，白雪以为这些酸溜溜的话是白山单位的同事或同事的家属说的，但后来他们说的内容越来越过分。“哥哥陪陪你吧，你一个人在家太寂寞了。”“当个女人，像我一样找个好男人多好，你也找个有钱的男人嫁了吧，考什么研呀？”……整栋楼只有白雪一个人考研。

白雪也不好意思问别人家听到没有，她便在楼内上下寻找，却没有找到任何人。这些话与苗青在日记中的记录惊人地相似。白雪怕我误解，一再解释，这些不是她看了苗青的日记臆想的，而是她听到之后，才找到了日记。她把日记拿给白山看，白山说咱和这些人无冤无仇，他们犯不着那么做，你母亲是癔症了。白雪接着跟白山说了自己的遭遇，白山非要拉着她去精神科看医生。

白雪认为白山是相信她的。因为白山跟她说过一件事：有两个安州商人想竞标中医院的耗材，给白山送钱，被他拒绝了，白山让他们走正规程序。但之后的一天，他从郑州开会回来，正好看见那两个人在他办公室里安装摄像头，显然是想收集证据来告他，他们不相信白山作为这么大的医院的副院长会是清白的。白山恪尽职守，却成了别人陷害他的理由，这件事让他非常生气，也很委屈。白雪认为白山不敢面对。更准确地说，即使面对了，又能怎么办呢？

白山是心疼白雪的，他与白雪促膝长谈，说自己在副院长的位置肯定会有人嫉妒，会被各种各样上不得台面的伎俩烦扰，但只要自己不出错，别人奈何不了他。他们父女探讨过，即使苗青因被人侮辱而自杀，那也是因为她太脆弱。即使抓到了凶手，又能如何？毕竟不是施暴者把她推下楼的。白雪仍觉得胡言乱语侮辱她的那两个人，就是盯着苗青的那两个人。

白雪痛苦地说现在情况越来越严重了，她甚至听到楼下有人喊着她的名字胡乱吆喝、造黄谣。她下楼看时，只看到了汽车，看不到人。她推测他们是在车里喊的。白雪拿出手机录了音，回放时发现这些喊叫是片段式的，听者得把这些故意拆开的话拼凑起来才能理解完整的意思。

白雪再次无奈地向白山求助，白山说也可能是小区里有人和她重名。白山给不了白雪想要的保护，她又做不到处之泰然，无助的她只能躲在被窝里哭泣。眼看自己和白山怎么解释他都不理解，白雪就来求助我。她也是在苗青自杀后才听说我的名字的，手机号是在公安局门岗处问到的。她怕我不信，在家里犹豫了两天才联系我。我听后莫名心疼。

白雪谈起这些失望和心伤，她甚至庆幸地对我说，这次白山没有像当初逼苗青那样逼她吃药。我记得苗青在日记里写着：她吃了药之后浑身无力，总想睡觉，更加抑郁难受了。下课的时候，她总想从六楼跳下去。她甚至听到一个声音跟她说，“被丈夫当成精神病，活着有什么意义，跳下去吧，跳下去吧。”

“第二初级中学外人能进去吗？”我问。

“我母亲写日记的那段时间能。”白雪回答，“我去过。学校北边的家属院有一个小门，直接通到校园里的小卖部，家属院连门卫都没有，可以自由出入。如果一个人看起来像老师，就可以畅通无阻地从小卖部进入校园。”

白雪的眼泪再次流下，她用双手捂着脸。

“目前为止，他们只是言语侵犯，你可以选择待在家里，不要理他们，有情况及时报警。如果你害怕，我建议你搬离小区，和亲戚住在一起。”

白雪长叹了一口气说：“我好歹也是名大学生，知道该怎么做。只不过听到那些话感觉很受伤。”

为了控制成本，滑城的各个小区里安装的监控系统只能展示画面，没有录音功能，不容易取证。我只能安抚白雪，不要因这些人的言语刺激而恐慌，要时刻保持冷静。

“知道了，夏队长。”白雪站起来对我鞠了一躬。

“遇到任何情况，随时打电话给我，最重要的是自己不慌乱。现在都什么时代了？法治时代！”我再次安抚这个可怜的女孩。

【3】

白雪离开之后，我再次打开苗青的日记，日记里的苗青每天都备受煎熬。如此肆无忌惮地伤害无辜之人，真是龌龊无耻之辈！我愤怒地合上本子。

苗青在日记里写：2006年李瑞跳河自杀，时隔8年，李瑞的父母向她索要钱财，认定她对李瑞的死负有不可推卸的责任，因为她当时是李瑞的班主任。她在德胜胡同五号时，总听到责问的声音："你凭什么还活着，你是他的班主任，他偷跑出学校，跳河自杀，难道你一点责任都没有吗？你这样活着还像人吗？"这些声音一遍遍在她耳边回响，把她折磨得要疯了。

2006年救援队打捞李瑞的尸体时，正好也打捞上来钱进的汽车，对此事我的印象颇深。我让包星联系李瑞父母核实情况。

不久，包星进来汇报："当年李瑞的尸体被打捞上来后，他父母和亲戚抬着尸体来到第二初级中学，让学校赔钱。学校不得已赔了3万块钱。之后，李瑞的父母和苗青没有通过话，也没见过面。李瑞父母说，苗青在当李瑞班主任时非常关心他。他们并不怨恨她，没有理由勒索她。"

包星说："我对这个案子越来越感兴趣了，它像我看过的一个香港电影。"

"苗青为什么不给李瑞的父母打电话核实？"一聪问。

"我也在想这个问题，应该是这些人伪装得太像李瑞父母了，一遍一遍地洗脑，让苗青相信那些声音正是来自李瑞的家人。”

李瑞的尸体在2006年被打捞上来后，苗青的好友反映苗青的精神状态不太好，有时候自言自语，或者说起话来前言不搭后语，有时候你跟她说话，她看着是在听，其实压根没听。好友陪伴了苗青一段时间，后来苗青恢复了正常。苗青也跟她讲过，在德胜胡同五号听到的那些侮辱、恐吓的话。好友劝她别往心里去，不要跟无聊、没素质的人一般见识，或者叫她骂几句出出气。

“嫌疑人是如何知道李瑞家情况的？他父母都在外地打工。”

“2006年11月29日，李瑞从学校走出消失后，他家人全城寻找，发了很多传单，里面有家庭信息。”

一聪和包星做出恍然大悟的表情。

苗青当时非常苦恼，但并没有丧失理智，她没有按照嫌疑人的指示去自杀，但每次去德胜胡同五号对她来说都十分煎熬。直到2014年11月30日，她听到嫌疑人让她当天晚上10点在四川火锅店北边瓜果市场里的垫子下放3万块钱，并承诺从此放过她，不再提旧事。瓜果市场最繁忙的时段是早晨和上午，下午几乎没人，晚上会有附近的小孩在里面练习舞狮，垫子用于保护他们。练习舞狮的孩子一般晚上8点30分就散了。

苗青按照他们的指示在垫子下放了3万块钱，第二天一早她去看，钱没有了，随之而来的是短暂的宁静。但到2014年12月5日，那些声音又开始在她耳边响起。她在日记里写了，也意识到自己受骗了，她想过报警，可是又没有证据，这些人只是说话，用手机录音的效果并不理想，需要详细解释才能把片段式的信息连贯起来。况且，连她丈夫白山都不相信她，警察会相信吗？她问母亲和保姆，她们都说没有听到过，这让她越发孤立无援，也越发崩溃。

2014 年 12 月 8 日，滑城教育局接到举报信，第二初级中学有乱收资料费的现象。教育局督导组即刻到学校展开调查，苗青是他们随机询问的六个班主任之一。问过话之后，苗青跳楼自杀了。这次问话成了彻底压垮她脆弱神经的那根稻草。

苗青日记里记录：白山还特意在德胜胡同五号待了一天，但什么也没有听到。白山怀疑苗青撒谎，她百口莫辩。她也到幸福里小区看过，小区很小，门卫如同摆设，一进去是一个没有绿化的小院，晚上亮灯的人家不多，但是小区里停满了汽车，甚至有好几十万甚至上百万的高档车。

“我们经过幸福里小区的时候，看见广告牌上写着浙江商会的单元和门牌号。”高老师说。幸福里小区聚集了不少浙江商人，有豪车实属正常。但这件案子和他们没关系，嫌疑人都是本地口音。

那天苗青从幸福里小区转过来，回到德胜胡同五号，刚走到院子里，听到那个熟悉的年轻女声：“怎么样，我们小区是不是不错？”她感到背后冷飕飕的，似乎总有人在盯着她，总有嘴巴辱骂她。

“走吧，别在这儿讨论了，我们去实地看看。”高老师情绪激动。

有时候，江洋大盗还比不上欺负妇幼的无耻之徒可恨。

“高老师你不用去了，我和包星去就行，你们在局里查一下白雪的舅舅买房之前，德胜胡同五号是谁住，他们现在在哪里。”

我让高老师喝杯茶去去心火。生气解决不了问题，抓到他们才是根本。

【4】

德胜胡同，我听人说过，胡同西侧的住户最有钱，临着白马路的门市也属于他们各家，这个地段房租可不便宜。

我在胡同里查了一下，西边总共五家，住宅加门市面积有一亩，有两家全部变成了门市。我父亲说过，20世纪90年代在这个地段买地，再把房子盖起来得一百多万。那可是天文数字，普通人家连想都不敢想，那都是当时滑城的有钱人才能住得起的。胡同东边有三家住户，尤其是胡同口这一家，得有两亩大，走到胡同底东户就是德胜胡同五号，大门敞着，我们站在门口往里一瞧，目测面积得有一亩。

我站门口喊人。包星按了门铃。

几分钟后，从屋里走出来一个30多岁的女性，她个子不高，微胖。

我亮了一下证件。

她问：“找我有什么事？我也没犯法。”

我笑了：“不是犯法的事，能进屋聊聊吗？”

她把我们请进屋里，盯着包星看，然后问道："你认不认识包连成？"

"太认识了。"包星笑着说，"那是我爹。"

"我说你怎么看着面熟呢？我和你父亲是同事，都在自来水厂上班。我叫成美丽。"

"美丽姐好。"

成美丽开玩笑说："你得喊姨。"

包星憨憨地笑着："你长得年轻。"

"这个院子什么时候买的？"我问。

"年前。我一直让中介帮我留意合适的院子。他年前联系我，我就来看了，一看就相中了，当即让他约卖家。

"卖家第二天下午就来了，我付钱、过户，三天就办完了手续。元宵节过后开始装修，也没怎么动，主要是厨房和卫生间。一个月后就搬进来了。"

"怎么了？"成美丽问我，"要不要把不动产证拿出来看看？"

"不用。你搬来之后，有没有发生异常的事情或者听到过什么？"

"为啥这么问？"

我把情况大致说了一下。

成美丽听完惋惜地摇着头说："因为这些自杀，不值得。"

苗青的遭遇打开痛苦的闸门，成美丽的过往和现实境况奔流而出。

2014年尾的一个上午，成美丽和中介来德胜胡同看的房，下午家里人凑齐了，又来了一趟。那天下午家人们在屋里，她一个人站在院子里，就听到楼上传来的一个年轻女人的声音，“那不是我们单位的同事吗？开个奥迪，跩跩的。”

成美丽开了一辆奥迪汽车，难免对号入座。那个声音很年轻，她想着人也应该比她年轻。她在单位里都是和同龄人交往，年轻人怎么说话她并不介意。不过，她又听到一个苍老的男声说：“张婉，都是同事，这样说人家不好。”那个张婉用调皮的语气说了一句：“随便说说，抱歉啊。”成美丽那时还觉得这个张婉挺可爱的。

年后，成美丽来装修房子，又一次听到了那个年轻女声的冷嘲热讽。成美丽跟装修工沟通的时候，她说：“哟，聊得怪投缘呀，是不是有一腿呀？”成美丽急忙往后站了站。她又嬉笑着说：“被说中了吧。”

成美丽非常气恼，到车上打电话问同事，单位里有没有个叫张婉的，同事说，有，不过干了两年就调走了。

成美丽不解，她没有见过张婉，更没有和她打过交道，怎么就得罪了她呢？她当时认为张婉就住在幸福里小区楼上。

后来只要成美丽一去，楼上总是传来各种冷嘲热讽，有时候说她穿的衣服不好看，有时候说她的身材和长相不好……成美丽非常生气，向同事打听了张婉的手机号，直接跟张婉联系，但是张婉说她现在在安州工作，并没有回过滑城。

成美丽想不通。他们冒充了张婉，但他们又是怎么知道自来水公司有个叫张婉的呢？连成美丽自己都不知道。

后来成美丽再去德胜胡同五号，又多了一个老年女性的声音，她们一唱一和，年轻的称老的为“婶子”。她们把目标转移到了成美丽家门口的泔水桶上。成美丽家正对着一个自助火锅店的后门，店主把泔水桶放在胡同里了。成美丽找老板让他挪走，他答应了，但是一直没挪。

从那之后，成美丽一来院子，刚下车就能听到她们自称火锅店老板的母亲和女儿辱骂她，说她多管闲事，说泔水桶就放在胡同里，看她能怎么样。一遍一遍，一天一天，让成美丽坚信，楼上的这一对母女就是自助火锅店老板的家人，她们为了开店方便，在幸福里小区居住。有一次，火锅店里的服务员到成美丽家拜访，出于礼貌，她忍着怒火，客气地应承，刚把人送走，就听到一个阴阳怪气的声音：“谁愿意上她家看呀，给她脸了。”

愤怒的成美丽向有关部门举报了胡同里的泔水桶。有关执法人员来后，火锅店老板站在成美丽家门口叫骂，一开始成美丽不认为是骂她的，毕竟她是合法维权。但是她听到窗外传来一句话：“瞧你㞞的，别人骂上门了都不敢出来。”成美丽就从屋里出来与之理论，并报了警。这意味着她的行动完全被楼上的嫌疑人操控着。

从那天开始楼上的嫌疑人就拿这件事做文章：“买这么大院子，以为是多高贵的人家，别人骂上门来就这么不了了之？应该给她打回去。”成美丽听后虽然很生气，但她告诫自己忍耐，不能再被她们操控了。

后来多了两个男声，内容更丰富了：一会儿说成美丽刚才给谁打电话了，一会儿说她在步行街的某品牌女装店买了一条500元的裤子。这些所谓的打过的电话、说过的话，她自己都忘记了，他们还在那里津津乐道地提着，断章取义开着黄腔。在他们口中，成美丽跟每个上她家来干活的男工人都睡过觉。成美丽怒了，站在院子里破口大骂，没有人回应。

成美丽很疑惑，她家的院子和幸福里小区相隔四五十米，她能听得这么清楚，他们一栋楼的住户听不到吗？为什么除了他们，没有其他人的声音？

成美丽的疑问促使我站起来走到窗户前，望着幸福里小区的一个个窗户。小区住户本来就少，除去浙商和上班的本地人，平时待在家里的人更少了。楼房的设计使得大多数居民的活动区域不在能听到嫌疑人声音的北侧，即使同在一栋楼，他们也可能对这些声音毫无察觉。

这些人甚至跟着成美丽到她婆家去。她婆家隔壁没有人住，成美丽一去，总是听到从隔壁传来不堪入耳的声音。她婆婆年龄大了耳背，只有她听到这些针对她的声音。成美丽想象着那些人嚣张至极、无所顾忌的丑恶嘴脸。有一次她鼓起勇气走过去，却没见一个人。这是一个城中村，没有监控，即使有，她又能以什么理由去查看呢？

成美丽痛苦至极，她忍不住跟她爱人说了。他竟然责怪她无论搬到哪里都能“幻听”，怕不是有精神病。他这么说，是因为成美丽在以前的小区也听到过这样的声音。当时成美丽也是站在门口破口大骂，也是无人回应。她丈夫认为她把他的脸都丢尽了。

“你爱人在哪里上班？”

“他代理了一个空调品牌，就在这条路上。”

“路林哲经理。”

“对，你们认识老路？”

“怎么会不认识？滑城名人。”

“夏队长你开玩笑了。”

“以前你们住的小区叫什么名字？”

“枫丹丽舍。是枫丹丽舍里面的别墅。”

“有钱人都住那样的房子。”

谈到枫丹丽舍，成美丽的表情再次凝重起来。在枫丹丽舍，她家东边有一条小溪，把别墅和楼房分开，尽管有所分隔，但距离还是很近的，大约五六十米。成美丽也总是听到东边楼上有人说难听、下流的话，他们不攻击路林哲，只攻击她。在枫丹丽舍，攻击她的是一个年老的女人和一对年轻男女，还有一个男孩。从枫丹丽舍到德胜胡同她都是只闻其声，未见其人。即使他们现身，她也不认不出来。

我问：“你们卖掉枫丹丽舍的房子是因为这些人吗？”

成美丽无奈地笑了。

“幸福里小区的两个男声，年轻的喊年长者‘叔’，自称是邻居。不过，我猜测他们和那两个女人是一家人。他们还声称知道我在枫丹丽舍的一些不堪回首的过往，比如我和路林哲经常吵架，路林哲经常打我，以及路林哲在外面养情人……”

成美丽不回避家丑，她坦言，路林哲确实在外面找过女人，但是这些人对相关细节知道得那么清楚，就匪夷所思了。他们还嚷嚷着要是成美丽想知道路林哲现在的情人是谁，在哪儿住，掏3万块钱信息费就行。

“你给了吗？”包星着急地问。

“我还没傻到那个地步。”成美丽笑了。

“除了这些，他们做过危害你人身安全的事吗？”我问。

“今年4月的一个晚上，8点多钟，下着雨，双流河旁的路灯非常昏暗，河的两侧都是围挡，正修路呢。我牵着女儿从那里经过，女儿非要到步行街买奶茶。你们也知道步行街不好停车，我把车停得很远。突然，一辆车在我们身后来了个急刹车，我吓了一激灵，差一点就撞到我们了。我恶狠狠地看向那辆车，那是一辆白色的车，没有车牌，那辆车像经常跟踪我的汽车。我真的害怕了，我死了没有关系，但我女儿还小。”

那天晚上，成美丽回到家，路林哲还没有回来。即使他在家，也无济于事，他只会认为她在编瞎话。除了受到路林哲的责骂，她得不到一点安慰。成美丽哄女儿入睡后，一个人躺在床上流泪。她当时特别愤怒也很痛苦。为什么是她？为什么她这样善良的人却总是摊上这样的事情？他们为什么会选择她？她和她的家人，包括路林哲和他的家人，都是滑城最普通的老百姓，和任何人无冤无仇。哭了半个晚上，成美丽想开了，既然这帮人伪装成不同的角色，费尽心机图财，那就随他们去吧，他们在她身上得不到一分钱。

成美丽能够及时调整自己、治愈自己，这是一个人在面对恶意时的优势。无论他们再说什么，成美丽都告诉自己要忍耐。这都两个月了，她也习惯了、麻木了，不觉得伤心了。

“你所经历的和苗青经历的完全一样，只不过你们性格不同，她更痛苦。”我说。

成美丽说：“怎么样才能不生气？把这些人当成会说话的蛆。怎么样才能不流泪？要明白流泪也没用，就流不出眼泪了。”

我们互相加了微信，我告诉成美丽保持联系。

她送我们到院子里。我看着满院郁郁葱葱的树，桃树上结满了核桃大小的桃子，小小的柿子点缀其中，开得正盛的石榴花和南边一整面墙上橘红色的凌霄花都很美。这一切确实令人羡慕。

我站在院子里打量着这栋三层别墅，问：“多大面积？”

“800 平方米。”

“这么大！”包星惊叹着，“刚才进客厅，就感觉像咱们新局九楼的会议室一般大。豪横！”包星赞叹着。

“表面风光，其实情况正相反，欠了一屁股债。”成美丽叹了一口气。

“对了，他们还把我家的家底都摸透了，说我家是这里三家中最穷的。”

我和包星都笑了：“赤裸裸的嫉妒。”

成美丽站在门口目送我们走出胡同。

“嫉妒得都发疯了。”包星说。

“这是犯罪，哪儿是嫉妒呀。说是嫉妒只是为了宽慰她。”

【5】

走到四川火锅店门口，包星请求在此解决晚饭。

我爽快地答应了，并让他在群里发信息让二队全员都过来，今天聚餐。

包星的这条信息立即得到热烈响应。李健第一个回复说自己马上到，一聪随后说自己已经在路上了。这俩“吃货”!

我跟高老师打电话，高老师客气地说：“还有你嫂子呢。”

我说：“不差这一晚上，陪陪我们吧，别陪嫂子了。”

高老师说：“那行，听夏队的。”

“等他们的工夫，我们到幸福里小区转转。”我对包星说。

我们顺着白马路东侧便道往南走 150 米到白马路和中州路的交叉口，再往东走 100 米就到了幸福里小区。一个 60 多岁的老头坐在门口，我们走过去，他只是看了一眼，并没有说话。小区院子里的情况和苗青日记里记载的一样。我们进了最西边的三单元，由于成美丽家的围墙遮挡，一楼和二楼看不清楚院子里的情况。在二楼到三楼的平台拐弯处，我们透过玻璃能看到她家院子的一角，看不到屋里。我们继续上楼，尝试从不同的角度观察。

一聪打来电话问我们在哪儿，我让他们先点菜，我们一会儿就到。

三个单元实验下来，数二单元视野最好，尤其是三楼到六楼。由于苗青和成美丽都住在一楼，再高一些的楼层反而看不清楚。

席间，我说："以后出现场，照这个速度绝对不会挨批评。"

"吃饭不积极，思想有问题。"一聪回应。

"夏队，你猜一下，苗青之前，这个房子是谁在住？"

"猜什么猜，我俩忙了一天了，你们两个要是连这都没查清楚，这顿饭你们请了。"

"陈鹏姐姐的公婆。"两个人抢着说，"滑城名人郑新中。"

陈鹏是刑警队一队的。

饭后已近 10 点，我回到五星村，刚停好车，就看到一个熟悉的身影——柴丽。她迎上来。我没有停下，径直回家。

"夏队长，我这么让你讨厌？"

"没有。"我冷漠地说，"你是在等人吧？"

"我等的人已经来了。"

我疑惑地看向她。

"是你。可以聊聊吗？"

"这个地方要拆迁了。"柴丽望着标志性的电厂凉水塔说。我没有回应。她接着说："估计一个月后就动工了。"

"到时候电厂会变成一条热闹的商业街，五星村也会旧貌换新颜。利和曾跟我说过，很多五星村村民舍不得这里，他们出生在此，长大进了电厂，一辈子在这个三平方千米的地方生活，他们习惯了这里的一切。利和一直在寻找合适的开发商，想让村民们称心如意，可哪个商人投资是为了做慈善呢？何况他想要的完美改造是每一家都能保留院子。”

柴丽不说，我实在想不到刘利和这样的商人有此“恋土情结”，他心中的乌托邦，要想在这个年代实现，确实困难重重。

“‘夜色难免黑凉，前行必有曙光’，西纸厂人等了20多年不也等到了吗？你看在西纸厂旧址上建好的餐厅，餐厅门口不照样保留了‘西纸厂1960’的招牌，还有‘工业学大庆’等各式标语，以及标志性的红砖……时代遗留和新的发展可以完美融合。”

“工业废墟活了起来。”我动容地说。

“是啊，西纸厂如此，电厂和五星村的改造一样会做到保留其历史，同时也能开创未来。”柴丽憧憬着。

“利和死了。我把他赠予我的滑城宏运建筑公司的股份转给了刘利民，刘利民也像他哥哥一样深爱五星村。上天眷顾，利和在天护佑，一个闽商看好这个项目，终于启动了改造的列车。”

“谢谢你！”我真诚地说。

“有什么可谢的，那个闽商是我孩子的父亲。我只希望能做一些事，我父亲曾经是西纸厂的工人，我也是工人子女，工业废墟重生，我也能慢慢找回当初的幸福。”柴丽淡淡地说。

我不知道该如何评价柴丽。如果她穿越到滑城的前世，也就是两千多年前的卫国，她肯定是一个快意恩仇的女侠。

【6】

当晚，我并没有回家，而是走到了电厂门口，仿佛看到了20 多年前在这里开心玩耍的少年。我多想问问他，你还认识我吗？你放心吧，物欲裹挟下，我还保持着初心。我又走到卫河外的城墙上，微风送来了清新好闻的河水味儿。曾经，我们不敢去卫河边，西纸厂的生产污水源源不断地排进卫河，那个时候的河水又黑又臭，谁会想着保护卫河，保护我们赖以生存的环境呢？

我边走边自言自语："变吧，变吧，环境会变得越来越好，生活会像这空气一样香甜。"我的独白让一个路过的中年男人回头久久地盯着我，在他的眼里我或许是一个精神病人。

我参加工作之前，一直是个涉世未深的青年，没有用心感受过这座城市的变化。1997 年参加工作后，在这将近 20 年的日与夜中，我见证了滑城的变化和发展。从粗放型的经济模式到如今的战略性发展布局。城市大了、美了，人民富了，我更热爱它了。此刻，滑城的夜色让我无比迷醉。

"爱这座城，护这方民。"这是我作为滑城警察的信仰。我无法用言语表达，但我这颗心是诚挚的。

刑警生涯让我习惯了不断响起的手机，我一会儿一看，生怕漏掉了什么。成美丽刚刚发来微信消息，说我们刚走，楼上又有人吆喝："警察来了也不怕。"听声音像是那个年轻男人。她走到院子里坐了一会儿，没有人继续说话了。她进屋后，那个年轻男人又喊："没有证据，警察也抓不到人。"

这是挑衅！

两周前，成美丽买了个高清、能听到声音的监控，安在自家二楼，能够监控到幸福里小区院里的情况。她把视频发给我，院子里只有门卫在溜达，但清楚地听到了来自楼上的声音。

我给陈鹏发微信："如此月朗风清良夜，散步正相宜。"刚发过去，陈鹏回信："哥，你在哪儿？我去找你。"我告诉他我在卫河桥上等他。

我在桥上的台阶上坐着，一会儿陈鹏的车来到我跟前。他走过来说："哥，今天这么有诗意。"

"你姐夫郑理想，他们一家什么时候从贾峪镇搬到县城的？"

陈鹏疑惑地看着我。我发现自己连个铺垫都没有，连忙说明白雪报案的事情和成美丽的处境。

"我确实知道一些。我姐夫家的情况不用我介绍吧。"

"不用。"

郑氏家族，谁人不知，那可是本城的名门。"看骨科哪里去，郑氏骨科欢迎你"，路边的广告牌、滑城的电视频道上经常出现郑氏骨科的广告。郑理想的曾祖父本是一名中医，有独门秘药——郑氏黑膏药。据说用几十种中药熬制而成，风湿、跌打损伤，以及滑膜炎等，贴两贴就能缓解疼痛。解决了疼痛难题的百姓口口相传，使其成为滑城代表性品牌。郑理想的祖父继承了父亲衣钵，又在郑州等大城市进修了西医的骨科，在老家贾峪镇建了一个小医院，那些贴膏药治不了的骨科疾病，手术刀能治好。被他治好的病人不计其数，人们奔走相告，他的名气远播至安州、新乡、郑州等地。他慢慢扩大了医院规模，又高薪聘请了多位骨科专家。

到了郑理想的父亲郑新中这一辈，他的两个兄弟在其他城市建医院，而他作为家中长子则坚守滑城，在滑城人民医院旁建了个郑氏骨科医院。

坊间有一个传闻：郑新中刚在县城建医院的时候，每周都要回贾峪镇的医院坐诊，平时都有专车接送。一天，司机家里有事，他临时坐公交车回贾峪镇，在车上对售票员一见钟情，那个美丽的售票员抛夫弃女，郑新中也跟原配离了婚，两人组建了新家庭，生下一儿一女，儿子就是陈鹏的姐夫 —— 郑理想。

【7】

陈鹏坦言：德胜胡同五号的房子是 2002 年建的，那时候南面还是一片空地。2003 年年底，他姐姐嫁过去，郑新中给他们另买了一套房子。至于幸福里小区的开发，他记得是在 2004 年或 2005 年伊始。

“2005 年。今天下午，我在幸福里小区看到楼房外墙上的石头上刻着‘建于 2005 年 4 月，竣工于 2006 年 5 月’。”我说。

郑理想的妹妹叫郑理会，她是 2006 年国庆节结的婚。她和陈鹏同岁，以前郑新中还开玩笑，“要不亲上加亲，你们两个结婚得了”。但是郑理会看不上陈鹏。郑氏家族的人，无论男女，一生下来就可以分医院的红利。郑理会嫁给了郑新中的同乡杨胜轩的儿子杨洋。

我听说过杨胜轩，他是县里的政协委员，在山西做煤炭生意。

郑理会婚后跟着婆家去了山西。2007年春节前，她随婆家人回到滑城。在外边做生意的滑城人，无论多么风光，都喜欢回滑城过春节，衣锦不还乡，岂不是“锦衣夜行”。

那一年杨洋春节前同学聚会，喝了点酒，聚完之后他们觉得不尽兴，又去了滑城最豪华的歌厅——“明珠”，这里不仅能唱歌，楼上还有住宿的房间。

陈鹏说：“杨洋跟我说，他一觉醒来发现旁边躺了个赤身裸体的女人。他喝断片了，怎么也想不起来。那个女人说昨天晚上杨洋强奸了她，叫杨洋看着给钱。杨洋问她要多少，女人狮子大开口，要5万。杨洋毕竟上过大学，他知道自己是被人算计了，假意说手里没有这么多钱，让女人等一会儿，他给同学打电话让送钱过来。”

杨洋的同学就住在隔壁房间，同学进来之后也是一脸蒙。昨天他们喝醉了，让服务员开了房就睡觉了，其他什么都不记得了。女人说她是“明珠”的陪唱，见杨洋不愿意给钱，她把经理叫来了，嚷着要报警。经理在中间调和，说杨洋也喝醉了，不知道会发生这样的事，还是私了吧。

杨洋不愿意这样不明不白地掏钱，让经理查监控，监控显示女人从歌房把他扶上来，进屋之后就没有出去。杨洋据理力争说是她自己上来的，凭什么说成强奸。女人说自己是看他醉成那样才扶他，本来是一片好意，谁知道会出这样的事情。

杨洋不服气，既然是强奸，女人身上应该有伤痕。女人一下子拉开衣服，露出乳房上的红痕，并拿出包里的卫生纸，说这上面有杨洋的精液。杨洋立刻给杨胜轩打电话，杨胜轩一听就猜出是怎么回事，说你进了别人的圈套，只能给钱，就算有理也说不清，大过年的实在是晦气。杨洋最终给了女人 5 万块钱。

事后杨洋想了想，郑理会说他在酒精的作用下，根本无法完成那夜的行为。但待杨洋再去“明珠”，女人已经离开了。经理说女人回东北老家了。陈鹏后来查了，女人留下的信息都是假的。这一切就像一场噩梦，醒来后了无痕迹。

这件事杨洋没敢跟郑理会说，但是郑理会还是知道了。有人把杨洋和那东北女人的裸照扔进了郑新中家的院子里。

“从哪个位置扔的？”我问。

“幸福里小区挨着德胜胡同五号南边围墙是一排车库，西边还空出一部分。看照片散落的位置应该是从那儿扔的。”

“什么时间扔的？”

“2008 年正月二十。”

“年前发生的事，为什么他们要等这么久才扔照片？”

“因为理会他们计划正月二十一回山西。”

我没有说话。

“夏队，这些人知道理会出发的日子并不稀奇，在德胜胡同五号里，只要开着窗户，声音大一点，或者在院子里说话，他们都能听得到。”

我叹息着想：你无心，别人有意，你说过的话自己都忘了，别人却筹谋着利用这一切害你。

他们掐准时间扔照片，其实是想把郑理会留住。扔得早了，怕他们夫妻生过气之后和解了。

【8】

2008年正月，郑理会没有跟杨洋回山西，杨胜轩跟郑新中向她一遍一遍地解释。郑新中饱经世故，他能明白，但是自小被宠成公主的郑理会受到了莫大的伤害，软硬不吃。她看到照片之后有好几天不吃不喝，躺在床上以泪洗面。杨洋无计可施，只好带着他们几个月大的儿子离开。

就是从郑理会留下来的那一天起，她成了别人砧板上的鱼肉。在郑理会最痛苦的时候，她接到了一个电话。

“什么电话？”我问。

“她说听声音是一个年轻男人，称自己充错了话费。”

当时郑理会没好气地回过去：“充错了说明你傻。”嫌疑人知道郑理会的手机号码也很正常，要么在楼上听到的，要么向别人打听的。

然而，她的怒气很快被后悔取代，自责为什么把气撒到陌生的、无辜的人身上。不久，她收到一条短信：“充错了就充错了，至于发这么大脾气吗？看来你心情不好啊，别生气了。”

此后，两人开始聊天，郑理会惊奇地发现他们竟然有共同的爱好和兴趣。郑理会后来跟陈鹏说，如果当时理智一点、清醒一点，就会发现他说的每一句话都是刻意迎合 —— 他们竟然毕业于同一所高中，都还记得那个又矮又胖，戴一副超大眼镜，无比凶悍的女教导主任。也都记得那个女教导主任夏天爱穿一条超长的裙子，走路的时候，他们总担心她会把自己绊倒。后来，郑理会和他见了面。

“你们真是高中校友吗？”

“肯定不是。按照理会的家庭，光猜就知道她在哪儿上的高中。那些人既然有意设套，稍微打听一下，收获的信息就足够糊弄人的了。”陈鹏叹了一口气。

郑理会说，那个男人看起来 30 岁出头，身高 1.8 米左右，有点黑，瘦瘦的，单眼皮，眼睛里总是闪烁着善意的光芒，留了一圈络腮胡子，特别有男人味。男人说自己回到滑城之后一直待业，回滑城之前在深圳的一家珠宝公司搞设计。第一次见面他便送给郑理会一条自己设计的手链。

“手链还在吗？”我着急地问。

“不在了。他后来说手链有些地方微调一下会更完美，又跟理会要回去了。”

“他叫什么？家在哪里住？”我问陈鹏。

“他跟理会说叫庄崖，家是桑村的。信息都是假的，我后来核实了。”

“有庄崖的照片吗？”

“人家是有备而来的。”陈鹏摇头，“他们见了几次面，吃了几次饭之后，庄崖说他爱上了理会，不想再去深圳或别处了，想留在滑城开一个金店，但是手里钱不够。

“第一次说到开金店，庄崖并没有开口借钱。理会虽然单纯，但在她的观念里，男人不应该找女人借钱。

“庄崖第二次谈到开金店的时候跟理会借钱了。当时理会的内心应该是矛盾的，她很犹豫，想借钱给庄崖又拿不定主意。她打电话给我姐，说有钱的男人靠不住，想找个普通人一起奋斗。我姐姐说男人有钱没钱都靠不住，重要的是你自己得有钱。我姐劝她赶快回山西，儿子这么小，杨洋真不是那种人。一谈到这个话题，理会就很激动，她们在电话里争执起来，理会愤怒地挂了电话。

“庄崖第三次、第四次跟理会借钱的时候，理会都糊弄过去了，不说借也不说不借。

“理会说从庄崖第四次借钱开始，只要在德胜胡同五号，总会听到一个老年女声说‘长得漂亮有什么用，男人不照样唱个歌就跟其他女人睡在一起’或者‘光兴男人在外面找，就不兴女人找了，想开点，该找就找一个，这样才公平’……”

郑理会听到的声音不算大，但是足够让她听到，她到处找到处看，都没有人影。郑理会每天都会听到这样的话，蛊惑她出去找男人，甚至有时候侮辱她，“别以为家庭条件好就高人一等，脱光了和其他女人一样”。被这种声音包围的郑理会产生了幻觉，就算不在家里耳边也会响起这样的声音。她感觉自己真要疯了，但又不敢问母亲，因为父母一直催她回山西。

郑理会感到无助和痛苦，她跟庄崖打电话，庄崖说在安州办事，得过几天才回来。后来她才恍然，庄崖就在幸福里小区楼上，注视着她这个待宰的羔羊。但是彼时的郑理会焦躁地等着，盼着庄崖回来。7天后，度日如年的她等到了庄崖。她向庄崖诉说着自己的烦恼，庄崖温柔地看着她，不厌其烦地哄她。她看着眼前的男人是那么体贴和善解人意。那一晚，她要庄崖和她一起住在宾馆，庄崖拒绝了，说他们还没到那一步，但在郑理会的坚持下，他最终同意留下。分开的时候，庄崖告诉她自己还得去安州，她问是因为什么事，庄崖告诉她安州有一个珠宝公司，他想到那里再考察一下。她问庄崖开店还差多少钱，庄崖不好意思地说钱的问题自己会解决。她再次追问，庄崖才说需要20万。

那天郑理会转给庄崖20万块钱。

"你查账户了吗？"我问陈鹏。

"查了，是城关镇一个妇女的，她说身份证丢过。当年他们并没有在滑城取钱。"

郑理会准备给庄崖的新店搞个开店剪彩，被庄崖果断地拒绝，理由是不想再让郑理会花钱了。郑理会还认为自己找了个好男友，其实庄崖只是在别人的金店当销售。

为了支持庄崖，郑理会发动亲友到庄崖的金店买首饰。庄崖说几天后店里会出新款式，还拿出图片像模像样地介绍，亲戚给了庄崖5万块钱。

第二天，亲戚打电话给郑理会，说打听到金店的老板是东小庄的谢木。郑理会不相信，亲戚把谢木叫来了，她们到金店里，却发现庄崖没来上班，郑理会也联系不上他了，亲戚报了警。虽然桑村确实有个庄崖，但是真正的庄崖在家里卖水泥，他也不认识金店里冒充他的人。郑理会把钱赔给亲戚，并恳求他们不要声张。

“如果是现在，这个案件处理起来会简单得多，手机号码实名制了。”我说。

“现在女孩被骗色、骗财的还少吗？”陈鹏说，“但起码能很快追踪到嫌疑人。”

科技的进步改变了生活，也改变了犯罪方式。居住在幸福里小区的嫌疑人现在不敢打电话、发短信了，而是靠喊。这种手机发明之前的古朴联络方式，反而让人无计可施。

2008 年，德胜胡同五号院子里再次出现了照片，这次是郑理会和庄崖的床照。那天只有郑理会一个人在家，这显然是谋划好的。

陈鹏突然问我：“现在他们在幸福里楼上喊，小区里其他住户听不到吗？”

“他们的喊声断断续续，喊一句，停了，过一会儿再喊一句。嫌疑人跟踪德胜胡同五号院子里的女人，只有被跟踪者清楚他们说的一切，别人即使听见也连不到一起，而且幸福里小区临着两条人流量大的马路，不知情的人还以为他们在对路上的行人喊。”

【9】

2008 年 3 月 29 日，郑理会在看到自己和庄崖的床照后，手机突然响了。庄崖打电话跟她要钱，威胁说如果不给钱，就把照片寄到山西。郑理会破口大骂，庄崖并没有回击，只是劝她面对现实。郑理会问给了钱之后你还想干什么。庄崖保证这是最后一次。郑理会对庄崖的话表示怀疑，庄崖则冷淡地回应，随她信不信。

当天晚上郑理会躺在床上辗转难眠。砰！她听到了东西打在玻璃上的响声。她很害怕，怕庄崖找上门来。后来她心一横打开灯，在卧室的二楼玻璃上发现了一个孔洞。她走到二楼阳台上，往院子里看，只有静默的树；往幸福里小区看，一切都在沉睡。她不放心地跑到一楼，听到父母发出的鼾声，又返回二楼寻找那颗钢珠。

“钢珠还在吗？”我问。

“理会给我了。我在 2009 年郑州市公安局刚建立 DNA 实验室[1]的时候就带着它到郑州，提取脱落细胞做 DNA 检测，比对之后发现不是前科人员的。现在它还在我家里放着，我相信总有一天会找到他。”

庄崖发短信问郑理会：“刺激吗？你不给钱，下次打的就不是玻璃，而是你母亲了。听说你最爱的人是你儿子和母亲。”这

1　生物信息检测实验室。

些是郑理会曾经说给他听的话。

郑理会答应了，这次她要庄崖亲自来拿钱。郑理会把交钱地点定在了公安局门口。她洋洋自得地等在那里时，母亲张玲花突然打电话让她快回家，说有人在胡同里捡到了她那些不堪入目的照片。

郑理会蒙了，还没等反应过来，庄崖的电话就打来了：“怎么样？你邻居都看到你的好身材了。不要再搞这种幼稚的把戏了，15 万块钱，打在原先的账户上。”

郑理会只好乖乖地把钱打过去。回到家里，她向张玲花哭诉自己的遭遇。张玲花也哭了，说咱娘俩怎么都这么傻呢。郑理会当时不明白张玲花说这话的意思，后来才知道，自己母亲也上了当。张玲花叮嘱她不要再提此事，以郑新中的暴脾气，能把天捅个窟窿。张玲花叫郑理会尽快回山西，一家人好好过日子。

整理行李时，郑理会的手机响了，来电显示是个陌生号码。她接通后，庄崖阴森森地在电话里威胁她，想走没那么容易。

“偏走！看你能怎么样，大不了和你同归于尽！”郑理会疯狂地喊着。随后杨洋转发来庄崖的彩信，附言说“离婚是唯一的出路”。

杨洋不接电话，不听郑理会解释。杨洋的父母也很生气。这个时候郑理会才想到陈鹏，她说：“反正什么都没有了，也不在乎别人怎么看了。这事必须报警！”

陈鹏着手调查，把在金店提取到的庄崖的指纹放到数据库比对，他不是前科人员。幸福里小区也没有监控，他蹲守一个月没有见到庄崖。小区里的住户也反映没见过此人。他推断庄崖诈骗郑理会时进行了伪装，现在已经转移了。他偶然得知一个同事的战友住在幸福里小区，就托同事联系，这个战友叫谢建军，应该还住在幸福里小区，因为楼底下的电动车店是他开的。

今天我们去幸福里小区时，路过了那个电动车店。陈鹏介绍说："幸福里小区没有物业，谢建军负责小区里的杂务，是个正直热心的人。"

"2008年你找谢建军查出了什么吗？"我问。

"谢建军说他天天在店里忙，没有注意。他妻子身体不太好，待在家里的时候多，他让她留意了一下。"

苗青的日记里提到过谢建军。她说有一天谢建军听到了他们说话，就到她母亲家来了，来时搬了一箱苹果，说了几句感谢的话就走了。白山说谢建军陪妻子去中医院看病，是他帮忙安排的。从那之后，苗青经常听到那些声音提起谢建军的名字，说他和她有不正当的男女关系。她想问问谢建军听到过没，又觉得难以启齿。

2008年5月中旬，谢建军回复陈鹏，他妻子在家听到了一些支离破碎的话语，似乎是有人在对白马路和中州路上的过往行人评头论足。小区里有些人家闲着没事，喜欢对着熙熙攘攘的路口指指点点。

"哪一户人家喜欢这样做？"我问。

"谢建军说是三单元五楼东户。我去调查过，那一家是一对老夫妻带着两个孙子生活，儿子儿媳在外地做生意，和理会说的情况不符。”

2008年5月24日，陈鹏和郑理会在双流河岸上坐着，面对夜色中狰狞的河水，陈鹏让郑理会“跳河”。郑理会当时吓了一跳，她不是没想过，但是舍不得儿子。陈鹏说不要害怕，是假跳河，看看杨洋是不是还爱她，如果不爱那就算了。郑理会是受害者，这件事他接受是情分，不接受是本分。郑理会痛哭着，她现在终于理解杨洋了，他当时极力解释，自己就是不信，不被理解是真的痛苦。

陈鹏拉着郑理会的手，让她泡在河里并把头发打湿，然后慌张地给自己姐姐打电话。她姐姐和姐夫急急忙忙赶过来。当时郑理会呆坐在地上，像傻了一样，陈鹏的姐姐抱着她，让她一定要想开。我相信那一刻郑理会绝对不是演的。

郑理想给杨洋打电话，杨洋连夜从山西赶了回来。从那之后，郑理会就没有再回过滑城。郑新中和张玲花想她的时候会去山西看她。

我站了起来，陈鹏也起身，我们沿着卫河散步。

“郑新中的妻子张玲花经历了什么？”

“这个我帮不了你，我不知道具体细节。”

我们转过来，走到陈鹏的车前。“不早了，回吧。”我对陈鹏说。

【10】

新公安局办公大楼坐落在老城和新城的交界处，地理位置优越，硬件设施先进。时代的发展让刑侦工作也从人海战术转向了科技支持。无人机侦查，家系查询，手机定位，遍布城市角落的摄像头…… 这些都让案件的侦查变得快捷。但犯罪手段同样在变，犯罪的职业化、产业化、链条化，也给我们带来了新的挑战。

我们二队的办公室在视野开阔的九楼。

白雪给包星发微信。昨晚 9 点，她听到有人在楼底下说："别学了，白山快娶新老婆了，他这会儿在约会，要不然怎么还没有回家。你一个人在家注意点啊。"最后一句是威胁的口吻，是那个年轻男人的声音。

"这些人真是无法无天！"高老师说，"一天天地追着别人骚扰。"

幸福里小区和德胜胡同归金牛社区管。金牛社区的主任是高老师的邻居。既然谢建军负责幸福里小区的日常事务，那么他应该和社区主任熟悉。

我安排一聪和李健到书香苑查看白雪家楼下的监控。

成美丽发来微信："今天早晨 7 点 30 分，她送儿子上学，走到院子里，幸福里小区楼上传来一句，'骑电动车可得小心点，别一出门被车撞死了'！"是那个老年女性的声音。

别说这些女性受害者，连我一个男人天天听到这些，都会焦虑、暴躁。

我让包星留在办公室，分析一下成美丽、白雪的笔录和苗青日记里的记载，尝试找出施暴者的语言习惯。

我和高老师来到金牛社区，社区主任说接到高老师的电话就联系谢建军了，他一会儿就到。话音刚落，谢建军走了进来，他看到我们，又看看社区主任。

“这两位是咱公安局刑警队的同志，找你了解一些情况。”

谢建军笑了笑，坐在离门口不远的椅子上看着我们。

“幸福里小区现在有多少住户？”我问。

“20 多户。”

“二单元呢？”

“常住的有 8 户。”

“都分别在几层？”

他想了想，掰着手指头说：“一楼 2 户，三楼 2 户，四楼 1 户，五楼 1 户，七楼 1 户，九楼 1 户。”

“二单元有不在小区住，但经常来的住户吗？”

“有，六楼西户的老赵。他每天下午 1 点带着人来打麻将，到 5 点就散了。”

我把大概情况跟谢建军说了一下。他说几年前警察找过他，他让老婆在家留意了，但最终确认是无中生有。

谢建军坦言：“这几年的滑城一年一个样，尤其是新城建了很多小区，绿化、物业、学校等配套也都发展起来。幸福里小区不大，除了停车，连种树的地方都没有，又临两条主路，以前买的理由是位置好、繁华，现在嫌弃的理由是太吵。小区的住户纷纷搬走，大多数房子被出租，也有卖的。夏队长，你问我哪一户有人住，我能跟你说个八九不离十，但是这些家庭具体都是干啥的，不是老住户的话，我说不上来。”

我们都笑了。

“拣你知道的说。”社区主任说。

“二单元一楼东户的老赵你见过，他是门卫，从幸福里小区建成就住在这里，平时家里就老两口，儿子儿媳在城关上班，周六、周日会领着孩子回来，吃完饭就走。一楼西户这家我可以给你们打包票，绝对不是嫌疑人，两口子 50 多岁，在幸福里小区对面东关菜市场卖菜，起早贪黑的，一整天不着家。三楼东户，男的在宗店乡邮政储蓄银行上班，早走晚归。女的在城关镇小学上班，家里有一个男孩，7 岁左右，跟着他妈妈上学，他们搬来有三四年了。三楼西户是一对 70 多岁的夫妻，闺女们为了照顾方便，给他们在幸福里小区租了房子，也住了好多年了。四楼东户是一个驼背的老头，姓张，60 多岁，他也是小区建成就住在这里。他很少下楼，头几年见过他老伴，这几年很少见，可能是因为我忙，所以没碰到。五楼西户，女的 50 来岁，在步行街卖衣服，男的偶尔到店里帮忙，平时主要在家做饭，打扫卫生，给儿子接送孩子，儿子没跟他们同住。七楼东户是一对年轻夫妻，去年才搬来，他们有个还抱在怀里的孩子，至于他们是干什么工作的，我不知道。九楼是来滑城经商的浙江人，中州路和白马路交叉口往南 300 米是他的蛋糕店，开了 20 多年了，想必你们去买过蛋糕吧。”

“谢谢！”我由衷地表达谢意。

“夏队长，你不说我真没当回事。我们小区有些人素质确实不高，这个我最有体会。小区没有物业，很多杂务都是我在负责，我也是无偿劳动，毕竟我当过兵，而且打算在这里长住。有些住户我收个垃圾清理费都得上门好几趟。有些人说话嘴上没个把门的，即使听到也不能当真。”

谢建军的看法代表了幸福里小区大多数住户的看法。那些让郑理会痛不欲生并且失去钱财的言语，那些把苗青逼上绝路的话，不过是不能当真的闲言碎语。

谢建军店里还忙着，他先走了，让我有事给他打电话。

【11】

“这些人天天这么折腾，真想把老祖宗发明的酷刑都用在他们身上。”几十年的刑警生涯让高老师见惯了血腥和残酷，但这般无底线、无休止的慢性折磨还是头一次见到。

有时，真正的折磨并非一次沉痛的打击，而是鞋里那颗把脚磨得血肉模糊的沙砾。好脾气的高老师被这个案子激怒了。

“现在不比从前，县城里安装的摄像头越来越多，就冲他们找事的下作手段，除了故弄玄虚，他们也不敢乱来了。”

“但愿吧。”高老师回应。

公安局办公室。包星汇报说白雪要到郑州去了。另外，他分析了这些男男女女在侮辱人时说的话，其中说得最多的一句话是：她又在勾引人。

“这说明了什么？说明他们的文化水平不高。”高老师说，“他们当中也有女人，攻击其他女人的时候满嘴都是裤腰带以下的事情，真是卑劣！”

我把幸福里小区二单元住户的情况说了一遍，然后总结：“这些声音转瞬即逝，即使录下来，找到嫌疑人，他们也会极力否认——关键在于取证。”

“嫌疑人也预料到了这种情况，所以才会如此嚣张。”包星说。

2009 年，白雪的舅舅买下了德胜胡同五号。2010 年到 2013 年间，苗青的母亲身体尚可，她每周去看望母亲两三次。2014 年 2 月开始，苗青常住德胜胡同五号，噩梦开始了。嫌疑人日复一日地造谣、跟踪、制造恐慌，导致苗青精神恍惚，陷入抑郁。嫌疑人总共从苗青身上骗取了 3 万块钱。

高老师和段法医昨天约了白山吃饭，段法医和白山是校友，两人私交甚好。白山说他并不是不相信苗青，而是认为以他们的身份和地位，不能跟这样的跳梁小丑一般见识，最聪明的办法是不理不睬，保持警惕。他多次跟苗青沟通，可能是性格原因——或许天生喜欢读书写作的苗青就是比平常人更敏感，但苗青自杀是他始料不及的。白山一直想让白雪到舅舅家暂住，白雪不愿意。他准备把书香苑的房子卖掉，给白雪在郑州付一个首付。

一聪走进来说："昨晚 9 点，白雪家楼下有一个年轻女人经过。这是视频。"一聪把视频投放在大屏幕上。

女人目测不到 30 岁，身高 1.6 米左右，身材苗条，披散着及肩的直发。她右手拿着手机，左边头发拢在耳后露出了耳机。

白雪听到的是男人的声音，现场出现的却是女人。

我推测：如果她是嫌疑人的话，那么耳机可能是用来伪装的，手机里播放的是事先录好的语音。如此处心积虑，即使有人听见，也不会怀疑是她。

正想着。"振乾！"王局长站在门口叫我。

我从办公室里出来。王局长指着他旁边那个 40 多岁、身材普通的男人介绍说："这是中医院的白院长。"

"你好，白院长。"我伸出手来。

"夏队长果然一表人才！"白院长握着我的手朗声笑着，"和小女描述的一样，一看就是警界精英。"

"谬赞了。"我窘迫地笑了。

"白雪去郑州了。她嘱咐我见一下夏队长。"白山的笑容收敛了，"还是我妻子自杀之事。"

"白院长，你放心，你也可以转告白雪，我们定会追查到底。"我坚定地说。

"谢谢！"白山郑重地说道，转头对着王局长也说了声谢谢。

王局长示意我回办公室继续工作。

我把在书香苑查到的女人的照片发给谢建军，请他辨认此人是不是幸福里小区的住户。

【12】

李健从他的抽屉里拿出一袋馍干，咔嚓咔嚓吃着说：“跑了一上午，饿死了。”

“到饭点了。”一聪响应着，“队长，咱去吃饭吧。”

“好，走吧。”我们一行人来到局食堂。

“不赖呀。今天中午吃凉面条。”我盛了一大碗面条。没有人说话，都是吸溜面条的声音。吃面条的最高境界是吸溜进肚，省了咀嚼的过程。

一碗下肚，包星才说了一声舒坦。

“唯一的不足是荆芥放得少。”高老师提意见。

荆芥也不是全河南都有。去年我去济源市出差，到饭店吃饭，让老板做凉面条，特意嘱咐放荆芥。饭店老板一头雾水，根本不知道我说的是个啥。

“它的味道也不是人人都喜欢。”一聪说，“我妹妹就不喜欢吃。”

“矫情！”包星批判。

“我妹妹不仅不爱吃荆芥，还不喜欢吃香菜。”一聪继续说。

包星很无奈：“那她吃面还有什么乐趣？我是夏吃荆芥，冬吃香菜，其味无穷。”说完还夸张地吧唧着嘴。

“你妹妹有没有男朋友？”高老师说，“把她介绍给包星。”

“高老师！”包星夸张地叫了一声。已过而立之年的包星沉醉于工作，每次抽出时间去相亲，总回复父母说自己还没遇见灵魂碰撞出火花的女人。

“别害怕，我妹妹有男朋友，比你高，比你帅。你这条件，还不够格呢。”

“兄弟，你怎么还开始人身攻击了，要不要和我出去练练？”包星装腔作势。

“不了，包哥，小的怕了。”一聪秒㞞。

“瞧你这㞞样！”我故作嫌弃。

“队长，你这是唯恐咱队不乱。”李健凑热闹。

回到九楼办公室。谢建军的回复来了：“看着面熟，像二单元七楼那个女的。”

我让包星调出女人的户籍信息。

“王玉，女，汉族，未婚。”包星一边在公安系统里查找信息一边说，“1987年7月15出生，柳树镇王家庄人。家庭成员包括父母和两个哥哥。”

谢建军说他到王玉家收垃圾处理费的时候，见到过和王玉一起生活的男人，具体叫什么他不知道，看着比王玉年龄大，当时男人怀里抱着个七八个月大的小孩，从打扮上看是个女婴。

我打电话给柳树镇派出所，让他们打听一下王玉的婚姻状况。

结过婚不一定做了婚姻登记，但很有可能会在老家摆酒席。如果王玉夫妻是嫌疑人，她不去领结婚证肯定是刻意为之。

【13】

2015年6月13日中午12点35分，我的手机响了，是成美丽打来的，她在电话那头崩溃地说，路林哲被钢珠枪打伤了，现在在人民医院做手术。我震惊得一下子站了起来，随即问她路林哲的情况，她说医生根据钢珠射中的位置判断可能有肠穿孔，好在没有生命危险。我问她报案了没有，她说警察去过了。我表示马上去医院看看，成美丽却说医院有亲属守着，她想见见我，已经到公安局门口了。

等成美丽的工夫，我询问技术中心得知，案发地在创业路南段的金兰名府一期七号楼前，路林哲是从背后中枪的，他们推测凶手可能藏在七号楼对面的六号楼。王局长安排钱队去勘查现场，现在还在现场。

我跟王局长汇报过德胜胡同五号现住户成美丽的遭遇和苗青相似，并提出嫌疑人可能会把路林哲当成目标。当时王局长还点头了。本该我带队勘查现场，接手案件。

成美丽在我对面的黑色沙发上坐着，红肿的眼睛无力地看着我。

"路林哲去金兰名府干啥？"

"魏翔在那里的七号楼施工。他打电话到店里说钻头坏了，让送一个过去。"

我心中一动，魏翔，不就是张薇荣的丈夫吗？

"是魏翔特别指定路林哲去的吗？"

“应该没有。”成美丽想了想说，“我不知道。林哲打电话让我去送。当时都11点10分了，我该去接小宝了，就拒绝了。我对他说，整天见你忙，也没见着钱，我不去。”

“像这种送工具的活，都是路林哲干吗？”

“他一般不去。有时候是前台，有时候是我。”

成美丽忽然想起来：“昨天接小宝之前我到店里，听前台说她家里有事，今天要请假一天。”

“当时还有谁在店里？”

“当时是下午6点，其他人还在工地上干活，小五在店里，林哲有事找他。我去后他们没有再说话，似乎不想让我知道谈话的内容。我在店里待了20分钟才走，小宝下午6点30分放学。”

“你们店里有几个安装工？”

“三个。小五、魏翔，再加上年龄最大的老肖。”

“路林哲中枪是谁打电话报的警？”

“魏翔。他给我打电话说林哲出事了，救护车在来的路上，他已经报警了。”

成美丽叮嘱魏翔在现场等候警察。她和家人直奔人民医院。看着路林哲进了手术室，她如坐针毡，总觉得这件事和幸福里小区有关系，于是迫不及待地想要见我。

“钱队回来了。”李健推门进来报告。

我示意成美丽休息会儿。我去钱队办公室问问现场情况。

钱队说金兰名府还不具备交房条件，小区地面还在硬化，绿化树刚种上，还打着吊瓶，整个小区就东门口有一个监控。他义愤填膺:“这个验收是谁做的？居然允许入住？这还是高档小区，价格标的是公主，娶回家个丫鬟。”

我让他消消气。

钱队说金兰名府东门进出的有业主、看房的人、置业顾问、物业人员、装修工人，还有小区地面填土工人、硬化工人、绿化工人，甚至有没事进来转悠的闲散人员。他继续气哼哼地说：“工人大多开着车带着工具进来，你查谁？从什么时段开始查？枪又是什么时候带进来的？光路林哲的工人魏翔都在小区干两天活了。”

“魏翔是一个人在小区干活吗？”我追问。

“他说是。天热了，安装中央空调的多，安装工就他们三个，哪一家都催着尽快完工。他们是这家干一天，那家干一天，催得急的家干两天。你得先去干，把活占着，要不然有些客户等着急了，就换成其他品牌的空调了。”

“你怀疑魏翔？”钱队问我。

“他叫路林哲来的，不怀疑他怀疑谁？”

“老夏，你这样说就不对了。他并没有特意叫路林哲来，是他往店里打电话叫人送东西，路林哲恰好来了。”

“你们在现场有没有搜查魏翔的工具包和他的车？”

“查了，没有枪。他的表现很正常。从现场情况看，随机作案的可能性最大。”

我沉思着。

“夏队，我先安排人排查，有事再打电话。”钱队做了一个打电话的手势匆匆出门了。

【14】

成美丽斜靠沙发瘫坐着，好像全身的骨头都被抽走了一般。

我问她："魏翔哪一年开始在店里上班的？"

"2002 年我表姐开店的时候他就在了。那时候林哲在店里当销售。2009 年 8 月，我表姐夫出了车祸，表姐在信用社上班，没有时间和精力经营店面，就把店转给了我们。"

成美丽对魏翔评价颇高，认为他踏实、靠谱，相处得久了，她和路林哲都把他当兄长看待。至于魏翔的妻子张薇荣，成美丽在一次春节聚会的时候见过她，此后张薇荣再未参加过此类聚会。张薇荣跟他们说不到一起，她上过大学，和他们这帮大老粗没什么可聊的。

我问成美丽："张薇荣大学毕业，在劳动局上班，魏翔没上过大学。她怎么就嫁给魏翔了呢？"

"我也很好奇，问过林哲。林哲说他们两人的父亲原来是工友，他们两家还做过邻居。"

成美丽的手机响了，家人告诉她，路林哲的手术结束了，人也醒了。成美丽着急地问路林哲是否看到了行凶者。电话那头路林哲虚弱的声音传来：他刚走到七号楼前，枪就响了。他倒地前匆忙环顾四周，什么都没看到。

我让成美丽赶紧回医院，有情况及时联系我。路林哲毕竟刚做过手术，我准备晚上再当面向他询问情况。

柳树镇派出所民警回复说，王玉结婚并没有在村里举行婚礼，也没有摆酒席。但是她母亲经常炫耀，说自家女婿是文化人，也是讲究人，农村传统的结婚仪式过时了，女婿在县城给他们买了房子，还请他们去三亚旅游。

“王玉母亲家有王玉男人的照片或者全家福吗？”

“没有。我留意了，没看见。”

“村里人见过王玉的男人吗？”

“他们基本上不回来，都是王玉父母到县城找他们。有见过的村民说他个头不低，瘦瘦的，留着络腮胡子。”

络腮胡子？这个特征让我想到了庄崖。

“王玉父母说过王玉在滑城哪个小区住吗？”

“她给父母买的是西班牙小镇的房子。至于王玉在哪里住，村民说没记住。”

“这是谢建军提供的王玉爱人的照片。”高老师把照片投在大屏幕上。“你一直忙，谢建军发给你，你没回应，他又发给了我。”

“看起来文质彬彬的，像个文化人。”包星评价。

“你别侮辱文化人。”一聪抗议。

大屏幕上的男人外表和民警了解的，以及郑理会描述的并不一致。他身高有1.78米，体形不胖不瘦，脸上白白净净，没有胡子，还是双眼皮。

身高没错，吃胖也有可能，以前可能故意抹黑了肤色，双眼皮可能是割的，但如果不是呢？我瘫坐在椅子上。

“别泄气。指纹等生物信息不会变。”高老师安慰我。

男人叫张南，37 岁，户籍地址是留固乡张寨村。我让李攀到留固乡派出所找个熟悉张寨情况的民警，和他一起去了解张南的家庭情况。

我把张南的照片发给钱队，让他们在排查的时候重点留意这个人。并让高老师跟谢建军联系，看张南、王玉夫妻是否在家。最后安排人到幸福里小区外蹲守。

【15】

下午 4 点我的电话响了，来电者郭喜泉自报家门，声称是路林哲的朋友，有事要向我反映。我让他到公安局来。

近 50 岁的郭喜泉留着年轻人喜欢的时髦发型：两边头发推得很短，中间头发稍长。他皮肤虽然略黑但细腻，一身商务男装，让他看起来一副成功男士的派头。

郭喜泉是滑城最大的家纺城的老板，他和路林哲都是滑城商会的理事，两人虽然年龄有差距，但互为知己。郭喜泉接到路林哲的电话后就第一时间联系我了。之所以由他来传达，是因为路林哲不想让成美丽知道这件事。

寒暄过后，我们坐到沙发上。

“我劝过林哲，让他报警。”郭喜泉说，“一直有人勒索他。”

“什么人？”

“他说和店里的安装工魏翔有关系。”

郭喜泉讲述的路林哲的经历和杨洋相似，只不过这次“缘起”是空调店里的一次聚餐。那天成美丽没去，魏翔带了一个年轻女人，挺漂亮的，叫小贺。魏翔称小贺是他的亲戚，想在空调店里干。对路林哲而言，只要掺和上女人，无论啥事他都不敢做主。席间工人们起哄，让他硬气一回。路林哲喝高了，醒来时发现自己抱着小贺躺在空调店旁的宾馆里。

路林哲吓得出了一身冷汗。他把魏翔叫来。魏翔说自己昨晚也喝高了，不记得怎么回事了。路林哲打电话问另外两个工人，他们说酒局没散就先走了。小贺张口要 50 万，魏翔在中间做思想工作。小贺崩溃大哭，声称自己还是处女，而路林哲看到床上确实有一抹红色，他们最后谈到 10 万。路林哲把钱转给了魏翔。

我问：“为什么转给魏翔？”

“林哲说当时小贺的手机没电了，也没记住银行卡号。”

一周后，魏翔着急忙慌地跟路林哲说，小贺自杀了，正在医院抢救，还留了一封遗书，让家里人为她主持公道。他让路林哲看了手机上的照片和遗书。

路林哲急得团团转，他当时还算清醒，让魏翔带他到医院看看。隔着病房门上的玻璃，他看到了躺在床上的小贺，还有坐在小贺病床旁的父母。小贺的父亲驼背。

我再次询问：“真是小贺的父母？”

“魏翔说是。”

我想起谢建军介绍过幸福里小区二单元四楼东户的男人驼

背，追问："驼背男人多大岁数？"

"林哲说目测 60 多岁。"

"长相特征呢？"

"林哲只看了个侧脸。"

路林哲随后又转给魏翔 10 万块钱。他在闲聊的时候跟郭喜泉说起这事。郭喜泉提醒他可能中了圈套。路林哲不相信，说自己和魏翔是好哥们。

郭喜泉还是劝路林哲留个心眼儿，多观察观察魏翔。过了几天，路林哲跟他说魏翔和以前没什么不一样。

又过了大概 20 天。魏翔跟路林哲说，小贺的哥哥知道了这事，非要来空调店里闹事，还要去报警。魏翔还说因为他带小贺吃饭，才惹来这么多麻烦，非要辞职。路林哲不许，他反而安慰魏翔，让魏翔转告小贺报警就行了，判多少年他就坐多少年牢，并安抚魏翔，你是你，你亲戚是你亲戚，这是两码事，还说现在店里忙，踏实干活吧。

当时，路林哲为小贺家人上门闹事做好了准备，但一连几天并未出现任何闹事的人，倒是去饭店吃饭的时候车轮胎被扎了。郭喜泉劝他报警，他说不着急，等人在空调店里露脸了再说，还说如果是这帮人扎的，他们也就这么大本事了。四天后，路林哲中枪了。

【16】

郭喜泉走后，我让包星查路林哲和魏翔的银行转账记录，并联系成美丽，让她把店里另外两个安装工的电话发给我，随后我安排高老师调查张驼背的具体情况，以解答心中的疑问：小贺会不会是王玉？若真是如此，魏翔和张南又是什么关系？

喝口水的工夫，成美丽就把安装工带到了公安局。我喜欢成美丽做起事来的雷厉风行。

"我和文雪去问吧。"见我疲惫的模样，包星说。

我点头同意。

钱队来电说他们把金兰名府上空飞的小鸟逮住拷问，又掘地三尺，连 2000 多年前的古城墙都刨出来了，啥线索都没找到。

随后包星进来汇报："安装工小五确实跟魏翔说了一嘴前台请假的事，但他也没别的意思，顺口说说而已。他们看了王玉的照片后，指认就是小贺。"张峰也从医院传来信息，路林哲也确认女人正是小贺。

李攀又打来电话说张南是张寨村民张守亚 32 年前买来的。张守亚在十几年前因病去世，张南自此离开家，没有再回去。村里人反映，张南被买来时已经 5 岁了，能记事了，众人纷纷猜测他是去找亲生父母了。张守亚的妻子说，当年他们连生三个闺女都没有儿子，在村里抬不起头来，为了传宗接代就托村里的二孬买了个男孩，花了 2000 块钱。

二孬大名张孬，因排行第二，村里人都叫他二孬，原来是东纸厂工人，厂子倒闭后一直在家种地。10 年前，张孬拐走了同村村民买来的四川媳妇，就再没回过村。张孬的家人也不知道张南原来的家在哪里。

我和张峰来到东纸厂旧址，关停后它成了一个餐厅，主营各种大型宴席。在城区规划中，它的今生是居民区，只是还未破土动工。东纸厂对面的苏庄是个城中村，以前的东纸厂工人大多在此居住。我找到老支书，他还记得张孬，说张孬卖的应该是张发光的儿子。张发光也是东纸厂工人，当时在苏庄租房住，厂子倒了，老婆死了，儿子卖了，他们父女也搬走了。老支书还说张发光年轻时长得高大挺拔，是东纸厂有名的美男子。

高老师打来电话说幸福里小区二单元的张驼背叫张新元，平时极少出门，和小区的人也不来往。他有个闺女，以前经常来看他，但这几年没来过。

我让文雪查张新元的户籍信息。她回复说，张新元的户口从老爷庙乡张庄迁出，落户到城关镇幸福里小区，曾用名叫张发光，有个闺女叫张薇荣。

此刻我相信，“路虽远行则将至，事虽难做则必成”。我看到了前行的光亮。

魏翔在金地华府干活。我让包星和李健把他带回局里问话。

我对魏翔充满兴趣，他心理素质真好 —— 要么这一切真和魏翔没有关系，要么魏翔是个不为人知的厉害角色。

他保持着往常的镇静，就像上次我们在王贵和夫妇命案中见到他时一样。“夏队长，6 月 13 日的情况我跟钱队长都说清楚了。”一看到我，魏翔就很无辜地说。

包星把王玉的照片递给他。魏翔的表情有一点不自然。

“她是谁？”我问。

“一个亲戚。”

“叫什么名字？”

“远房亲戚，我记不清了，都叫她小贺。”

“你带小贺和路林哲吃饭，不是光吃饭吧？”

“她想在空调店里上班，我带着她找路总，结果路总说自己不当家。”说完，魏翔不说话了。

“没有了？”

“没了。”

“你们的工资都是成美丽每月十五日打到各人的账户上。路林哲为什么先后转给你两笔钱？”

魏翔低着头想了一会儿，嗫嚅着说：“小贺和路总之间有事。路总把给她的补偿转给了我。你们可以查，我都如数转给她了。”

“她和路林哲有什么事？”

“就是男女之间的那点事。”

“小贺和路林哲以前也不认识，是通过你才认识的。是你施了一招‘仙人跳’吧？”

魏翔又不说话了。

“你还想隐瞒吗？你和路林哲共事那么长时间了，对他没有一点友情吗？”

“我不知道，那天晚上我喝醉了。”

这时，文雪走进审讯室，递给我一份材料，上面是魏翔和张薇荣名下的财产信息。

我看着魏翔，没有开口。他和我对视一眼，低下了头。

“魏翔！”我提高声音叫他，他抬起头。

“你这安装工可以呀，比你路老板都强，都在郑州买房了。”我用手敲了敲桌子上的材料。

“王贵和给的。”他小声说。

“王贵和每个月给你1500块钱作为他女儿的抚养费。加上你的工资，每个月5000块钱，还有张薇荣的3000块钱。除去每月吃喝用度的开支，你能在郑州全款买每平方米10000块钱的房子？”

魏翔瞪了我一眼，把头扭向了一边。

【17】

魏翔长相忠厚，这种人往往会给人一种不设防的感觉。

“处心积虑敲诈身边人，还是一个对自己那么好的人，你良心何在？你跟成美丽说都怪你让送东西，不然路总不会中枪，人家成美丽那么伤心还在安慰你，你还是人吗？！”即使我这样吼他，他也不言不语。

张南是张发光的儿子，尽管这还需要通过生物信息来确认，但是已经基本可以确定，而张薇荣是否也牵扯其中还未可知。路林哲看到的小贺的母亲，和德胜胡同五号受害者听到的老年女性声音的发出者是不是同一个人？这是我将要解开的谜题。

我请示王局长以敲诈的罪名抓捕张南、王玉、张发光。王局长问我："张南在敲诈路林哲的案件里并没有出现啊。"

"那就以受害者的身份请他到公安局问话，当年他父亲卖了他。"

王局长笑了。

"这个王玉，真是个无赖。"平时好脾气的高老师气恼地抱怨。

"怎么了？"我问。

"王玉嚷嚷着自己是受害者，路林哲趁着酒劲强暴了她，她不敢报警，怕别人说三道四。魏翔转给她的两笔钱是路林哲对她的补偿。她说自己之所以出现在书香苑白雪家楼下，是因为书香苑离幸福里小区近，她只是出来散步。她还抱怨说警察真是闲得没事干了，连散步都管。"

"她为何用小贺这个名字？"

"她说自己小名叫小贺。"满嘴谎话！

张南和王玉的态度一样，都不合作。他坚称自己不知道路林哲强奸王玉的事，并要求公安机关严惩路林哲这种仗着有钱就欺负人的行为。在审讯室里，他把得知妻子被强迫后的愤怒表演得淋漓尽致，不拿个奥斯卡"小金人"浪费了好演技。

张发光更是喊屈叫冤，口口声声说警察欺负残疾人。直到他和张南的 DNA 检测结果放在眼前，他才交代："1982 年 11 月，东纸厂停产后，大家都在找方法重新就业。我妻子在光大商场卖童装，一次进货时出了车祸，在医院躺了一个月后死了。那时我们把所有积蓄都投入了童装生意，在医院的一个月是负债治疗，实在没办法生活了，只能把儿子送给了一个好人家。”

“1983 年的 2000 块钱可是一笔巨款，这钱真的是用来‘送’儿子的吗？”我讽刺道。

张发光眨了眨眼睛，不吭声了。他整个人的面貌给人一种猥琐的感觉，这是东纸厂曾经的美男子？

我继续追问张发光关于他和张南父子相认的时间：“你们什么时候认亲的？”

他说是 1998 年，张南答应给张孬 500 块钱作为带他去找亲生父亲的报酬。当年他不仅给了钱，还被张孬敲了一顿好酒。后来，张南就外出打工了，直到去年才回来。

张发光的最后一句话，在我听来，似乎是在为张南的罪行做掩护。

我进一步追问：“张南为什么在幸福里小区租房？明明你有房子。”

张发光说：“两代人生活在一起不方便。”

张南、王玉夫妻要求回家，他们不到 9 个月大的女儿需要父母照顾。不光他们，照看他们女儿的文雪也撑不住了，照顾一个软软糯糯，不会走路，但已有情感需求的小孩，这个任务比看管成年犯人还艰巨。文雪找过我多次，强烈要求再找个女警过来，不能总可着她一人折磨。

【18】

张发光并没有再婚，现在需要找出那个同居者。

幸福里小区安装了全面覆盖的监控系统。门口的监控是派出所安装的，院子里的是谢建军发动小区的住户共同出资安的。如果早点安监控，破案哪会如此费劲，嫌疑人也不会这么嚣张。在对幸福里小区的走访中，有人说自己在东区的月龙湾小区看到过张发光的姘头。

我们在月龙湾找到了一个体貌特征和张发光姘头相似的人，经谢建军辨认正是该人。她叫方白鸽，这几年为了掩人耳目，一直居住在月龙湾。

我和文雪审问了方白鸽。

方白鸽 50 多岁，烫着她这个年龄的女人喜欢的羊毛卷，皮肤白皙，穿着一件质地良好的香云纱旗袍，左手腕上戴了一个醒目的黄金手镯。

闫文雪小声跟我说，方白鸽身上的旗袍得 1000 块钱，镯子至少 20000 块钱。

“姓名。”我说。

“方白鸽。”

“年龄。”

“58 岁。”

“职业。”

“家庭妇女。”

“收入来源。”

“张发光给的。”

我追问：“张发光一个前东纸厂的工人，东纸厂都倒闭那么多年了，他哪来的钱给你？”

方白鸽沉默了一会儿，回答：“我不知道。”

“你跟了他这么多年会不知道？”

方白鸽不说话。

“月龙湾的房子是谁的？”

“张南的。”

“张南在幸福里小区租房之前，他、王玉、你，都住在月龙湾吗？”

“是。”

“那你见过枪吗？”

方白鸽摇摇头。

“别在这扛了，你混不就混一身行头、一个手镯，大钱都让人家得了，有意义吗？”闫文雪说。

“我会判什么刑？”方白鸽问。

“你不说，把事情全扛了，那刑罚肯定重；你把事情交代清楚了，如果没你事，估计说完就能回家了。”我半真半假地说。

“2014年8月，王玉生过孩子，我在伺候她坐月子时，有次捡掉在地上的东西，在床底下见过一把枪，后来没留意。”

我们抓捕方白鸽并在月龙湾搜查时，并没有发现钢珠枪。在幸福里小区张发光的住处也没有搜查到。张南夫妻名下也无登记车辆，谢建军也反映没见他们开过车。

“张南是不是把枪转移了？”我问。

“王玉喜欢玩枪，她都是随身带着。”

“这么大的枪能带在身上吗？看来你还是不配合。”我加重了语气。

“那就是放在仓库里了。”

“仓库在哪里？”

“文明路北段，紧挨着中石化。”

“仓库做什么用的？”

“张南说现在的刑侦手段越来越先进，生意不好做了，准备转行做冷库生意，租仓库是要改造成冷库。”

“走，现在带我们去。”

方白鸽连连摆手说：“我可不敢，王玉会杀了我的。”

“那好吧，我现在通知你儿子来做你的思想工作。”文雪说。

方白鸽立刻反应：“别跟我儿子说，我现在带你们去。”

我暗自赞赏：文雪这丫头别看年龄不大，审讯前的准备工作做得很到位。

在文明路北段的仓库里，我们在院里停靠的破旧皮卡车里找到了一把钢珠枪。王局长安排郭龙采集生物信息并尽快出结果。

【19】

2000 年，方白鸽和张发光的缘分始于蔡记烩面馆。彼时，方白鸽是面馆服务员，张发光经常去吃面，一来二去两人熟识了。方白鸽的男人死了，一儿一女都外出打工了，她孤身一人。张发光知道她的情况后提出想搭伙过日子，方白鸽看不上张发光的驼背和寒酸衣着，不愿意。谁料，张发光出手阔绰，给方白鸽买衣服、首饰，又让方白鸽辞职，别伺候食客了，专心伺候他。起初，两人住在建设路的红帽子公寓。几个月后，张发光把方白鸽发展成了犯罪同伙。

红帽子公寓东边是一片独院，张发光让方白鸽往一户人家院里扔死猫，并鼓励胆怯的初犯者："不要怕，没人看见，扔了就能挣钱。"之后张发光给方白鸽买了一身新衣服。

此般在方白鸽眼里闹着玩就能挣钱的伎俩，一直持续到2006年年底，他们搬到幸福里小区前夕。

"你在德胜胡同五号做过什么？"我问方白鸽。

"张发光让我做什么，我做什么。他让我嘲笑张玲花，说实话我能嘲笑人家什么呢？她虽然比我年龄大，但保养得比我显小，穿得也好，住那么大的房子，爱人有本事，儿女孝顺，羡慕都来不及呢。但是这样能挣钱。"

"你具体说了些什么？"

"张发光让我在他指定的时间，诽谤张玲花为了嫁给有钱人而抛夫弃女，嘲笑张玲花留给前夫的女儿多么恨她……说得多了，我自己都麻木了。后来他们又对付郑理会、苗青。他们想的主意太费脑子了，我只管照做，分钱就可以了。"

"他们都是谁？"

“张发光、张南两口子、张薇荣、魏翔。”

“张南和王玉去年才搬到幸福里小区，他们是怎么实施的犯罪？”

“张南、王玉负责在外行动。张薇荣脑子好使，负责想主意，安排具体工作并与张南、王玉协调。他俩根本不需要到小区来，来了反而招眼。张薇荣一开始会亲自来幸福里小区，后来就不来了，都是电话联络或者我去找她汇报情况。

“后来，他们认为一直在楼上说也不行，早晚会有麻烦。反正就那些话，干脆事先录好音，张发光留在家里放录音。有男有女，有老有少，就是别人怀疑，也怀疑不到我们头上。”

我饶有兴趣地听方白鸽讲述，这个家族犯罪团伙不仅分工明确、考虑周全，还有反侦查意识。

“是不是侮辱女人的那几句话？”文雪问。我能感受到她在控制自己的打人冲动。

“是。”

“说说。”

方白鸽竟然脸红了。

方白鸽张了两次嘴，终于发出声音：“比如说她经过我们小区，我们就会说，‘她是不是在这里勾引男人’。”

我饶有兴趣地盯着她。她又说：“还有，‘她走路的时候腿开得那么宽，肯定和不少男人睡过’。”

“你这样说素不相识、毫无仇怨的人不愧疚吗？”

“你不信就行了。”刚才还脸红的方白鸽理直气壮地回应。

“2008年3月，郑新中家的玻璃是谁用钢珠枪打的？”

“王玉。她想吓唬郑理会。郑理会和张南睡过觉，她不开心。”

方白鸽交代了他们诈骗张玲花、杨洋、郑理会、苗青的全过程。针对成美丽夫妇、白雪的犯罪她没有参与，如果有，也是以前的录音，她感觉张发光打算抛弃她了。

我问杨洋案中东北女人的情况。方白鸽回答，那是张南在安州认的“妹妹”，王玉说是陪睡的“妹妹”，早就不让张南和她联系了。他们之所以知道成美丽有个同事叫张婉，是方白鸽去自来水公司交水费时听到过这个名字，正好加以利用。苗青和成美丽听到的男孩的声音，是张薇荣儿子的。别人家望子成龙，张薇荣是“望子坐囚笼”。

【20】

陈鹏手里钢珠上的指纹是王玉的。审讯中，王玉只说买枪是为了打鸟玩，2008年击中郑新中家的玻璃是意外，对于私自买钢珠枪的行为，她愿意接受处罚。王玉是在避重就轻。

然而，那把钢珠枪上还有张南、张发光、张薇荣的指纹，到底是谁对路林哲开的枪？

郑理会从山西回来了，这是2008年后她第一次回滑城。她说自己接到陈鹏的电话感到无比畅快，胸中的郁结瞬间消散。她指认张南就是庄崖，那假笑的样子改变不了，还有右手掌心里有颗黑痣。别说张南割了双眼皮，就是挫骨扬灰她也能闻到这人散发的臭味。

杨洋问:“东北女人抓到了吗？”

我抱歉地说:“估计很难，她和张南从 2008 年就断了联系。他们联手敲诈的应该不止你一个，看看在其他案件上能不能找到线索。”

在郑理会受骗之前，她母亲张玲花被张发光一伙骗走了 30 万。张薇荣冒充张玲花与其前夫生的女儿，张南冒充其女婿，张薇荣儿子冒充其外甥，利用张玲花的愧疚心理，编造了一个小孩得白血病的凄惨故事，以此折磨张玲花，跟她要钱。直到某天张玲花老家的亲戚在县城遇见张玲花，告诉她她女儿两口子实际上在江苏打工，早就在县城买房了，她外甥的小学离她家只隔了一条马路 …… 张玲花没听完就感觉天旋地转，晕了过去。无论家人如何问她，她都说自己是眩晕症犯了。从那之后，她吃了一年的抗抑郁药。

在张薇荣家没有搜查到包星所想象的暗道机关、滑城富豪榜或是针对下一个目标人物的详细实施计划等暗黑的东西。生活不是电影，张薇荣一伙却将其演绎得宛如电影般曲折离奇。

我记得上次见张薇荣还是 2011 年那个细雨霏霏的春日，她提供的线索让我们抓到了嫌疑人刘昆。当时我还感激这个点亮案件的热心市民。

现在我想，如果刘昆的恶是哀苦之人的狭隘报复，张薇荣就是纯粹的奸恶。

张薇荣倒也坦率，她似乎等了好久，终于有人如此详细地问她案件的经过。这对她而言是一个自我炫耀的机会。

她问我想从哪里开始听，我让她从德胜胡同五号第一家住户讲起。

“那就从张玲花开始。对付张玲花还不简单，她抛夫弃女、小三上位，这是她的痛处也是软肋，而且随着郑新中名气和财力的增加，自觉高人一等的张玲花更怕别人提起旧事。我们先在她女儿的婆家所在的村子打听，去了两次就打听清楚了。那时候农村人非常热情，没有防备心，问什么说什么。我就排了一场白血病患儿无钱医病的大戏，母爱伟大，但也是弱点。”

“你自己也是母亲。”我提醒她。

“我爱我儿子，所以才会想尽办法给他挣钱。”张薇荣得意地说。

“郑理会和苗青都是傻女人。”张薇荣嘲笑着。

“成美丽呢？”

“那还不简单，有魏翔做内应。成美丽在枫丹丽舍住时，张南就在她家东边楼上租了房子，跟踪她，拿她做过的事做文章，制造恐慌。成美丽性格急躁，脾气火暴，要控制她还不是易如反掌？不料成美丽不上档次，竟然学泼妇骂街，王玉当时就想教训她，但是我们的主要目标是赚钱。

“后来成美丽把房子买到了德胜胡同，她真是自投罗网。我们故技重施。你成美丽再厉害，走到哪儿，我们就跟着到哪制造恐慌和谣言，看你屈不屈服。有段时间成美丽确实像傻了一样，出门走路都会四处张望，神经兮兮的。魏翔还听到过路林哲骂她是精神病。

“谁料想，成美丽很快调整好了心态，无论我们再说什么、做什么，她都不理不睬。我一看在她身上捞不到好处，就把目标转移到路林哲身上。”

“于是你们设计了‘仙人跳’。”我插话说。

张薇荣笑得很夸张，她得意于自己的计谋。

“其实我们打算跟路林哲再要 10 万就放过他了。”

“你自己信这话吗？”

“看路林哲的架势，他似乎啥都不怕了。张南说他是虚张声势，我们就先把车轮胎扎破给他个警告。”

“你们低估了路林哲。你也意识到了危险，路林哲开始怀疑魏翔了。”

“是。就想着教训一下，让他还像以前老老实实的，权当这事没有发生过。在教训成美丽还是教训路林哲的问题上，我们商量了一下，最后决定教训成美丽。路林哲爱他老婆，教训了成美丽，他就心里有数了，说不定我们还能拿到钱 —— 也有王玉特别厌恶成美丽的原因。6 月 12 日晚上，魏翔听说前台请假了，平时工人都在忙的情况下，都是成美丽送东西，他就故意弄坏了钻头，谁知道路林哲亲自去了。”

“是谁开的枪？”我追问。

“王玉。”

“枪，你们是怎么带进去的，又是怎么带走的？”

“6 月 13 日天还未亮，王玉伪装成装修工人从西门车库进了六号楼，开枪后沿原路返回。”

“交通工具呢？”

“一辆没有牌照的破皮卡车。”

【21】

张发光家族的犯罪史，有据可查的可以追溯到 2000 年他在红帽子公寓居住时。他们主要选择女性作为目标，在女性身上达不到目的才会选择男性，比如路林哲。最初，他们通过电话、短信进行骚扰和诽谤，后来随着手机号码实名制的推行，他们转而在受害者周围胡说八道，通过说话和喊话来散布谣言和诽谤。一直以来不变的手段是跟踪，通过跟踪可以偷听目标人物的电话和谈话内容，了解个人喜好、社会关系等，为进一步取得受害者的信任或制造恐慌打基础。在这个家族犯罪团伙中，张薇荣负责筹划，主要由张南、王玉实施犯罪，张发光、方白鸽、魏翔辅助犯罪。

钱队径直走进审讯室，把手里的水泼到张南脸上。他体形彪悍，面相凶恶，刚才泼水的时候，五官用力，本就凶恶的脸又增添了三分狰狞。张南恶狠狠地瞪他，在瞪人这方面，他哪是钱队的对手，在钱队的目光逼视下，张南低下了头。临走时，钱队从牙缝里挤出一句：“最讨厌这种耍阴谋的人渣！”我嘲笑他幼稚，要泼那得泼开水才解恨。他嘿嘿笑着说：“不能违反纪律。”

案件告破，我和包星下楼透气。院子里一片安静，白天的燥热退去，习习凉风吹拂着万物。看着公安局办公大楼正中间悬挂着的国徽，包星豪气地说："我要把青春乃至一生都献给这里！"

"不仅是献给这里，更是献给147万滑城人民。"

"夏队，你这么一说，我突然觉得这个理想特别崇高。"

热血激荡在这夏夜的空气里，我们坐在台阶上乘凉，谁也不说话了。

我想起审问张薇荣的场景，她说自己其实是一个要面子的人，王贵和不给女儿生活费，她怕丢人才一直没有起诉。

我质问她："能策划这么多起针对女性的侮辱、跟踪、敲诈案件，还谈什么面子？"

我的话让张薇荣的身体抖了起来。

"不应该呀，你最不应该抖。你侮辱受害者的那些语言是最无耻的，任何人都说不出口，你还在这里装。这几天，我一直在想苗青日记里描述的那些人究竟是谁，长什么样。苗青对这群人的外表想象是：在滑城最热闹的步行街，他们一家人无论男女老少赤身裸体地走着，全身上下都是肌肉，脸上没有眼睛和鼻子，只有又尖又长、随时偷听别人谈话的耳朵，和随时随地撕咬无辜人类的长獠牙。她想问，问这群人为什么那样对她。今天，在这里，我问你，你为什么那样对她们？你也是女人，你们这一家人也是在女人的肚子里孕育的，从女人的产道里出来的。你们不配当人！"

我的唾沫都喷到了张薇荣脸上，她更加剧烈地抖着。"不是我一个人，还有王玉，还有方白鸽！”她崩溃地喊着。

“还有你儿子吧。”我冷冷地说，“你这样的女人，不配当母亲！”

“我只是让他现场说了一次，其他的都是录音。”张薇荣无力地解释着。

“这有什么区别！”

“不！”张薇荣喊着。

“你现在感到绝望了？你听到郑理会、苗青、成美丽绝望的哭喊了吗？”

那时，我义愤填膺。张薇荣也不再骄傲，我看到她眼睛里的懊悔和脆弱。

九楼会议室里，王局长说：“王玉当天驾驶的那辆无牌皮卡车的行车轨迹已查清楚，目前我们所掌握的信息已形成完整的证据链，就算王玉继续装傻充愣，也不影响我们对她提起公诉。另外，张发光对他住在红帽子公寓时敲诈柳梅、郭小溪的罪行，供认不讳。”

“振乾，联系受害人员落实信息，补足证据。”王局安排了下一步工作。

“明白！”

【22】

包星走进办公室汇报：“张发光非要见领导反映情况，想立功减刑。”

我坐在张发光面前。

“大概是20年前的夏天，我在林场……”他犹豫着。

我打断他：“你在林场干什么，痛快点，我还忙着呢。”

“唉！索性认了吧，我敲诈东纸厂厂长齐豪放，约到林场要钱。谁叫东纸厂倒了，他一家还过得那么舒服呢，我是劫富济贫。”

我无奈地看着他。张发光在他扭曲价值观的指引下，毁了自己一家三代人。

“我看到一个男人从面包车上下来，随后拖着个麻袋下车，挖坑掩埋。这大半夜的肯定没干好事。等男人走后我刨开坑，发现麻袋里的人还有气。我把他带回家，正好我女儿在医院上班。”

“张薇荣不是在劳动局上班吗？”

“她最开始在医院，后来嫌在医院工作累得慌。正好劳动局招人，她就去了。”

“等男人醒过来，我才知道他叫陈六金，河西陈寨人。”

陈六金？那不是我苦苦寻找的人吗？虽然激动无比，但我告诉自己此刻必须冷静。

“陈六金说，电厂的段化淳让他抢劫夏振中，不曾想他被夏振中反刺一刀。他介绍了段化淳和夏振中家里的情况，我决定先敲诈段化淳，再敲诈夏振中。”

“为什么这么安排？”

“陈六金说夏振中的父亲不好惹，他还有个弟弟在警校上学，需要谋划好再动手。

“陈六金让我等他伤好些再行动，我想有个帮手更好。10天后，我跟段化淳联系，威胁他说看到他找人杀夏振中了，让他拿5万块钱出来，不然立刻报警。

“段化淳那小子果然是胆小鬼，他立马答应了。不过过了一会儿，他又联系我，让我给他三天时间筹钱。

“这三天，我观察段化淳，发现他并没有耍花招。1995年8月30日晚上10点在林场的乱坟岗子里，我见到了段化淳，正当我和陈六金扬扬自得地数钱时，从树林里冲出来一个人，他拿着铁锨一下把陈六金拍翻在地，我撒腿就跑，谁知道又冒出一个人，拿着钢管把我打晕了。醒来时，我发现自己躺在坟里，我是叫天天不应，叫地地不灵，脊梁骨也断了，疼得动弹不了。正当我意识到自己会悄无声息地死在别人坟里的时候，我听到薇荣喊我。原来是薇荣见我一直没回家，怕出意外，赶来找我。我在家躺了整整两年。”

“你看到袭击你们的人了吗？”

“天黑，两人都戴着口罩，我没看清脸。后来我打听了，那铁塔一般的身材，除了曹卫国父子，我想不出还能是谁。从那之后林场我也不敢去了，连男人也不敢惹了。”

“所以你们开始敲诈女人了。”

张发光苦笑着：“张驼子就是这么驼的。”

曹铁的成功让张发光无比嫉妒，但他的家族团伙不敢把他定为敲诈目标。张发光认为自己是“自知者明”。这个装文化人的罪犯让我厌恶。他们明明是杀熟，专门欺凌女性，还非得自我包装一番。

走出审讯室，我一下子泄了劲，心里五味杂陈 —— 曹氏父子竟然是揣着明白装糊涂。陪父亲四处寻找夏振中，下棋聊天，眼睁睁看着我们一家人备受煎熬的曹卫国，给我患癌的父亲拿出 1 万块钱；还有那个米面粮油都往我家搬，比我这个儿子想得还周到的曹铁；他给再婚的我添了全套家电；他尽心培养平安并送到英国留学；他用心疼爱小雨；他陪我把酒言欢……

这难道不是悲剧吗？发现真相只是另一场悲剧的开始。

我心烦意乱，无聊地翻看着手机。突然，我收到了白雪的信息："谢谢夏队长！我可以告慰妈妈的在天之灵了，可是我还是那么难过。"

我找不到合适的话语安慰她，写了又删，最后只说了一句："好好生活，坚强地生活。"

尾声

（2015 年 ~ 未来）

曹铁不否认1995年8月30日那晚发生的一切，他似乎已经释怀了。

在审讯室里，他平静地交代着一切。我隔着玻璃窗看他，看了这么多年，我却从未看透。自从曹卫国去世后，他带着秀娥婶子常住郑州，他的生意版图已逐步向郑州转移，很少回滑城。即使回来也是为了应酬，滑城建立的关系网不能断，亲朋好友办事方便，那也是他曹铁有能耐的标识。我们不多的几次见面，总是仓促而敷衍。

当年，段化淳被张发光敲诈后，不得已把伙同陈六金抢劫夏振中的原委告知了曹卫国。曹氏父子决定杀人灭口，然后翁婿三人保守着这个秘密，直至今天无法继续隐瞒。

此时的曹铁全然没了成功商人的神采，他头发斑白，黝黑的脸庞上皱纹尽显。曹卫国去世后，他维持着瘦削的身材，再也没有那种具有压迫感的气势了。我想问问他，占有夏振中的一切的这20年，他的良心痛过吗？伪装了20年，安稳过吗？但是，我已不再是那个20年前奔跑在滑城的街巷，寻找哥哥的鲁莽青年了。即便此刻，我冲进去把他打翻在地，难道一切可以重来吗？除了落寞地离开，我做不了别的。

当年的林场现在已改名叫森林公园，当年的乱坟堆上早已种满了杨树，粗大的树干不断提醒我，20年过去了。挖掘工作进行得相当艰难，尽管有曹铁、张发光的现场指认，但还是挖了两天也没有挖到尸骸。

我找到滑城林场管理处，让他们协助找到当年的种树工人。几天后，一个种树工人回忆说他们当时把挖出的骨头归拢到一堆，拉到森林公园最南边了。因为以前早夭的孩子、未出嫁的女子等按祖制是不能埋进祖坟的，都被偷偷埋在这里，他们挖出来也没法处理，只好堆放在边角。现在那里是一片草坪，谁能想到吸引影楼、市民拍照的如此美好的绿毯，下面埋藏着的却是累累白骨。

我们在堆积的白骨中寻找陈六金的骸骨，这需要不断试错。还好，无数次试验后一组DNA信息和陈六金二叔的位点只有两个不同，最终确认无疑。

可是网上逃犯夏振中还是无迹可寻。这种等待让我心如烈火般焚烧。目前，除了贵阳，贵州各地都还没有建家系，只凭覃五妹一个名字到哪里找人。2013年我到贵阳出差时，得知覃姓在贵州有几十万人口，在贵州各地均有分布。尽管贵州少数民族众多，聚居地明显，但覃姓是一个汉族和少数民族共同使用的姓氏，要找一个人无疑是大海捞针。

2015 年 7 月，老电厂遗址一夜之间被夷为平地，随之而去的是我所有的儿时记忆。母亲伤心地抹着眼泪，念叨着：“振中，你再不回来，就找不着家了。”

2016 年春天如期而至，五星村改造落地。为了施工的安全和便利，所有村民必须在期限内搬离，这无疑是一个混乱的过程。世代生活在五星村的村民有太多不舍得丢弃的东西，他们费尽力气带走这些既占地方又永远用不着的东西，它们承载了太多记忆。

我让母亲和夏冬搬到公安小区同住。母亲非要在新华二路老钢厂安置小区租房，就因为它离五星村很近，她每天都能去看看五星村改造进度。她和她的老伙伴们去钢厂安置小区看了一趟又一趟房子，知道我们反对，她不再跟任何一个儿女提租房的事情。大姐打电话要她去安州住，她只有两个字：不去。眼看光靠电话做不通思想工作，大姐心急火燎地从安州赶回来，想接母亲和夏冬去安州，一直住到改造工程结束。但母亲毫不动摇，如往常一样，不慌不忙地和面蒸馒头。

无论大姐怎么动之以情、晓之以理，就算说得天花乱坠，母亲也还是坐在院子里平静地剥蒜，这个年龄的老人只会执拗地坚持自己的本心。她想亲眼见证生活了一辈子的五星村的变化，似乎这种见证让她心安。她表达不了内心涌动的澎湃感情，也怕表达出来会让儿女们笑话。大姐无奈地对我说：“你去看房子吧，租个一楼，方便这一老一残出入。”

我欲打电话让房产中介留意此事。母亲说：“我交过定金了，是个一楼，吃过饭你们收拾东西吧。胡同里你周大娘、三婶都搬了，别让村里再催咱，你爸不在了，咱还得当积极分子。”

母亲说完红了眼眶，她站起身来，细细地打量着这幢她和父亲一起盖的房子。岁月的侵蚀让房子也如同一个老人，处处都是时光的痕迹。院子里那棵柿子树也老迈得几乎要承载不起它托举的枝枝杈杈。见母亲如此，大姐眼泪流了出来，她生怕这种感伤的情绪再让母亲落泪，赶紧去擦。哪料母亲说：“有什么可哭的？改造完你们春节来，怕冷的彤彤（大姐女儿的名字）再也不用去她二姨家睡觉了，冬天也能在家里洗澡了。这是好事。”

我心里酸酸的。我们舍不得的是这老旧的一切承载的那份记忆和成长吧，从出生到现在已过不惑之年，这个家、这个村，还有老电厂都令我魂牵梦萦。

2016 年 11 月 13 日，滑城新电厂投入使用。电厂内 210 米高的烟囱，创造了滑城最高建筑的新纪录。以前老电厂烟囱高度不超过 100 米，机组运行的时候，整个县城都会下“煤雨”，路人变“黑人”。现在的新烟囱不会再有这种情形了，废气治理不仅能做到环保达标处理，也不会造成二次污染。滑城电厂消失 11 年后再现，这个惠及滑城百万群众的民生大工程，它的建成和投入使用，是滑城经济发展史上的一件盛事。

与此同时，卫河清淤工程开始了。卫河，作为中国海河水系南运河的支流，起源春秋时的卫地而得名。1960 年以前，它是河南省的重要航道，也是河南省北部重要的灌溉水源。1960 年后水量减少，基本断航。昔日辉煌繁荣的卫河能重现光彩，对在卫河边长大的我而言怎么不是一种幸事呢？这对滑城人民而言也是一件快事。

我还记得那天是2017年端午节，在五星村改造好的新房里，我和二姐一家人正在餐厅吃粽子、咸鸭蛋。视频侦查中心打来电话：贵阳市大方县第一人民医院门口的人脸识别系统识别出逃犯夏振中。我掩饰着内心的激动，对母亲和二姐说有案件，匆匆走出家门。我带着包星、张峰还有非要同去的高老师踏上了千里行程。

一路上，望着窗外的风景，我思绪万千。夏季的中原大地一片繁盛，深绿和浅绿相互交错。车行到黄河大桥，黄河水走到中游已然失去了磅礴的气势，望上去水流平缓，河床宽阔，淤泥沉积，让过往的行人对这条母亲河心生怜悯：它老了，流不动了。

20多年来，我无数次想象和夏振中重逢的场面。蓦然回首，20多年前的那张脸就在面前。他冲我笑着，我伸手去抓，他却一点一点破碎。在梦中夏振中是被骗到传销组织一无所有的流浪汉；是那具让我心痛的白骨；是喊着让我救他，我只闻其声却遍寻不见其人的凄惨声音；是父亲永远的遗憾；是母亲流了20多年的眼泪；是让踉踉跄跄的我坚持下去的光……

在贵州大方县公安局刑警队，我终于见到了夏振中，他老朽得如同一个花甲老人，衣着老旧，是20世纪90年代的样式，一条胳膊无力地耷拉着，脸上那道从额头到下巴的长长疤痕，历经岁月洗礼依旧触目惊心，那双眼睛在见到我的那一刻突然散发光芒，但很快黯淡下去。我张开双臂拥抱他，他艰难地起身，他的右腿使不上力气了。我失声痛哭，他一点一点地用力，最后像儿时那般温柔地抱着我。

两天后，覃五妹在大方县人民医院咽下了最后一口气，她抓着我的手，看着夏振中，似乎放心了。夏振中趴在她的身上痛哭，在哭声里，我真切感受到他们多年来相依为命的真情。

夏振中和覃五妹的家在大方县西郊的一个村子里。他们租了一个院子，这个院子比我家的老宅还旧，院子里夏振中栽种了一棵梅花。也许他会对着梅花想象自己在滑城的家。

我把夏振中的几件衣服收拾好，退掉房子，带他回家。

回家，多么简单的两个字，夏振中却走了22年。一路上他望着窗外，也许在想当年来贵州的千辛万苦，所有的辛苦都比不过“心苦”。我看到他脸上源源不断流出的泪水，替他擦拭。

我坐在办公室里等待审讯结果。王局长亲自审问，而我脑子里已经显现出案件的脉络。

1995年8月17日上午9点，夏振中得知搭档曹铁有急事不能和他去拉煤，思忖着明天去也可以，电厂的煤还够用两天。这时传呼机响了，他回电过去，是经常跟他买私煤的老聂，老聂说这一段手头紧，急用钱，让夏振中给他一车煤。夏振中把从鹤壁拉回的煤加价卖给老聂，老聂再转手卖，赚个差价。夏振中想着自己媳妇快生了，索性多跑几趟，多挣点钱。他准备出门的时候，三江找他，让他周末去家里帮忙，房子漏水，并问他需要提前置办什么材料。三江父亲早死，他在电厂只有夏振中一个朋友，夏振中可怜这个文弱的朋友，交代了许多琐碎的细节。夏振中刚走到厂外，就遇见了段化淳。他说去鹤壁办个私事，想搭夏振中的车，又怕厂里人看见嚼舌根，让夏振中到卫河桥外五里处的丁村路口等他。

夏振中对段化淳的伪善十分反感，但他毕竟是曹铁的姐夫，虽然等段化淳的地方比他平时拉煤的路要多走五里[1]，但他还是答应了。

1995年8月17日已过10点，天气热得像蒸笼，段化淳迟迟未现，夏振中等不了了，准备离开。就在这时，陈六金开着一辆破旧的面包车横在他车前，他正想呵斥他挪开。段化淳从车里下来，并说六子想要点煤。

陈六金客气地下车和夏振中闲话，夏振中对这个混混的热情只觉可笑，敷衍地应付着。谁料陈六金突然拉开车门，一把拽住他，拿出别在腰里的匕首就捅，夏振中在掉下去的那一刻，右手抓住平时放在车里的防身尖刀，直刺陈六金的脖子，陈六金瞪着那双死鱼眼倒了下去。段化淳见状转身跑进了玉米地，夏振中想追又怕有人路过。他把陈六金和他的匕首，以及段化淳掉落的墨镜，一并装进了卡车上备用的麻袋里，扛进面包车，把面包车开到玉米地里，再把卡车开到平时去鹤壁的路上，又返回把面包车开到林场。

1995年，25000亩的林场还是一片荒草，到处是乱坟岗子。夜色中，夏振中匆匆挖坑掩埋了陈六金，并趁天黑摸到他家谎称

1　相当于2.5千米。

六子杀人了，带走了陈六金的母亲 —— 覃五妹。

夏振中开着陈六金的面包车漫无目的地走到半路，覃五妹让他停下，她对夏振中说自己得病快死了，让他把自己送回去，希望能死在自己家中。夏振中走到路边，看着灰白的天空，决定带覃五妹去河南最大的城市 —— 郑州。他身上带着 3000 块，租了房子，又打消了给覃五妹去大医院看病的想法，一是贵，二是怕遇见熟人，毕竟滑城的富裕家庭也会选择到郑州治病。夏振中本着“哪里不舒服治哪里”的原则，给胃疼的覃五妹抓药，买肉补身体。半年过去了，原本奄奄一息的覃五妹有了力气，能干活了。

夏振中无时无刻不在思念家人。徐敏生的是男孩还是女孩？段化淳报案了没有？家人肯定四处找他，找不见该多么煎熬。他想回家，可他又不敢回去，毕竟杀了人，可能会连累弟弟夏振乾当不成警察。

钱快花完了，夏振中硬着头皮出去找活干，在惠济区的蔬菜批发市场帮人卸货，时间长了，他胆子就大了，开车帮人从外地拉菜，这样挣得多。他回到家的时候，覃五妹总是做好了饭菜，他也跟着学会了吃酸吃辣，两个人像母子一般生活着。

夏振中想回家看看，哪怕偷偷地看一眼就行。他听别人说过，他这种情况最多是防卫过当，判不了死刑。1997 年农历年底，夏振中悄悄回家，在自己新院子外听到徐敏和曹铁说话。曹铁让徐敏嫁给她，徐敏说：“都说你是故意不去拉煤，找人害了振中。”曹铁说那天曹九香找他，她遇上了麻烦，和缑福平被杀有关。徐敏不信，曹铁拿刀往胸口上扎。夏振中只听到徐敏哭着说：“扎到心脏怎么办？信你。”他对平安的好她都知道，平安早把曹铁当爸爸了。夏振中听到后心如刀割，踉跄着跑到卫河，想一死了之。

夏振中跑到卫河边，听到了段化淳和百叶的声音——这一对狗男女！夏振中扔了一块砖头过去，百叶被吓跑了，他追上段化淳就是一顿打，准备把他打死再自尽，却在此刻遇见了三叔。

1998 年 2 月，夏振中想好了：无论被判多少年，拉完这趟菜就回家。可谁知道半夜走到 106 国道，他们遇见了劫匪。劫匪用刀捅伤了奋力反抗的夏振中，老板鲍自忠求这群穷凶极恶之徒放过他们，劫匪不听，还在继续捅他，鲍自忠冲上来挡在他前面。夏振中看到的最后一幕是那车染血的荸荠被劫匪搬到小车上拉走了，他感觉自己的血要流尽了，昏了过去。醒来时，他发现自己躺在项城的一家医院里，是个好心的过路司机把他们送了过来。

项城警察处理完相关手续后，联系到了鲍自忠的家人，他们把他和鲍自忠，还有那辆卡车带回了郑州。夏振中在租的房子里养了半年伤才能下地走路。又一次卡车惊魂，又一次和死神擦肩而过，他像傻了一样——也许这就是命，他在心里悲叹着。夏振中望着镜中自己的模样，心如死灰，决定和覃五妹回她的老家大方县生活。

他们历经辛苦，花了一个月才走到覃五妹的老家——贵州省毕节市的大方县。覃五妹的父母已去世，她的兄弟到广西讨生活了，家里房子塌了，她没有家了。两人只好来到大方县的县城生活，夏振中改名为覃平安。

2017 年 8 月 9 日判决结果出来：1995 年 8 月 17 日，夏振中涉嫌杀害陈六金案件，事实清楚，证据充分，夏振中符合正当防卫，判决无罪。

这个结果，像是对夏振中的莫大讽刺：父亲夏山林因他失踪借酒助眠，郁郁寡欢，得肝癌去世；妻子徐敏改嫁好友曹铁；儿子平安认早就知道内情的曹铁为父；弟弟夏振乾因他放弃远大前程留在滑城；他自己落个残疾，孤苦半生。但是当年拉菜被抢劫时，他的喉管被割破，再也说不出满腔的怨与痛。

夏振中昔日的好友三江专程从广州回来看他，那个 22 年前委托他帮忙修补的屋顶再也用不着修了。现在的夏振中要修补的，是他自己那颗历经苦难的心。他的另一个好友曹铁因故意杀人被判了死刑缓期执行。曹平安还在英国留学，没有人告诉他他的两个父亲身上发生的一切。只有徐敏接受不了真相，离开了滑城，没有人知道她去了哪里。

我还是一如既往地奔波在刑警的职业之路上，到郑州出差时也会去看看小雨。只有母亲一边欣喜着夏振中的失而复得，一边为我们哥俩发愁。她催促我找个伴，我满口应承着，但我明白自己这辈子就这样了。

待夏振中能够坦然地面对他人的各种目光，我带他来到曾经的电厂，映入眼帘的是投入使用的商业街。夏振中像一个穿越到现代的古人，如痴如醉地看着。也许他看到了 22 年前的自己：那时的夏振中意气风发，开着拉煤车，奔向无限幸福的远方。